JN248359

シェリス・テオドシア・フォルン
国を裏から支える公爵令嬢。
ルミナス・アークライト
≪黒翼の魔女≫と呼ばれる、
傭兵業界上位の超人。
料理好きの苦労人。

「我が意に応え我が望みを顕現せよ！
《クリエイション》!!」
海人が詠唱を終えた瞬間、
空中から白衣が突如出現した。
天地海人
この世界にやってきた稀代の天才研究者。
開発能力では並ぶ者がいない。

ゲイツ・クルーガー
偉大な冒険者の後継と目されている
Aランクの冒険者。
母親には頭が上がらない。
「お、お前、悪魔か……？」
「うっわ容赦ないわね……
潰れてるんじゃない？」

「ぉ、ぉぉ、
お姉さま
ああああ
あああああ
ああああああ
ああっ!?」
シリル・メルティ
≪弓姫≫と呼ばれる、傭兵業界上位の超人。
ルミナスを色々な意味で愛している。

「そ、そんなこれでは生殺し……!?あの、まさか……？」
「味見しなければもうちょっと楽だったかもしれないわねえ？」

白衣の英雄
HERO IN
WHITE COAT
九重十造
Illust. てんまそ

HERO IN
WHITE COAT
CONTENTS

第1章

世界を渡る者

人里離れた郊外の大きな屋敷、その地下研究室で若い男がパソコンでプログラムを組んでいる。

男の髪は連日の徹夜ですっかり乱れ、やや目つきが鋭いながら端整な顔も目の下にできた隈《くま》で崩れていた。髭《ひげ》だけは毎朝かかさず剃《そ》っているが、それでも少々不潔っぽく見える。

その高い身長も長い足も、パソコンの前に座りっぱなしの状態では邪魔にはなっても利点はない。

身に纏《まと》った白衣やその他の衣服も薄汚れていた。

この男——天地海人《てんちかいと》——は自身の恵まれた容姿を思いっきり無駄にしていた。

「う～む……どうにもこのままでは上手《うま》くいきそうにないな」

しばらく作業を続けていたが、唐突に手を止めてそう呟《つぶや》くと、今まで作成していたプログラムのファイルを保存し、パソコンの電源を切った。

「……やはり人の感情を持つ人工知能というのは難しいか」

現在彼は擬似的な人間の感情を持つ人工知能のプログラムを開発している。

そのためにありとあらゆる状況での人間の反応のデータを集めたが、はっきり言って彼の求める物を作るためにはまだまだ足りていなかった。

最大の理由はこの男の人間関係があまりにも希薄だからである。

今でこそ人工知能の研究をしているが、彼は子供の頃から様々な分野の研究を行い、それぞれの分野で何らかの多大な成果を挙げてきた。

その中には軍事関係の研究なども含まれている。

そのために様々な国の諜報《ちょうほう》機関に研究と身柄を狙われているため、うかつに友人を作れないのだ。

なにしろ単に大学で研究を一度手伝ってもらっただけの男が、誘拐されて人質にとられた事があるぐらいだ。

ちなみにその時海人は脅しの電話に、馬鹿か？　と短く答えて躊躇《ためら》うことなく見捨てた。

結果としてその男は助かったのだが、こういう性格も人間関係の構築の阻害になっているのは間違いない。

もっとも海人は十代の頃から頻繁に誘拐されそうになったり殺されかかったりしている。

そのたびに自作の発明品などを用いて撃退していれば、人格が歪《ゆが》むのも無理はないともいえるかもしれない。

といってもこの男にも数少ないながら一応友人はいる。

ただ殺人的に忙しい相手か普段どこにいるか分からない相手しかいないため、人間の反応のデータをとるのは難しい。

かといって下手なところに依頼すれば借りを作ることになり、何を要求されるか分からない。

データ集めすら容易にできぬ現状に、天才と称される男は凄《すさ》まじい苛立《いらだ》ちを覚えていた。

「……いっそのこと、誰も私のことを知らぬ場所へ行きたいものだ」

どうせこの世界にほとんど未練はないしな、と呟き机の上に飾られた二つの写真立てに寂しげに目をやった。

そしてそれらの写真を撮った時の自分を思い返し、溜息《ためいき》をつく。

「……データが少なくとも、すでに雛形《ひながた》ぐらいはできていたかもしれんな。まったく、原動力たる探究心を根こそぎ失った科学者など、何の役にも立たん」

そう呟き、目を軽く閉じる。

探究心を失っているにもかかわらず、過去の未練だけで研究を行っている自分を自嘲しながら。

その時、ふと数日間ぶっ続けの作業で忘れかけていた今日の日付を思い出す。

「そういえばもうすぐ……か、今年の花は、何にするか……」

スー、スー、と穏やかな寝息を立て始める。

連日の徹夜で疲労が溜《た》まっていたのだろう。

そのために、気付かなかった。

熟睡する直前に屋敷全体が微細に揺れ、鳴動していたことを。

自身の体が穏やかな光に包まれ始めていたことに。


――そしてその日、彼は生まれ育った世界から消えた。


青々とした空、見渡す限りの草原、そして時折吹き抜けていく涼やかな風。

そしてなによりも、いかなる人間も爽快な気分にさせてくれそうな清浄な空気。

――実に心地良い場所であった。

それこそ、草原の中心で白衣をなびかせて立っている男も、普段であれば何時間いても飽きないだろうと思えるほどに。

「……ここはどこだ？」

海人は誰にともなく呟いた。

周囲は明らかに彼が眠っていた研究室ではない。

というか、彼が住んでいる屋敷の周辺ですらない。

圏外の表示になってしまっている携帯で一か八か友人にかけてもみたが、繋《つな》がらなかった。

研究室で寝ている間に誘拐でもされたのか、とも思ったが、それにしては拘束されていないし、辺りに人影もない。

そもそも海人を誘拐するためには、彼自作の凶悪な防衛システムを突破しなければならない。

侵入者の人権などまるで考えずに作られたそのシステムは、以前彼の研究と身柄を狙って忍び込もうとした、とある大国の特殊部隊を侵入から十分で全滅させた実績が存在する。

率直に言ってしまえば、仮に突破できたとしても彼を誘拐できるほどの体力がある人間が残っている可能性はほぼゼロといえる。それを考えれば誘拐の可能性自体が限りなく低い。

「わけが分からん……が、こうしていても仕方ないな。とりあえず、人を探すとするか」

とりあえずここから一番近くに見える――それでも数kmはありそうだが――街らしき影を目指すことにした。

――が、五分もしないうちに足を止めた。

「……虎、か？」

海人の前方にはいつの間にか虎のような生物が立ちはだかっていた。

その生物は顔つき、体の模様、大きな体躯《たいく》、ネコ科特有のしなやかな動き、全てが虎の特徴に当てはまっている。

ただその額に生えた長く硬そうな角と体毛の基本色が緑色だという点が彼の知る虎とは違っていた。

ちなみに生えている角は突進されれば彼がほぼ確実に串刺しにされそうなほどに鋭くもある。

「グルルルル……」

唸《うな》り声を上げながら、虎らしき生物はゆっくりと彼に近づき始める。

涎《よだれ》をたらしている様子からすれば、どうやら空腹のようだ。

そして目の前には餌になりそうな人間。

この生き物の目的は言うまでもないだろう。

「はっはっは、虎くん。まずは話し合わんかね？　おそらく私は運動不足で非常に不味《まず》い。それはもう飢え死にした方がマシだというぐらいに不味いだろう。それよりはむしろ他の獲物を探す方が健全だとは思わんか？」

じりじりと後ずさりながら、ヤケクソ気味に言葉による説得を試みる。

表情こそかろうじて笑顔を取り繕っているものの、全身から脂汗が滲《にじ》み出ている。

海人は一応武術の心得もなくはないが、それはあくまで一般人相手の護身用程度のもの。

当然素手で虎殺しなどできるはずもない。

つまり――彼の命は今まさに風前の灯《ともしび》となっている。

「そもそもあれだ。摂食とは考えようによっては究極の愛情表現かもしれんが、嫌がる相手に無理矢理はよくないと思わんかね。相手が男だろうが女だろうが別の種族だろうがだ。いや、それを理想とするやつもいるかもおおおおおおおおおおっ⁉」

焦りのあまり思考が変な方向にずれ始めた瞬間、捕食者の突進が襲い掛かった。

海人は咄嗟《とっさ》に思いっきり横に跳び、ギリギリでその突進を避《よ》けきる。

そして虎から視線を外さぬまま迅速に、かつ冷静に自分が生き延びるための方法を考え始める。

今の突進は運良く回避できたが、次同じことができるとは限らない。

というか仮にできたとしても、避け続けている間に力尽きて最終的に食い殺される。

生き延びる方法は二つ。

脚力と持久力で圧倒的に勝る虎から、この隠れる場所すらない広い草原で逃げ切るか、戦闘能力で圧倒的に勝る虎の息の根を止めるかである。

「って、できるかああああああああああっ‼」

当然といえば当然の結論に思わず泣き叫びながら、再度突進してきた虎を再びギリギリで避ける。

「ん……っ⁉」

避けた拍子に白衣が翻り、彼はポケットの中の不自然な重さに今更ながら気付き――そこに入れてあった物の存在を思い出した。

「……い、一か八かやるしかないか……！」

幸いというべきか、今までこの虎の動きは速いがかなり単調であった。

突進を回避し、それと同時にポケットの中の物を使えば倒せる可能性はある。

ただし失敗すれば、今度こそこのどことも知れぬ地で目の前の生物の餌となる。

どんな些細《ささい》な動きも見逃すまいと注視しようとした瞬間、虎が地を蹴り跳躍して襲い掛かってきた。

「んなっ……!?」

間一髪、地面を転がりながらのし掛かられる前に虎の体の下から逃れた。

しかしそこに即座に身を翻した虎がその爪で追撃を仕掛ける。

「ぬ……おおっ‼」

その爪もさらに転がり避けはしたものの、完全には避けきれずに黒のYシャツが裂かれ、その下の皮膚からは血が出ている。

大した出血ではないものの、やはり自分の血が出ているとなると精神的には負担になる。

「ちっ、やはりそこまで上手くはいかんか……！」

舌打ちとともに虎の行動に関する認識を改め、さらなる追撃が来る前に立ち上がる。

虎の方も海人を警戒し、というより今度こそ確実に仕留めるために体を丸め足に力を溜めている。

いざ飛び掛かってくるかと身構えた瞬間――

「グゥオオオオオーーーーッ!!!!」

虎が鼓膜が破れそうな雄叫びを放った。

「ぐっ……！　しまっ……!?」

反射的に彼が耳を塞ごうとした隙を逃さず、虎が牙を剥《む》いて襲い掛かってくる。

体勢が崩れているために反応が少し遅れ、今度はまともな避け方では間に合わない。

しかしその時彼は逆に虎に向かっていき、その下を潜《くぐ》り抜けていこうとした。

狙った動きではなく生存本能に突き動かされての行動であったが、とりあえず虎の牙は逃れることができた。

それでも彼の体は虎の下にあり、危険な状態には変わりない。

すかさず彼はポケットの中の物を虎の腹に押し当て、スイッチを押した。

バチィィッ‼　という音と共に虎の動きが一瞬止まり、ゆっくりと横倒しになっていく。

それを感じ、彼は慌てて体の下から逃れる。

それとほぼ同時にドサッと重い音を立てて虎の体が地面に完全に倒れた。

「……はあ、試しに作ったスタンガンが役に立つとはな。世の中何が起こるか分からんものだ」

虎が完全に息絶えていることを確認し、手に持った自作のスタンガンを見下ろして呟く。

このスタンガンは護身用に作ってみたものの、科学者らしい……というかマッドサイエンティスト的なこだわりを存分に発揮して作製したため、人間を気絶させるどころか象を感電死させる程の威力を持つ。

もはや人間相手では護身用どころか文字通りの必殺武器である。

欠点としては威力ゆえに消費電力が莫大で、フルに充電されていても二回しか使えないことや、そもそも威力が大きすぎて、気絶ですむ生き物が存在するのかという点がある。

「いまさらだが、もはやスタンガンではないか。それにしても……この虎、随分と動きが鈍かったな」

冷静に虎の体を見てみると脚にも胴にも多くの傷が付いている。

古傷もあるが、ごく最近出来た傷の方が多そうだ。

元々の運動能力が高いわけでもない彼が何とか生き延びられたのは、それらの傷によるものが大きかった。

「まあ、なんにせよのんびりとはしていられんな。早く人里にたどり着かなければ」

虎の骸《むくろ》から視線を外し、当初の目的地へと向かって歩き出した。

◇◇◇

「お……おのれ……こんなところで日頃の運動不足を思い知らされるとは……」

そして虎との命懸けの戦闘から二時間ほど経過した頃、海人は四《よ》つん這《ば》いになり、自分の身体能力を呪っていた。先ほど見えていた街らしき影は多少大きくなってはいるものの、依然としてはるか先である。

もっとも彼の日常生活はここ数年間、そのほとんどが研究室内で費やされ、出かけるとしても食料や実験に必要な材料の調達でしかなかったため、この結果は当然といえば当然……というか運動不足のくせに異常なほどの体力といえるだろう。

ただ、このままいけば先ほどの虎の仲間や他の危険な動物に遭遇するかもしれないため、今度こそ食い殺されてしまう可能性は十分にある。それを考えれば四つん這いになっている暇などない。

仕方ない、と立ち上がって街に向かおうとすると、地面に不自然な影がある事に気がついた。

しかもその影は段々色が濃くなっている。

「こんなとこでなにやってんの？」

訝《いぶか》しく思っていると頭上から女性と思《おぼ》しき声が掛けられた。

この場は見渡す限りの草原。

どう考えても頭上から声が掛かる事などありえない。

「なっ⁉」

反射的に上を見上げようとした途端
「どこ見ようとしてんのよこのスケベ‼」

なにやら白い布地と迫り来る靴底の映像を最後に、海人は気を失った。

◇◇◇

「あ……あちゃ～、やっちゃった……なんか怪我《けが》してるみたいだし、さすがに放置しとくわけにはいかないわよね……」

海人を昏倒《こんとう》させた女性はそう言って天を仰ぎ、次いで彼の顔を覗《のぞ》き込む。

「あら？　よく見るとかなりの色男ね。しかも背高いし、足も長い……少し薄汚れてるけど」

そう言うこの女性も相当な美女である。

気の強そうな蒼《あお》の瞳が印象的な均整の取れた顔に、短く揃《そろ》えた金髪がよく似合っている。

スタイルも胸はしっかり出ており、腰は細く、腰から尻のラインも綺麗《きれい》な流線型で、お尻の形も美しい。

白いアウターの上に特殊な構造になった金属製の部分鎧《よろい》を纏い、下は革製のミニスカート、と着る人間を選びそうな格好だが、この女性の場合は全体的にややタイトな作りの服装がむしろそのスタイルの良さを強調している。

「街で普通に会ってたらラッキーだったのに……ま、しょうがないわね。よっ……と！」

そう呟き女性は海人を横抱きにすると、バサッという音と共に地面を蹴って空高く舞い上がった。

◇◇◇

「う……う～ん……っは……!?」

ガバッ、と布団を剥いで勢いよく起き上がる。

辺りを見回すと、見覚えのない木造家屋。しかもところどころ壁の木材が剥がれ落ち、耳を澄ますまでもなくギシギシと不穏な音がしていて、それが不安を煽《あお》る。

「……ここは」

海人がいまだに目覚めきらない頭を動かして現状を把握しようとしていると、ガチャッという音と共にドアが開けられ、トレイを持った女性が入ってきた。

「あ、気が付いたの？　お茶淹《い》れたんだけどよかったら飲む？」

入ってきた女性はそう言ってティーカップを差し出してきた。

色からすると中身は紅茶のようだ。

「あ、ああ……ありがたくいただく」

思わず手を差し出してカップを受け取ったが、紅茶をすする間も海人の視線は女性に――正確には女性のある部分に集中していた。

海人はその部分を初めはアクセサリーの一種かと思ったが、すぐに違うことに気付いた。

彼女がトレイを机に置こうと少し後ろを向いたとき、はっきりと背中の生え際が見えたのだ。

「……どうしたの？」

そんな海人の視線に気付き、女性は不思議そうに首を傾《かし》げる。

「い、いや……そ、その背中の……」

「背中って……あ、ひょっとして私の翼に見とれてたの？　綺麗でしょ、結構自慢なのよ。飛翼《ひよく》族の中でも有数の美しい黒羽だって言われてるわ」

大きな翼をバサッと広げながら、あっけらかんと語る。

翼の動きを見る限り作り物ではなさそうだし、何かの道具で動かしているような素振りもなかった。

たしかに彼女の背中の翼は美しい。色として言うならば烏《からす》の濡《ぬ》れ羽色、上質な漆塗りの黒。

それほどに艶があり美しい翼だった。

しかしそれは海人にとっては些末な事でしかない。

なぜならそれ以上に、そもそも彼のいた場所では翼の生えた人間などおらず、世界のどこかにそんな人種がいると聞いたことすらないのだ。

「あ、そうだ。自己紹介がまだだったわね。私はルミナス・アークライト。ルミナスって呼び捨てでいいわ。あなたは？」

「天地海人だ」

「テンチ・カイト？　変わった名前ね」

「うちの親が変わり者だったのでな。初めは苗字の天地から思いついて、名前を人にすることで万物全てを表す古語『天地人』となるようにしようと思ったそうだが、万物全てなら海も入れるべきだ、ということで名前が海人になったそうだ」

「あ、じゃあ名前がカイトなのね」

「ああ。ところでここはどこなんだ？」

「フォレスティアの森にある私の家。つい蹴り飛ばしちゃったあなたを介抱するために連れてきたのよ」

「急に声を掛けておいて、ついで蹴り飛ばさんでくれ。まだ痛いぞ」

嘆息し、いまだに痛みを訴える額を撫《な》でる。

鏡がないため本人は知らない事だが、いまだに蹴られた場所が赤くなっていた。

「うっ……悪かったってば。介抱したんだから許してよ」

海人の額の赤い靴の跡を改めて見、後ろめたそうに視線を逸《そ》らす。

美形と言って差し支えない部類に入る顔だけに彼女の靴跡が余計に目立っているのだ。

「ああ、というか別に元々怒ってはいない」

「そうなの？　そりゃよかったわ。そういえば、あなたあんなとこで何してたの？」

「うーむ……どう説明したものだろうな」

「なに、複雑な事情でもあるの？」

「そういうわけではないのだが……私自身どうしてあそこにいたのか分からんのだ」

「は？」

「いや、普段と同じように研究室で眠り、起きたらあの草原にいたのでな。正直わけがわからん」

「転移魔法の研究でもしてたの？」

「……いや、そんな研究はしていないし、眠っている間にあんなところにいる可能性もほぼないはずなんだが」

魔法、という言葉が彼女の口から自然に出てきたことに内心驚きながらも、表面上はなんとか平静を取り繕う。

無論その心中は次から次へと起こる理解不能の出来事に混乱を極めているのだが。

「ふ〜ん、変な話ね〜」

「まったくだ……ところで君はどんな魔法が使えるんだ」

確認の意味で尋ねる。

魔法というのが何らかの茶番であるなら言葉に不自然さが滲み出るだろうし、もし言葉に出ずとも態度に出る可能性も十分にある。

「ん？　あんまり得意じゃないから、補助魔法と後は生活必需品の魔法、それに攻撃魔法を少しね。あ、日が落ちてきたみたいだから明かりつけるわね」

そう言うと彼女は枕元に置いてある照明器具らしき物に向かって手をかざす。

「光よ、我が声に応え小さき灯火《ともしび》となれ《リトルライト》」

唱えた瞬間、曇りガラスの円筒の中に小さな光の玉が出現し、部屋の中が明るくなった。

海人がやや呆《ほう》けながらルミナスを見ていると……

「いや、必要ない時は少しでも魔力を温存しとく事にしてんのよ」

私って貧乏性なのよね〜、と付け加えて少し恥ずかしそうに頬をかいた。

「そ、そうか」

「あ、そうそう。今日はそろそろ魔物が活性化し始めて危ない時間だから、泊めてあげるわ」

「感謝する」

「もしイヤらしい事したら即刻魔物の群れに叩《たた》き込むけど」

「……了解」

とりあえず今日の宿は確保できたものの、海人は内心頭を抱えていた。

魔法などという物は彼が育ってきた環境には実在しなかった。

ひょっとしたら実在したのかもしれないが、少なくとも世間一般では眉唾と思われている。

だが彼女の様子からすると、ここでは魔法は当たり前のように実在していてしかも生活に根ざした物ということになる。

しかも彼女に嘘《うそ》をついている兆候は見られなかった。

その上魔物というファンタジー小説にありがちな、人間に害なす生き物も存在するという。

彼を襲った虎も魔物の一種だということなのかもしれない。

「ちょっとこの明かりを見せてもらってもいいか？」

「……？　かまわないけど？」

不思議そうな顔をしたルミナスはとりあえず視界の端に置き、海人は手品の類かもしれない
――というかそうであってくれ――と思いながら、明かりを少し調べて唖然《あぜん》とした。

電球はおろか、コードやその代わりになりそうな物もない。

というか、ただの曇りガラスの瓶にしか見えない。

中を覗き込むと、眩《まぶ》しい光の塊が支えもなくフワフワと浮いている。

試しに瓶を軽く振ってみる。

するとゆっくりと光の塊もそれに追随するかのように動き、停止させると少し遅れて中央に戻った。

「…………」

ここまでくると、彼も真剣にある可能性を考え始めていた。

――どういうわけかファンタジーな世界に迷い込んでしまった、という可能性を。

「ど、どうしたの。急に黙り込んじゃって」

「……ふむ。とりあえず……これは何だと思うかね？」

そう言って彼は胸ポケットから電卓を取り出した。

実験で細々とした物が必要な時の計算に使うので、彼の胸ポケットには常にこれが入っている。

「なにこれ？　数字が並んでるけど……他の記号みたいなのは？」

彼女は数字は読めるようだが、計算記号が分からないようだ。

となるとここでは算用数字は共通の文字が使われているが、計算記号は別の物が使われているということになる。

しかし、念のため海人はルミナスに確認する。

「聞いておきたいんだが、掛け算、割り算、足し算、引き算ぐらいはできるな？」

「えっと……ひょっとして私凄《すご》い馬鹿にされてる？」

彼女はかなり引きつった表情で聞き返した。

その反応で一応最低限の計算はできると判断した海人は本題に移ることにした。

「そういうわけではない。これは電卓といって計算に使う道具だ。そうだな……論より証拠か。試しに何か計算問題を出してみろ、難しくてもかまわん。ああ、それと自分でも計算してみてくれ」

「そんじゃ、一八六×九一×一五÷三は？」

「……八万四六三〇だな」

そう言って電卓に表示された答えをルミナスに見せる。

それと同時に白衣に突っ込んだままのもう片方の手でこっそり携帯を操作し、リダイヤルを行う。

これが手の込んだ茶番劇であるならば、周辺にアンテナぐらいはあるだろうと思っての行動である。

「へ？　ちょ、ちょっと待って……あ、合ってる⁉」

海人の答えを聞き、ルミナスは慌てて近くにあった紙とペンで筆算し、計算結果に唖然とした。

文字通り開いた口が塞がっていない事が彼女の驚きをよくあらわしている。

「と、こんな具合に数字と記号を入力すれば簡単に計算ができる道具だ」

「凄いじゃない！　こんな簡単に計算ができる道具なんて聞いたことないわよ⁉」

「そうかもしれんな。……ちっ、繋がらんか」

海人は何の反応もない携帯に舌打ちしつつ、操作の手を止めた。

隠れて操作した携帯も繋がらないとなると、ますますここが彼の生まれ育った世界ではない可能性が高くなってきた。

無論手の込んだ壮大な茶番劇の可能性は捨てきれない――というか捨てたくない――が、いずれにせよ当面はその前提で行動するしかない、と海人は判断していた。

「あの、何やってたの？」

「ただの確認作業だ。ところで魔法のことについて詳しく講義してもらえないか？」

「は？　講義って……自慢じゃないけど私、魔法は苦手なのよ？　教えられるほどの知識なんか――」

「いや、実は私の住んでいた場所では魔法がまったく使われていなくてな。有り体に言ってしまえば魔法に関しては何の知識もないのだよ」

とりあえず海人は嘘はつかない事にした。

嘘をつけばどんなに念入りに考えてもどこかで確実に思わぬ綻びが生まれる。

その綻びを繕い続けるのは難しいし、完璧に繕うのはさらに難しい。

ならば最低限の事実のみを話し、尋ねられたら明かしていない部分を少しずつ話していく方が得策だと彼は判断した。

「ちょっ、魔法が使われてないってどんなド田舎に住んでたのよ!?　つーか、どうやって生活してたわけ!?　魔法がなきゃ水を調達するのも時間かかるし、火を点《つ》けるのも一苦労じゃない！」

「魔法を使わなくていい様々な道具を作り、それを使って暮らしていた。その延長線上でさっき見せた電卓のような道具も発明されたわけだ」

「……とても信じられないんだけど」

かなり疑い深そうな目で見られる。

ルミナスの瞳は下手な嘘などあっさり見破られそうなほどに疑心に満ちていた。

「まあ無理もないな。だが、私としてはこの電卓ぐらいしか証明する手段がない以上、信じてもらうしかない」

これはなんら隠すところのない海人の本心である。

なにせ、あと証明になりそうなのはスタンガン（もどき）ぐらいだが、あと一回しか使えないうえに彼女に使ったらまず死んでしまう。

かといって全てを話せば頭の中身を疑われる危険性の方が高い。

ルミナスに信じてもらわないことにはどうしようもなかった。

「むー……まあいいわ。説明しても良いけど、途中で笑って嘘ついてましたなんて言ったら、蹴っ倒すからね」

「無論だ。もし私がそんな血迷ったことをするのであれば遠慮なくやってくれ」

「……じゃあ、最初に聞くけど魔力は分かる？」

「魔法を使うために必要な力か？」

「そうよ。この魔力ってのは一定以上の知能レベルの生き物全てに宿ってるらしいわね。ただ、魔力にも人によって個性があって、それで魔法の属性ごとに得意不得意があるのよ」

説明しながら話している間に温《ぬる》くなってしまった紅茶を一口すする。

やっぱ淹れ立ての方が美味《おい》しいわね、などと愚痴りながら。

「魔法の属性は何があるんだ？」

「基本は火、水、風、土、光、闇の六個ね。これは得意不得意を別にすれば基本的には誰でも使える魔法。あとは無属性魔法って言って、魔力を凝固させて武器や防御壁にする魔法。一応例外として《創造》《治癒》《空間》って属性もあるみたいだけど、これは特殊属性って言って、これが使える人間は無属性以外の他の魔法が使えないらしいわね。ま、使えるのは何百年に一人って割合らしいからないのと大して変わらないと思うけど」

「ふむ……魔力の量などはやはり個人差があるのか？」

「ええ、そうよ。で、続けるけど、魔法を使うためにはその魔法の術式を頭の中に浮かべて、それに魔力を流し込まなきゃいけないの。このときに浮かべる術式のイメージが強く正確であればあるほど、より少ない魔力で高い効果が得られるわ。普通はこのとき呪文の詠唱をしながらやるんだけど、これは主に魔法の効果をその呪文で増幅するためね。他にも消費魔力が少なくなるって効果もあるわ」

「ということは最大限の効果や効率を求めないのなら、詠唱はしなくてもいいということか？」

「ま、そうなるわね。ただ、無詠唱魔法は下位魔法ならともかく中位以上だと魔力消費が多くなりすぎてキツくなるわ。上位魔法なんか詠唱した時の十倍以上の消費になるのよ？　あと、魔法の術式は高度な魔法になればなるほど複雑化して巨大化していくわ。だからよほど正確な記憶力と集中力がないと高度な魔法は使えないのよ……」

そう言って溜息をつく。

実はルミナスが魔法を苦手とする理由は術式が覚えきれないためだ。

一応一般的には高難度とされる魔法もいくつか習得してはいるが、覚えるためにどれほど時間を掛けたか思い出したくもないほどに苦労した。

ちなみに彼女の記憶力は決して悪くはない。

単に上位魔法以上の術式の複雑さが常軌を逸したレベルなのだ。

上位魔法の術式は五百を超える文字と図形により構成されており、遠目に見れば絵画のようにも見える。しかも使用するためにはそれを文字の配置から図形の形状までほとんど全て狂いなく覚えきらなければならない。

常人の記憶力では無理がある、としか言いようがない。

「……あー……そのー……なるほど、他には？」

なにやら落ち込んでいるルミナスにかまわず、海人は先を促す。

一応慰めようかと逡巡したようではあるが、どう言葉をかけるべきか見つからなかったようだ。

ルミナスは嘘でもいいから慰めてくれてもいいのにな～、などと思いつつも残り少ない紅茶で喉を湿らせると気を取り直して話を続ける。

「……あとは魔法ごとに発動時間ってのがあって、高度な術式になればなるほど術式の完成から発動までの時間が長くなるの。例えばさっき使った下位の《リトルライト》は発動時間ほぼゼロだけど、上位の攻撃魔法の場合は発動に一時間以上かかる物もあるわ。最上位魔法にいたっては術式完成から発動まで最低半日近くかかって、その間ずっと術式を維持してなきゃいけないから、使用にあたっては術者の多大な精神力とその間に妨害が入らないのが絶対条件になるわね」

　そこまで言ってまた少し喉の水分が足りなくなったのか、ほとんど残っていないカップに紅茶を注《つ》ごうとする。

　しかしティーポットにはもう残っていなかったらしく、わずかにポタポタと一、二滴しか出なかった。

「……簡単な魔法はともかく、最上位魔法とやらは随分気が長い話だな」

「まったくね。ただ、その分効果は凄まじいから、戦場で最上位の攻撃魔法を使う場合は発動すれば一気に形勢逆転って事もあるわ。ま、他にも色々あるけど基本的なのはこんなとこよ。あとは、魔法とはちょっと違うけど魔力を使った肉体の強化ってのもあるわね」

　肉体労働だとほぼ必須の技術ね、と付け加え最後の紅茶を飲み干した。

　空になったカップを皿の上に載せ、机の上に置く。

「肉体の強化というのは、単に体が頑丈になるということか？」

「他にも足を速くしたり、腕力を高めたりもできるわよ」

「便利だな。で、魔力による肉体強化とはどうやるんだ？」

おそらく自分に魔力は存在しないであろうと思いながらも、念のために聞いておく。

とりあえず知っておいて損にはならないことは間違いないのだ。

「ん～……教えても良いけど、魔法にせよ肉体強化にせよ、あんたが使いたいならまずは魔力を叩き起こして使えるようにしなきゃ駄目じゃないかしらね？」

「魔力を叩き起こす？」

「ええ。何年も昏睡《こんすい》状態になってた人が目覚めると、魔力が上手く使えなくなるのよ。一時的なもので、外から魔力で刺激してやれば元通りになるみたいだけど」

「ふむ……魔力を使っていないことが原因だとすれば、私の場合もその可能性があるな」

「で、その魔力の刺激は私でもできると思うんだけど……滅茶苦茶《めちゃくちゃ》痛いらしいのよ」

「……い、嫌ではあるが……頼めるか？」

海人は冷や汗をたらしながらも頼む。

もし自分に魔力が存在し、肉体が強化できるのであれば痛みを耐えるぐらいの価値はあるだろうという判断だ。

――この際、痛みだけ味わって魔法も肉体強化も使えない程度の魔力しかなかったという、最悪のオチは考えないことにしたらしい。

「いいの？　聞いた話だとドラゴンと一人で戦った猛者が恥も外聞もなく泣き叫んだらしいけど……」

「恐怖を煽らんでくれ‼　……かまわん、覚悟はできている」

「分かったわ。じゃ、いくわよ」

ルミナスがあからさまに虚勢を張る海人に苦笑しながら、魔力によってうっすらと白く輝いている両腕で海人に触れた瞬間、

「ガッ⁉　あぐっ……グガ……があッ……ぐあああああああああッ⁉」

海人の全身を激痛と表現することすら生温い痛みが襲った。

まるで全身に大量の太い釘《くぎ》が一斉に打ち付けられ、それと同時に燃え盛る火炎の中に放り込まれたかのような、あるいは血液が唐突に猛毒に変化し、同時に全身の皮を一気に剥かれたかのような、実際にはこれらの形容ですら足りぬかもしれぬほどの痛みに彼は襲われていた。

しかもタチの悪いことに、強烈すぎる痛みで気絶することすら許されないという最悪の状態だ。

「ちょっ……カイト！　大丈夫なの⁉」

海人の形相と凄まじい悲鳴に思わずルミナスは叫ぶ。

正直、彼女は海人が魔法を使えないという話をいまだに半分信じていなかったし、昔聞いたドラゴンと戦った猛者が泣き叫んだというのもホラ話だと思っていた。

だから問題はないだろうと思っていたのである。

が、現に目の前で海人はルミナスが今まで見たことがないほどの苦しみようを見せている。

彼女は深く後悔していた。

「ぐう……だ、大丈……ぐ……あ……があああああああっ⁉」

彼女の悲痛な表情を見て少しでも安心させようと僅かに笑顔を見せた瞬間、激痛で再び悲鳴を上げる。

「くっ、どうすれば……」

ルミナスはかなりの焦燥に駆られていた。

海人は体にこそ傷一つないが、このままでは痛みで発狂しかねない。

鎮痛剤を使おうにもこの家には置いておらず、医者を呼ぼうにも最短でも往復一時間はかかる。

気ばかりが急《せ》いてどう行動するか決められずにいると……

「そ……そんなに心配しなくても……大丈夫だ」

凄まじく消耗した様子ながらも、今度こそ海人が笑顔を見せた。

「何言ってんのよ！　今だって大丈夫だって言おうとして……！」

「い……いや、く……こ、今度こそ、本当に……大丈夫……だ。先程までに、比べれば、痛みは……かなり、引いた」

「それでもまだ顔が真っ青……！　って、えっ⁉」

明らかに虚勢を張っている海人に、彼女はなおも言い募ろうとするが、その瞬間、彼女は自分の目を疑った。

「……ふむ、急に楽になったな……これが魔力か？」

海人は本当に何でもなさそうに立ち上がり、自身の体から激しく立ち上る純白の光を見る。

「た、たしかにもう平気そうだけど……あんたとんでもない魔力量よ……⁉」

彼女は目の前に立ち上る光の奔流とも呼ぶべき強大な魔力に目を剥いていた。

魔力が垂れ流しになっているだけなので部屋が壊れたりはしていないが、それでも天井が僅かに軋《きし》んでいる。

「そうなのか？　自分ではよく分からんのだが……」

「ひょっとすると宮廷魔術師クラス以上かも……って、んなこと言ってる場合じゃないわ！　早くその魔力抑えなさい！　魔力を全部放出し尽くしたら当分昏睡よ⁉」

ルミナスが慌てて叫ぶ。

同時に彼女の言葉を証明するかのように彼の体から僅かに力が抜け、膝をつきそうになる。まるで限界まで全力疾走した時の如《ごと》く膝に力が入らなくなっていた。

「んな……⁉　ちょっ、ど、どうやって抑えればいいんだ⁉」

「え、えーっと、その周りの光を自分の中に吸い込むイメージをしながら深呼吸！　慌てずゆっくり落ち着いてそれを繰り返して‼」

「す……すーはー、すう、はあ……すううう……はあああああ……」

海人の深呼吸に合わせて放出されていた魔力が徐々に収まり始めた。

息を吸うときに多くの魔力が彼の中に取り込まれ、吐く際に僅かに魔力が外に漏れている。

十数回の深呼吸を行った時にはもうほとんど魔力の光は消えていた。

「その調子……はい、もういいわよ」

完全に魔力の光が消えたところでルミナスがそう言ってパン、と軽く手を叩いた。

「ふう……この調子だと魔法を使うというのも大変そうだな」

筆舌に尽くしがたい激痛にみまわれた挙句、昏睡に陥りかけ、前途多難そうだと肩を落とす。

たしかに普通に考えれば魔力を使えるようになるだけでこれだけの目にあうのなら、魔法を使うとなったらどんな苦労が待っているのか分かったものではない。

が、疲れきっているうえに先行きを想像して沈んでいる海人に、ルミナスが救いの言葉をかける。

「そんなことないわよ。基本的な魔法なら子供でもすぐ使えるし、そんだけの魔力量があるなら多少術式が粗くても強引に使えるわよ」

「そうなのか？」

「ええ、得意な属性の簡単な魔法だったら、術式をおおまかに覚えればすぐ使えると思うわよ」

「得意な属性か……自分の得意な属性を知るためには実際に魔法を使ってみるしかないのか？」

「いいえ、少しお金はかかるけど、魔力判別所ってとこに行けば調べてもらえるわ。そこだと魔力量の測定もしてくれるし、無料で貰《もら》えるパンフレットに子供用の初歩の魔法も書いてあるから、魔法を使うのが初めてならちょうどいいんじゃない？」

「……ふむ……聞きたいんだが、魔法がなくても働けるような場所はあるか？　それもできれば住み込みで……」

　海人は魔力判別所に行くべきかと考え……すぐに致命的な事実に気付き、それを解決するためにルミナスに尋ねた。

　彼は今までこんな状況に陥った事がなかったために気付かなかった事だが、何よりも最優先で解決しなければならない問題がある。

「なくはないと思うけど、どうしてそんなこ……あ、そういえば寝てたらいつの間にかあそこにいたって言ってたっけ。ってことは……」

「ああ、金がない。完全無欠に一文無しだ。しかも家にあった道具すらもないから、道具を使って仕事をすることも不可能だ。となるとこの体と頭脳で稼ぐしかない」

海人は自嘲するように笑った。

そう、今の彼は文字通りどうしようもないほどの無一文なのだ。

状況的に見れば最初は体力に頼って金を稼ぐしかないが、その体力に致命的なほどに自信がない。

しかも彼女の話を信じるならば、ここの人間は魔力による肉体の強化が可能。

つまりただでさえ大きい差がさらに大きくなってしまうということになるのだ。

このままでは生活さえままならない可能性が極めて高かった。

「う〜ん……あんた、家の修理はできる？」

「道具と材料さえあれば、人並みにはな」

ルミナスの問いに軽く肩を竦《すく》めて答え、軽く唇の端を吊《つ》り上げた。

人並みというわりには少し自信ありげな様子だ。

「ならこの家の修理をしてくれれば、一ヶ月食事付きで泊めてあげる。それに一ヶ月じゃ住居は無理だろうから、住む所が見つかるまでは一ヶ月すぎても食事なしで泊めてあげるわ。見ての通りちょっと内装が古くなってきてるから、とりあえず内装だけお願い。勿論《もちろん》必要な物は私が用意するわ。それに、修理の出来によってはそれとは別にお金を払っても良いわよ」

「……こちらとしては願ってもない好条件だがいいのか？」

海人にとっては地獄に仏のようなありがたい話だが、若い女性の家に恋人でもない若い男が居候というのは外聞が悪い。

それに普通なら女性は彼に押し倒される危険性も考えてこんな提案はしないだろう。

「ええ。もちろん不埒《ふらち》なことしようとしたら即出てってもらうけど」

「……ああ、分かった。その条件、ありがたく受けさせてもらおう。修理は明日からでかまわないか？」

「当然でしょ。私から見てもあなたかなり消耗してるわよ？　手落ちがないように修理してもらうためにも、ちゃんと体力回復してからやってもらわないとね。それじゃ、私は明日は朝早いからもう寝るわ。出かけるときにドアの前に工具と材料置いておくからやっといてね」

「了解し……っと！　ちょっと待った」

　部屋を出て行こうとするルミナスを見送り、ドアが閉められそうになった瞬間、ある問題に気付き、慌てて彼女を呼び止めた。

「なに？」

「内装の修理といってもどこをやればいいんだ？　やれというなら全ての部屋をやるが、勝手に君の部屋に入るわけにもいかんだろう？」

「あ〜そうね。それじゃ私の部屋以外……っても分かんないか。う〜ん、じゃとりあえずこの階だけやっといて」

　ルミナスは少し考え、様子見も兼ねて家の一部だけを頼む事にした。

　海人の自信ありげな様子からして修理が下手という事はなさそうだと思っていたが、念のためである。

「分かった。他にも雑用があれば遠慮なく言ってくれ」

「ん〜、特にはない……あ、リビング散らかってるから片付けておいてくれると嬉《うれ》しいかな」

「やっておこう。他には？」

「ないわ。それじゃ、おやすみなさ～い」

「おやすみ」

笑顔でそう答え、ドアが閉まるのを見届けると枕に頭を落とし、天井を見上げる。

「……はあ、どうしたものか。いずれにせよこのままでは研究の続きもできんし……当面はどうやって生活するかだな」

ルミナスが提案してくれた条件は初対面としてはたしかに破格——というか彼女が聖母に見えるほどの条件だったが、完全に人脈も金も経歴もない状態で仕事と住居の両方を見つけるのに一ヶ月という期間は短い。

住居が見つかるまで住んでいいと言ってくれているが、その厚意に甘え続けるわけにもいかない。

「とりあえず最低でも一ヶ月以内に仕事は見つけなければならんな」

この際苦手な仕事だの、賃金が安いだの、割に合わないだのと文句は言ってられない。

どんな仕事でも雇ってもらえるものを探すしかないだろう。

なにしろ今の海人は無一文なうえに、魔法が使えない分他の労働者よりも条件的には間違いなく不利。

仕事を選ぶような贅沢《ぜいたく》を言っていられる状況ではないのだ。

ひょっとしたらここにはない商売を思いつく可能性もあるが、それよりは仕事を見つける方が確実である。それに加え、もし商売をするにしてもどのみち元手は作らなければならないということもある。

ただ、今まで彼は親の残した財産や、自分の研究の特許料などで十分すぎるほど豊かに暮らしてこられたせいで、就職はおろかアルバイトさえほとんどしたことはなく不安は非常に大きい。

やるしかないが、やれるのか？　と言われるとあまり自信はないと答えざるをえないのだ。

「……まあ、いずれにせよ今日は体調を万全にしておかねばならんか」

そう結論を出すと、海人は目を閉じて少しでも早く体力を回復させるために眠り始めた。

第2章 研究者、大工をする

適度に身を引き締める冷たい隙間風が海人のいる部屋の中に静かに侵入する。

元々の建物の造りが悪いというわけではなく、老朽化によって風が若干入るようになっているだけではあるが、それでも海人が眠っている部屋は外の気温によっては寒くて眠れない事も多い。

昨夜は特に風が入ることもなく気持ちよく眠れたようだが、今部屋に入ってきた風はたまたま彼の顔に当たたって絶妙なモーニングコールとなった。

「ふぁ～～あ……ん、ここは……？　あ～……夢ではなかった、か」

部屋を見回して軽い溜息をついた後う～ん、と思いっきり伸びをする。

軽く首を回し、頬を二、三回はたいて完全に意識を覚醒させる。

「さて、顔を洗って早めに修理に取り掛かるとする……といっても女性の洗面所を勝手に使うわけにもいかんな。台所で軽く水洗いだけさせてもらうか」

ドアを開けると昨日言っていた通り修理に使う材木と工具など一通りの道具が置かれていた。

しかも気を使ってくれたらしく『これ食べて頑張って』という書置きと共に、美味しそうなパンとハムが盛られた皿も添えられている。

「……気合を入れて修理せんとな」

とりあえず置いてあった物を持ち、台所を探すことにした。

「水道の蛇口がない……？」

台所に行っておかしな事に気付いた。排水口はあるのだが、水道の蛇口がないのである。これでは顔を洗えない。

そこまで考え、ルミナスが昨日言っていた言葉を思い出す。

『魔法がなきゃ水を調達するのも時間かかるし……』

つまり、この家には下水道はあっても蛇口をひねれば水が出てくるような上水道は通っていない。

というか、この近隣では上水道そのものが存在しない可能性が高い。

「まあ、いくらなんでも外に出れば井戸はあるだろう」

と、気を取り直して井戸を探すために外に出ようと玄関を探した。

そしてすぐに自分の履いていた靴が置かれている靴箱を見つけ、靴を履き、ドアを開け――絶句した。

まず空がとてつもなく近く感じる。

そしてそこから十ｍ程歩くと広大な森林が広がっているのが見える。

さらにはその森林のど真ん中を大きな川が通っているのも見えた。

ここからならば森林地帯の全景が見渡せる――見渡せてしまう。

――今立っている場所が切り立った断崖絶壁の崖の頂上であるがゆえに。

下までの距離は低く見積もっても五十ｍはある。

とりあえず家の周りを歩いてみるが、下に降りられそうな場所は見つからない。

空を飛べない彼の動ける範囲は家を中心とした半径十五m程度。

崖のどの位置から見ても森林が見えることから考えると、ここは森林地帯の中心のようだ。

そのため、どこから落ちたとしても確実に下に生えている樹《き》にぶつかる。

といってもおそらくここから樹の頂上まで目算で最低三十m以上の落差があるため、落ちてしまえば木の枝もクッションの代わりにならず、確実に死に至るだろう。

ここは、彼にとって監獄にも等しかった。

「神よ……存在するのであれば、余程私に恨みがあるようだな⁉」

思わず天に向かって叫ぶ。当然ながらその悲痛な叫びを聞く者はない。

もしかすると空高く飛びまわっている鳥たちには届いたかもしれないが、どのみち現状の打破に繋がりはしない。

「はあ……内装の修理を完璧にしたうえで、ここから移動するときは連れて行ってもらえるよう交渉するか」

気を取り直しとりあえず一晩宿泊させてもらった家を振り返る。

木造の三階建て、木の色からするとそれなりに年月を経た家のようだ。

先程は気に留めなかったが、家の裏側に回ると家から太い管が出ていて崖へと繋がり、そこで途切れている。

おそらくこれが下水道の代わりなのだろう。

さらにその近くには脚が何本か折れてしまっている椅子とテーブルがあった。

ざっと見ただけではあるが、どちらも木製の単純な作りなため、海人の技術なら十分修理可能に見えた。

しばらくその壊れた家具を見つめていたが、唐突にパンパン、と自分の頬を軽く叩くと、家に戻って数秒でハムとパンを平らげて早々と内装の修理に取り掛かる。

（本当に内装が傷んでいるな……）

まずリビングの一番傷んでそうな床板を剥がし、木の状態を見る。

傷んでいるのは表面だけだが、その表面がささくれ立ち、所々棘《とげ》のようになっている。

スリッパでも履いていない限りはこの板の上は危なくて通れない。

「結局板を取り替えるしかないということか」

言いながら剥がした板を布の上に載せ、下の板を掃除したうえで、手早く板の裏に接着剤をムラなく塗って、新しい綺麗な床板を貼り付けた。

その後再び別の傷んだ床板を剥がして同じ作業を繰り返し、床板が終われば次は壁板の張り替えに移る。

さほど重労働な作業ではないのだが、日頃の運動不足が災いしてかやや疲労の色が見て取れる。

しかし滲んでくる汗を拭いながらも海人は手を止める様子はない。

それどころか一通り張り替え終えると一階の窓を全て開け、塗料を使って張り替えた板が周囲に溶け込むよう色の調節も行い始めた。

一番優先順位の高い床板から先に塗り、次いで壁を塗っていき、と地味で繊細な作業を黙々と繰り返し続ける。

そんなこんなで三時間もすると、一階部分の修理はとりあえず全て終わっていた。

海人の予想よりは傷んだ箇所が少なかったこともあるが、何より彼の作業が迅速だった。

「さて、後はリビングの片づけだったな……まあ、たしかにかなり散らかっているな」

テーブルの上に散乱している果物を、テーブルの隅に置いてある編みかごに盛り付ける。

そのかごをとりあえず空いている椅子の上に載せ、布巾で全体の乾拭《からぶ》きをした。

そしてかごをテーブルの上に戻し、椅子の上に積まれた本を大きさを揃えて本棚に並べていき
――その途中で手が止まった。

(そういえば文字はどういう文字になっているんだ……？)

そう考え、図鑑と思わしき大きな本を開く。

そこには彼が見たことのない動物の写実的な絵が描いてあり、横に解説の文章が載っている。

ただし、一つだけおかしい、というかおかしすぎる点があった。

「……なぜ読める？」

あまりの違和感に思わず声がこぼれる。

数字以外は見たことのない文字だというのに、なぜか文章が理解できた。

頭の中で想像して補完しているなどというレベルではない。動物の名前はおろか、生態などに関する文章まで自然に読めるのだ。

まるで海人の母国語にいつの間にかここの言語が加わっていたかのように。

たしかに便利だが、同時に彼は少し考え込んだ。

これが一時的なものだとしたら持続させる方法を考えるなり、はたまたこの状態が続いている

間にここの言語を習得するなりしなければならない。

海人は昨日ルミナスと会話をしていた際に読唇術も使っていたが、彼女の話す言葉は読んだ唇の動きとまったく同じだった。

そのため会話に関しては問題なさそうではあるのだが、本が読めるのと読めないのでは情報収集にかかる労力が天と地ほどの差になる。

「……まあ、当面は便利だからいいか」

とりあえずその場は思考を止め、溜息を一つついて作業に戻る。

なんにせよ、まずは頼まれた作業を終わらせなければならないのだ。

◇◇◇

昼過ぎにルミナスが帰宅した。

何やら少し疲れている様子で、心なしか自慢の黒翼《こくよく》もしおれているように見える。

彼女はけだる気怠《けだる》げに腰のロングソードをベルトから取り外すと、それを左手に持ってドアを開けた。

「ただいま～～、あ～もう、無駄に疲れ……た？」

玄関に入るなり、唖然とした。

玄関の内装の中で部分的にかなりボロボロだった箇所がなくなっている。

板を張り替えたのであれば不思議はないのだが、それにしては周りの古くはあるが綺麗な状態の板と色の差がない。

正直老朽化した内装の記憶がなければ、元々こういう家だったと言われて納得してしまいそうなほどである。

「おや、帰ってきたか。おかえり」

時間が余ったため家具を乾拭きしていた海人が、顔を上げて出迎える。

塗料の匂いが嗅ぎ取れなくなった事を確認し、部屋の窓を全て元通りに閉めても時間が余ったのだ。

他にやる事もできる事もない彼は暇を持て余し、本棚の陳列からフルーツかごの配置まで完璧に整えていた。

ルミナスが出かける前とは天と地ほどにリビングの美しさが違っている。

「う、うん。ただいま……ねえカイト、これ修理したのよね？」

「ああ、言われた通り一階部分は全部やっておいたが……なにかまずかったか？」

「いや、修理したにしてはそれらしい跡が……っていうか用意しておいた板と色が違わない？」

「あまりに周りと色が違いすぎて見栄えが悪かったんでな。塗料があったからそれで色と模様を調節したんだが……まずかったか？　一部の床板以外ならそう剥げる事はないと思うんだが……」

さらっと言っているが彼は木目や節にいたるまで違和感なく調節している。

しかも優先してやっていた床板の部分は完全に乾燥済み――ここまで来るともはや超人的な職人技である。

「まさか！　こんだけ違和感なく綺麗にしてくれたのに文句なんかあるはずないわ！　うっわ〜、あんたこんなことできるんだ……」

ルミナスは目を輝かせて海人を見つめ、こりゃ思わぬ拾い物したかも、と心の中で呟いていた。

彼女もそれなりに器用で家の修理も一応できるがこの家は古いため同じ色と質感の木材を探すのも難しく、見つけても費用が高くなる。

そのためにルミナスも修理する時は塗料で色合いの調節をしているのだが、彼女の技能ではどうしても違和感が気になってしまう。

労力を使えば不満が残り、金を使えば懐がかなり寂しくなる。そこを海人はルミナスの労力を使わず、お金も使わずに見事に解決したのだ。

諸事情で経済的にさして余裕のない彼女が内心ガッツポーズをとるのは無理もない。

「気に入ってもらえたなら何よりだ――ところで相談があるんだが」

「え、なに？」

「余った木材で外にある古いテーブルや椅子を修理してもいいか？　使ってないからあんな状態なんだろうが、修理すればまだ十分使えそうなものを見ていると気になってくる」

「へ？　い、いやそりゃぜんぜん構わない……っていうかこっちからお願いしたいぐらいだけど」

外にある家具は今でこそ壊れてはいるが、去年までは普通に使っていたものだ。

ルミナスは折を見て自分で修理しようと思っていたため、海人の提案はまさに渡りに船。

断る理由などどこにもあるはずがなかった。

「感謝する。早速取り掛かって構わんか？」

「え、ええ、いいけど……」

妙に生き生きとした海人に戸惑いながら頷《うなず》く。

ルミナスは彼の体つきを見る限り、あまり肉体労働は好きではないだろうと思っていたのだ。

実際彼は大概の肉体労働は嫌いなのだが、物作りと修理だけは例外だった。

良くも悪くも作る喜びに浸ってしまう癖と変に貧乏性な性格は、その二つに関してだけは彼の肉体労働の辛《つら》さを和らげてくれる。

「では行ってくる」

「………………」

ルミナスは材料と工具を持って家を出る海人を見送り、何事かを考え始め――――しばらくして、パンッと軽く手を鳴らすと彼女は台所に向かった。

◇◇◇

「ふう……これで落ち着いたな」

夕方、日が暮れ始めた頃にようやく一通りの修理を終えて海人は家に戻ってきた。

さすがに新品同様とまでは行かないが、幸い致命的に壊れてしまっていた物はなかったので、薄汚れた表面を軽く拭き取り、折れた椅子やテーブルの脚を余った木材で作り、それを釘で固定することによってとりあえず再び使えるようになった。

元の素材とは違う素材のため脚の何本かの色が違っているのが少々気になったが、実用性には問題なかった。

「お疲れ様。シチュー作ったけど食べる？」

ルミナスが席に座って一息ついている海人に尋ねる。

今現在リビングには彼女の作ったシチューの食欲をそそる香りが立ち込めている。

このシチューは色々と贅沢な材料を使った彼女の自信作の一つで、高級料理店に出しても恥ずかしくない逸品である。

だが、その分材料費がかかるため、普段は月の終わりの楽しみとして作る。

本来は今日作る予定ではなかったのだが、予想以上の働きをしてくれた海人を労《ねぎら》うために特別に作った物だ。

「喜んで……っと、すまんがその前に水をもらえんか？」

芳醇《ほうじゅん》な香りに誘われて思わず頷きそうになるが、まずは水を貰う事にした。

この男、朝から水分補給なしで働きっぱなしである。

幸い気温が高くなかったために、汗をかいた量は多くはなかったが、決して少なくはない。

このままだと脱水症状を起こしてしまう危険性があった。

「へ？　あ……そういえばあんた魔法使えないんだったっけ。ここには井戸もないから、朝から水分とってなかったのか。ごめんね、気付かなくて……清浄なる水よ、我が元に来たれ《アクアコール》。はい、お水」

「ありがとう。……ぷはぁ～、生き返るな」

まさに生き返った心地である。

なにせ海人は喉が渇いたときに水が飲めないという体験などほとんどした事がない。

普通なら家にいれば蛇口をひねれば水が出るのだから当然といえば当然だが。

「はい、もう一杯飲んどきなさい」

「ああ……ふう、落ち着いた」

ルミナスが差し出した水を飲み、海人が大きく息を吐く。

満足げな彼の姿に苦笑しながら、ルミナスは台所に戻って自慢のシチューを持ってきた。

「……おおっ、美味しそうだな」

「多めに作ったからたくさん食べていいわよ」

「それはありがたい。いただきます」

そう言うと海人は大きく口を開けてシチューを頬張り、少し驚いた。

このシチュー、数々の野菜の旨《うま》みとよく煮込まれた肉の旨みが溶け出して彼の予想以上に美味《うま》い。

しかも中に完全に溶け込んでいる野菜とは別に、形と食感がちゃんと残った大きめの野菜を何種類か入れてあり、食べ応えも十分である。

強いて難点を言えば肉の旨みが見事にシチューに溶け出しているため、肉本体が僅かに出し殻のようになっていることぐらいだが、そこまで言っては確実に罰が当たる。

「ね、食べながらでいいから質問に答えてくれる？」

「構わんぞ。何が聞きたい？」

「あんた本職は家具職人か大工……それとも画家？」

ルミナスは海人の見事な手並みを見て、素人ではないだろうと思っていた。

なにしろ住んでいる彼女でさえどこが直されたのか分からないのだ。

どう考えても素人の仕事ではなかった。

「いや、どれも違う。多少絵画や工芸、建築関係の知識もあるが、本職ではない」

「それにしちゃ随分手慣れてるみたいだけど？」

「手慣れてるのは色々な物を自作で作るのに慣れてるからだ。絵の技術にはさして自信がないが、一応木製ならばやろうと思えば家具から武器まで一通り作れる。要望があるなら、時間と材料さえもらえれば戸棚でもベッドでも何でも作るぞ」

「いや、当面は特にいらないからいいんだけど……」

やや呆《あき》れ顔で断る。

事もなげに言っているが、海人の技能は実際のところ総合的には下手な本職よりも上である。設計図は場合によっては本職以上に完璧な物が作れるし、それを作製する技能も二流の本職程度の腕はある。

唯一の難点は、趣味やこだわりに走りすぎるため、しばしば余計な機能がつくことだ。

具体例としては、四歳の時に家具店で見たブランド物の木製の椅子を一ヶ月かけてほぼ完璧に再現し、その椅子にモーターと車輪を取り付けて走れるようにしたことがある。

このとき彼の両親は面白い物を作ったね、と優しく頭を撫でてくれたのだが、よりにもよってブレーキを付け忘れていたため、海人の母親が試しに乗って家の外壁に正面衝突した。

椅子は大破。そして彼は鼻の頭が若干赤くなった母親によって、しこたま尻を引っ叩かれてしばらく座るだけで悲鳴を上げるような状態にされた。

なお、失敗例はこれだけではなく、彼は余計な機能を付けたときは高確率で失敗をやらかす。しかも成長し、知識が増えるごとに失敗の規模も大きくなっている。

この家に機械類がないとはいえ、この男だったらボタン一つでバラバラになるベッドぐらいは作りかねない。

しかもこの男は、気合を入れて作れば作るほど余計な機能を付けたくなる困った性分だ。

無自覚ながら、ルミナスは見事な危機回避をしていた。

「そうか」

ルミナスの答えに、少し残念そうに言う海人。

実際作らない方がよかっただろうが、それを知る者はこの場にいなかった。

「でも、それだけできんのに本職じゃないわけ？」

「うむ。どちらかといえば肉体労働は専門外だな。本職は研究者だ。研究内容は作物の品種改良から家の耐震設計まで色々ある」

そう答え、再び彼はシチューを口に運ぶ。飽きずに食べられてなおかつ美味い、ある意味料理の理想形と言える味である。ただ、それ以上に海人は入っている材料について考えていた。

入っている材料は知らない野菜も交じっているが、形が残っているものでタマネギ、ニンジン、マッシュルームといった物が見られる。シチューの色や味からすればトマトなどの野菜も入っていそうだ。

入っている肉も食感は牛肉そのもの、味は普段食べている物より上質だが、牛肉の味である。

このことから考えると、食物に関してはあまり差異がないらしい。

と、一通りシチューの分析を終えたところでちょうど皿が空になった。

「うむ、非常に美味かった。君は料理上手なんだな」

「ありがと。おかわりいる？」

嬉しそうに微笑《ほほえ》み、空になった皿を手に取る。

シチューは見事なほどに残らず食べ尽くされていた。

本当に海人が美味いと感じた何よりの証拠である。

「たのむ」

「大盛にしとくわね」

嬉しそうな表情のまま足取り軽くルミナスは台所に向かう。

明日の朝に温めて食べようと思って残していた最後の一杯分を取りに。

――なんとも、お人好《ひとよ》しな女性である。

◇◇◇

十分後、海人はたっぷりと盛られた二杯目のシチューも綺麗に平らげ、満足そうに腹を撫でていた。

「ご馳走《ちそう》様。そういえばさっき帰ってきた時機嫌が悪そうだったが、なにかあったのか？」

ルミナスが淹れてくれた食後の紅茶をすすりながら尋ねる。

昨日もそうだったのだが、いい葉を使っているようでこの紅茶は香り高く甘みを感じる。

どちらかといえば彼は緑茶派ではあったが、素直に美味いと感じられる逸品だった。

「ありゃ、気付いてたの？　いやそれがさ、ホーンタイガーを狩れって依頼があったんだけど、あれは強いし頑丈で逃げ足も速いのよ。でもここ何日かかけて空からの奇襲で徐々に弱らせたから、今日は仕留めようと思ってたの。なのに、どういうわけかいつもは草原のあたりうろうろしてんのが、今日に限って見つかりゃしない」

「ほう？」

「それで空から探してたんだけど、どういうわけか草原のど真ん中で外傷もなく死んでたのよ。何日もかけて弱らせてたっていっても、餌が取れなくなるほど弱るようなやわな魔物じゃないはずなのに。報酬は支払われたからいいんだけど、朝から気合入れてたから無駄に疲れちゃってさ」

ぐて～、とテーブルに倒れながら溜息をつく。

よりにもよってだだっ広い草原の上を長時間飛び回って、保護色で溶け込んでいる動物を捜していたのだから、その疲労はかなりのものである。

ましてや発見したときには当の魔物は死んでいたとくれば、どっと疲れるのは当然だろう。

「聞くが、ホーンタイガーというのはやたらと長い角を持った大型の緑色の体毛の虎か？」

「ええ、そうよ。ひょっとして昨日見たの？」

「……どうやら君は二重の意味で命の恩人のようだな。どうりで肉食獣にしては動きが鈍かったわけだ」

そう言って海人は深々と頭を下げる。

もし昨日ホーンタイガーが万全な状態であれば、確実に彼は今この世にいなかった。

それに加え、夜間は魔物が活性化するということを考えればこの家に泊めてくれているルミナスは二度海人の命を救っている。

どちらも完全な偶然ではあるが。

「って、あんたあれに襲われたの⁉」

「ああ。その際に道具を使って仕留めた。いや、本当に重ね重ね君には助けられているな。君が弱らせていなかったら今頃私はあいつの腹の中だ」

「ちょっ、仕留めたって……私がつけた傷以外、外傷なかったわよ⁉」

今日回収したモンスターの死骸の状態を思い出し、ルミナスは叫んだ。

海人が嘘をついているとまでは思わなかったが、彼女が付けた傷以外は外傷が見当たらなかったのは紛れもない事実。

少なくとも刃物で倒したわけではない事は間違いないが、海人が素手で倒せるとはとても思えなかった。

「腹の辺りが少し焦げていなかったか？」

「腹……ああ、言われてみれば少し焦げたような痕があったわね」

「この道具を使ったんだが、これは本来はこの部分を接触させてこっちのオレンジ色の部分を押すと、相手を麻痺させる道具だ。ただこれは私の自作なのでな、威力を高めすぎたせいで相手をほぼ確実に死に至らしめる。実際あのホーンタイガーとやらも一回で仕留められた」

「……昨日のデンタクとかいう道具も凄かったけど、それもとんでもないわね」

ルミナスは冷や汗を流しながら呆れる。

ホーンタイガーはその頑丈さで有名なモンスターであり、並の剣撃ならばその皮膚と筋肉に弾《はじ》かれてほとんど通じない。

彼女も万全を期して空からの奇襲で徐々に傷を深くしていったのだが、それを一回で仕留めたというのだから呆れる他ない。

――もっともその気になればルミナスも剣の一撃で倒す事は十分可能ではあるのだが。

「そうかもな。ただ、これは後一回しか使えんからな。それを使ってしまえば私は身を守る術《すべ》がない。というわけで魔力を使った肉体の強化法を教えてくれると私は非常に嬉しいぞ」

この男、一応教えを請う立場であり、自分の弱みを見せているにもかかわらずなぜか無駄に偉そうである。

「あ、そういえばまだ教えてなかったっけ？　ん～、効果もよく分かるだろうし、実際に見せた方が早いか……これでいいわね」

少し考えた後、ルミナスは足元にあった修理の際に余った分厚い木の板を手に取る。

「この板は私の腕力でも、強化なしの状態じゃとても割れないわ」

そう言って板に拳を叩きつける。

ゴンッ、と鈍い音がするが木の板はへこみすらついていない。

あなたもやってみる？　と板を渡され海人はコンコン、と軽く叩いてみるが、とても割れそうになかったのでそのまま彼女に板を返した。

「で、魔力による強化だけど、基本はまず体の魔力をこんな感じで外に出す。出し方は昨日あんたが出してた光を外に出すイメージね」

ルミナスの体が薄く白い光で覆われる。

海人も言われた通りのイメージを頭の中で作ると、同じように体が白い光に覆われた。

「こんな感じでいいのか？」

「うん上手。で、この光を強化したい部分に貼り付けて染込ませるイメージで纏わせる」

ルミナスの両腕にあった光が集まり、その部分だけ他の部分より光が圧縮されたように色が濃くなり、小さくなっていた。

「ふむ、こうか？」

また言われた通りにイメージを作ると、彼の体を覆っている光も同じように変化した。

「で、この状態だと……」

バキッ、と鈍い音を立てて板が割れた。

ルミナスは先程と変わらず右の拳で板を殴っただけにもかかわらずだ。やってみなさい、と割れた板の片割れを投げ渡される。

試しに思いっきり拳を叩きつけると鈍い音と共に海人の拳が板を突き抜けた。

通常ならこんな状態になれば板の破片が腕に刺さって血塗《ちまみ》れになっているだろうが、傷一つない、というより痛みすらなかった。

そのまま腕を引き抜くと、木の板の破片がパラパラと床に落ちていく。

「ま、そんな感じね。要は魔力はイメージ通りに動かせるってことと、体に貼り付けて染込ませるようなイメージをすればその部分の肉体の強化ができるってことよ。勿論全身に貼り付けるイメージをすれば全身が強化されるわ。ただ、その分魔力消費が大きくなるから、日常生活なら必要な部分だけ強化すれば十分よ」

「なるほどな。よく分かった、ありがとう」

「そういえば、私は明日魔力判別所行くつもりだったんだけど、あんたも行く？　あ、もちろん必要なお金は私が出すわよ」

「……いいのか？」

海人にとっては願ってもない申し出だった。

もし魔法が使えるようになれば、今の状態よりはかなり仕事を見つけやすくなるはずだ。

なにしろ現在彼は誰でもできるはずのことができない、という非常に問題がある状態。

そう多くの魔法を一度に習得できずとも、基本的な物を覚えるだけでも彼の場合は状況が確実に好転する。

「もちろん。そもそも大した金額じゃないし、家の修理だけじゃなく外の家具の修理もやってもらっちゃったからね」

「ならばそうさせてもらうが……悪いが、運んでもらえるか？」

「あ……そういやあんた、翼ないうえに魔法使えないんじゃ飛べないわね。そーかそーか、そうだったわね。こりゃ失念してたわ」

「そういうことだ。私は自力ではとてもこの家の周辺からは移動できん。それでできれば、私が空を飛べるようになるまでは、出かけるときは運んでほしいんだが……」

「あー……この家の位置が位置だしね。いいわ、空飛べるようになるまでは私が運んだげる」

「感謝する」

笑顔で快諾してくれたルミナスに軽く頭を下げる。

殊勝な海人にいいっていいって、とパタパタと手を振り、ルミナスは自分の紅茶を注ぎ足した。

それから少しの間二人は取り留めのない話で盛り上がっていたが……

「そういえば聞いていなかったが、君はここで一人暮らしなのか？」

二杯目の紅茶を飲み始めたとき、海人が思いついたように尋ねた。

「ええ、そうだけど？」

「それにしては外のテーブルなどを含め、ずいぶん家具が多いような……」

「ああ、そのことか。私は傭兵《ようへい》やってるんだけど、うちの傭兵団って基本的に仕事がない時は自由待機なのよ。自由待機の間は仕事の期間が三週間以内なら個人で仕事受けようがアルバイトしようが本当に自由なんだけど、実際は結構暇なの。その関係で同じく暇してる同僚や部下が遊びに来ることが多くてね。それでテーブルとか椅子は宴会用にいくつか置いてあるのよ」

多分しばらくは誰も来ないだろうけど、と続けて彼女はお茶をすすった。

ルミナスは、最後に顔を合わせた際の部下の様子からして、すぐここに来られる状態になるはずはないとほぼ確信していた。

「君は傭兵なのか……となると、武器などにも詳しいのか？」

「そりゃ商売道具だからね。そこらの武器屋よりは詳しいわよ」

「聞きたいんだが、この辺りだと銃などは使われているのか？」

これは海人が先程から疑問に感じていたことだ。

普通に考えれば銃があるのなら、昨日彼を襲った魔物を仕留めるのにいちいち弱らせてからなどということはしなかっただろう。

彼女ならばこっそり上空から近づいて高威力の銃で撃てばそれで終わっているはずなのである。

いかに虎の敏捷性《びんしょうせい》が高いとはいえ、不意打ちの上空からの弾丸を避けられるとは思えないし、いくら頑丈でも上空からの加速がついた弾丸が通じないとは思えなかった。

「銃？　あんな使い道のない武器使ってるわけないじゃない」

不思議そうにルミナスは答えた。

「使い道がない？」

「確かに魔力使わずに撃てて威力も悪くはないけど、一発一発時間がかかるんじゃ実戦じゃ使えないわよ。しかも弾が切れたらあれで殴るか素手で殴るかしかないわけだし。魔力で腕力強化しながら弓で撃った方がはるかに使えるわよ」

「……銃より弓の方が使えるのか？」

海人の常識ではとても考えられない発言だ。

対戦車ライフルのような反動の大きい銃ならば連射ができないというのは分からなくもないが、それにしても射程は非常に長い。

ひょっとしたらかなり旧式で彼の知る物より射程が短いのかもしれないが、それでもあれに匹敵する射程を弓で得ようと思えばありえないほど強力な弓をとてつもない怪力で引かなければならない。

しかも弾が切れたら、銃で殴るか素手で殴るかということは銃の射程をほぼ瞬時に詰める速度での移動が可能ということになる。

ここで使われている弓は海人の知らない材質なのか、魔法を使えばそんなとんでもない速度で移動できるのか、など数々の疑問が浮かんで彼の脳を占拠していく。

「当たり前じゃない」

そんな海人の思考を知ることもなく、ルミナスは呆れたように言う。

どうやら彼女にとっては論ずるまでもない事実のようだ。

「……とりあえずどういう弓や銃なのか興味が湧いてきたな」

「ん？　弓は今ないけど、見たいんなら三階の倉庫に銃だけなら何丁か放り込んであるわよ。弾丸はないけど。ちょっと前に仲間内の福引きで当たったのよ」

「見せてもらっていいか？」

「ええ、持ってくるから少し待ってて」

そう言うとルミナスは席を立ち、リビングを出て行った。

◇◇◇

少ししてルミナスが長身の銃を携えて戻ってきた。

銃の端には埃《ほこり》がついており、長い間放置されていた物を、軽く拭いて持ってきたというのがよく分かる。

「はい、これがたしか二年前の最新型の銃ね」

「に……二年前とはいえ………」

海人は渡された銃を両手で持ちながら見下ろして肩を落とし、自分の先程の思考はなんだったのだろうと頭を抱える。

こんな物、彼は博物館や歴史資料館でしか見たことがなかった。

確かにこれでは魔法が存在するような世界の実戦では役に立たないだろう。

また、こんな物が最新型である以上、長距離射程の銃などあるはずもない。

なぜなら海人の手元にある銃は――火縄銃。

一発一発銃口に弾を詰めていかなければならないため、連射ができない。そしてライフリングもないため命中精度も悪い。

たしかにこれでは弓の方が使えるだろう。飛距離に関しても、魔力で強化した腕力で強い弓を引けばそちらの方が伸びる可能性が高い。

「なるほど、な」

海人は少し悩む。

彼の研究の中には拳銃などの武器・兵器の開発もかなり含まれていた。

当然ながらそれにあたって徹底的に資料を調べ上げたため、細かい構造や材質も熟知している。

そして海人が開発した物はほぼ例外なく無駄とさえ言える高性能さを誇っている。

おそらく材料が揃い、腕の良い鍛冶屋に指示すればこの世界の軍事バランスを崩しかねないほどの拳銃を専用弾薬付きで作れる。

元手があればおそらくそれの製作販売で多大な利益を上げられる事は想像に難くない。

ただし、それをすれば、

（……確実に治安が悪くなるだろうな）

弓は使うために相応の力を必要とし、狙った獲物に当てるには相当な熟練を要する。

しかも一回ごとに弓を引かなければならないため、数撃てば当たるというものではない。

発射音こそほとんど出ないものの、外し方によっては矢の刺さり方で方角が簡単に特定されてしまうため、一度標的から外してしまうと次の矢を番《つが》えている間に逃げられる可能性は非常に高くなる。

他者の命を奪うためには使い手の相当な努力を必要とする道具、それが弓である。

だが拳銃は違う。

使うのに筋力はさほど必要なく、さしたる熟練がなくとも当てるだけならば弓よりはるかに容易である。

さらに連射が可能なため、文字通り下手な鉄砲でも数撃ちゃ当たる。

そして発射音こそ大きいものの、弾丸自体は小さい物であるため場合によっては自分の居所を気付かれないこともままある。

大した努力なしに他者の命を奪える道具、それが拳銃である。

そんな便利な武器を一気に普及させれば治安の悪化は免れない。

そして、治安の悪化は彼自身にも火の粉を振り掛ける可能性が高い。

それを考えると、元手があっても安易に拳銃を作るわけにはいかない。金を儲《もう》けたところでそのせいで誰かに殺されては本末転倒だ。

「どうかしたの？」

考え込んでいる海人を見て、ルミナスが少し心配そうに彼の顔を覗き込む。

「いや、なんでもない。わざわざ見せてくれてありがとう」

海人はそう言って銃を彼女に返す。

冷静に考えれば現在元手はないのだから、今考えても仕方がないのだ。

「そんなのは別にいいけど……本当に何でもないの？」

「ああ。そもそも今考えても仕方のないことだしな」

「……ま、いいけどね。そういえばさっき言ってたホーンタイガーを仕留めたっていう武器、後一回しか使えないって言ってたけど、ほとんど使い捨てなの？」

「使い捨てというわけではないんだが……電気は分かるか？」

「えっと、雷を構成してるエネルギーのことでしょ？」

「まあ間違ってはいない。これの動力源は電気なのでな。これに電気を溜め込んでおかないと使えない。まあ満タンの状態でも消費電力の関係で二回しか使えないんだがな」

こんなことになるなら面倒がらずにとっとと改良しておけばよかった、と心の中で嘆く。

確かに海人のスタンガン（もどき）は消費電力が莫大だが、それでも彼が本気で改良すれば使用回数を十回ぐらいにはできる。

元々自分までたどり着いた侵入者用兼思い付きの暇つぶし開発だったとはいえ、後悔せずにはいられなかった。

さすがの海人も改良用の道具も資金もない状態ではお手上げだ。

「それじゃ、雷の魔法で電気を作ればまた使えるわけ？」

そんな海人の内心を知る由もなく、ルミナスが真剣な表情で問いかける。

「大まかに言えばそうだが、あまり大きい電力だと許容量を超えて壊れる可能性もあるし、電気を溜めるときは徐々に溜めていかなければならないから、弱い魔法を長時間使い続ける事になるかもな」

「……すんごい面倒じゃない？」

「私がいたところでは電力を発生させる装置は普通にあるから、なんら面倒はなかったんだ。その装置もこれも材料さえあれば作れんこともないが、当面は無理だな」

「そっか……売れるかと思ったんだけどね。ホーンタイガーって体毛も皮膚も硬くて並の攻撃じゃ効かないのよ。あいつを一撃で倒せる道具なんて、ほとんど密着しなきゃいけないって点を考慮に入れても需要が多いはずなんだけど……」

どうやらルミナスなりに海人のことを思って、彼が金を儲けられる方法を考えていたようだ。

もっとも、資金があったとしてもスタンガンの材料も発電機の材料もこの世界で集めるには手間がかかるのだが。

「私が魔法を使えるようになれば充電できる可能性はあるし、元手になる金さえ稼げればこれの材料を仕入れることも可能かもしれん。そうなれば販売も可能になるだろうが……なんにせよ、魔法を使えるようになってからの話だな」

「そうね。ま、あんたの場合昨日の魔力量からすりゃ魔法が多少下手でもしばらく鍛えれば傭兵でもやっていけると思うし、どうしても仕事が見つからないんだったら、うちの傭兵団に放り込んで私が直々に鍛えてあげるわよ」

昨夜海人が放出していた膨大な魔力を思い出し、ルミナスがそんな提案をする。

冗談めかしてはいるがそんなに悪くない案かも、と彼女は内心思っていた。

ルミナスの所属する傭兵団に放り込めばとりあえず最低限の衣食住を保障するだけの給料はもらえるのだ。

「……ひょっとして君は所属している傭兵団の中でも幹部クラスなのか？」

「そうよ？　一応地位的には三位になるわね。つっても同率三位があと二人いるけど」

「それにしても上司に無断で勝手に入れるのはまずいんじゃないか？」

「新しい団員一人入れるぐらいだったら私の裁量でやっていいのよ、実際何度かやってるし。実戦に参加できる力がつくまでは給料はかなり少ないけど、私が指導するのなら一ヶ月で私の部隊の中堅レベルまで鍛え上げてあげる。……ま、逃げ出さなければだけどね？」

ルミナスが最後にニヤッ、と挑発するような笑みを浮かべる。

あんたみたいな優男がついてこれるかしらね？　というような表情だ。

が、同時にただならぬ威圧感を放っているため、常人ならば怒るどころか竦《すく》み上がりそうである。

「ならば君は追い抜かれないよう、今まで以上に努力しなければならないかもしれんな？」

しかし海人は同じように不敵な笑みを浮かべ、挑発を返した。

実は両手はじっとりと汗に濡れており、平然とした顔はプライドによる必死のやせ我慢なのだが。

「へぇ……大したもんね。やせ我慢にしても、私の挑発に挑発で返せるやつなんてそういないわよ？　胆力的にも結構見込みあるかもね」

そんな海人の演技は、あっさりとルミナスに見抜かれていた。

彼女は楽しそうに笑いながら、放っていた威圧感を薄れさせていく。

「……そこは気付かないフリをするのが優しさというものだと思わんか？」

「男の子は厳しい環境でこそ勢いよく成長するのよ。むしろ心を鬼にして厳しくすることが優しさじゃない？」

恨みがましい目で見る海人を楽しそうに眺める。

その表情はやんちゃな弟を微笑ましく見守る姉のように優しく柔らかい。

「私はこれでも二十四だぞ？　男の子という年じゃない」

「ふふん、私は二十六だもんね。私の方がお姉さんなのよ、ボ・ウ・ヤ」

からかうように言いながらルミナスは変わらず楽しそうな表情を浮かべていたが、

「つまり年増だということだな」

「んなっ……!?」

デリカシーゼロな最低男の発言で一気に表情が引きつった。

「ふ……ふ～ん、いい度胸してるじゃない？　そういうことを言うやつには……お仕置きよ！」

言い終わると同時に海人の後ろに回りこみ、彼のこめかみを両手の中指の第二関節でゴリゴリと音が聞こえてきそうな力で抉《えぐ》り始めた。

同時に後頭部に柔らかい感触が当たっていたりするが、海人にそれを楽しんでいる余裕などとてもない。

「ぬぐあっ⁉　痛⁉　あだだだだだだだだっ⁉　ちょっ……やめっ……ぎゃあああああああああ⁉」

「さ～あ、もう一度言ってごらんなさい。私は……何なのかな？」

一瞬ミシッ、と音が聞こえてきそうなほどの力を加え、最終通告を行う。

無視すればこめかみどころか頭蓋骨が砕かれそうだ。

「人生経験豊かな美しいお姉様ですぅぅぅぅぅっ！」

さすがの海人もそれを無視するほどの度胸はなく、あっさりと前言を撤回する。

「よろしい。ところで、あんた水浴びした方がいいわよ。まだそんなに強烈な匂いじゃないけど、多分明日か明後日《あさって》にはそれなりの匂いになってるはずよ？」

そう言って鼻を少し近づけてクンクン、と確認するように匂いを嗅ぐ。

言われてみれば、と海人は納得する。そもそも彼はこの世界に来る前も何日か風呂に入っていない。

幸い元々体臭は薄いので今はまだそれほどでもないが、可能なら洗った方が良いのは当然であった。

「そうしたいのは山々だが……質問だ。ここにはシャワーはあるのか？」

駄目で元々と思いながら尋ねる。

上水道も通っていない所ではまず望めないと思いつつも、あらかじめ水を溜めておいてシャワー状に降らせる道具ならあるかもしれない、と期待を込めての質問だったが……

「シャ、シャワー？　えっと……使えないことはないのよ？　ただ私は魔法が苦手だから……その、水の勢いがちょっと強くて……痛いわよ？」

ルミナスがまるで言い訳でもしているかのようにやたらと慌てている。

案の定、海人の想定しているシャワーはないようである。

そういう魔法はあるようだが、残念ながら彼女は使えないようだ。

「分かった。ここでは水浴びはどうやってやるんだ？」

「え？　普通は体洗うのにいちいち川まで行かないし、浴槽に水入れて洗うだけでしょ？　あ、もちろん水は私が出したげるし、タオルは好きなの使っていいわよ。浴室は二階にあるから、水入れるついでに案内したげるわ」

言うが早いか、ルミナスはスタスタと歩き始める。

そして海人は彼女に連れられて浴室へと向かった。

◇◇◇

ルミナスに案内されて向かった浴室は海人の感覚からすればかなり簡素な物だった。

あるのはタイル張りの洗い場と浴槽のみで、シャワーはない。

後は体を洗うための石鹸《せっけん》と洗い流すための手桶《ておけ》、そして椅子があるだけだ。

「清浄なる水よ、我が元に来たれ《アクアコール》」

詠唱の完成とほぼ同時に空だった浴槽がたっぷりの水で満たされる。

ただし、残念ながらお湯ではないため、体を温める事はできないようだ。

「これだけ入ってれば十分体洗えるでしょ。石鹸はそこに置いてあるの使ってね。タオルはそこの洗面台のところに置いとくから。あ、でも着替えはないわよね……」

そこまで言ってルミナスは困ったように言葉を切る。

着替えがなければ、せっかく体を洗っても今の匂いがついた服を着ることになってしまう。洗わないよりははるかにマシだが、あまり意味がない行為になってしまうのだ。

「魔法で衣類の乾燥はできるか？　洗うのは手洗いするにしても乾燥ができないのではどうしようもない」

海人は当然といえば当然の結論に行き着いた。

要は体を洗い終えるまでに今の服を洗濯して乾燥させられればいいわけだ。

「うーん、できなくはないけど……私の魔法荒っぽいから、この厚い生地のスラックスとシャツはともかく、白衣は生地が持たないわよ？　ついでに言うと下着は心理的に嫌。……ま、どうしてもってんならやったげないこともないけど」

「ああ、それなら大丈夫だ。この白衣は着ている中で一番頑丈な生地だし、私の下着は洗濯だけして絞って干しておけば十分ほどで乾く」

白衣は海人が開発した新素材でできており、耐火・耐熱能力が非常に高く防刃にもなるような衣装である。

下着の方も彼が開発した物で、室内で干しておくだけでも短時間で乾く優れものである。

ちなみに開発理由は、乾燥機いらずの衣服ができれば光熱費が浮くし、よく売れるだろうというものだったのだが、元々飽きっぽい彼は下着を製作した段階で飽きてしまい、他の衣服は作らずじまいだった。

「そうなの？　それじゃ洗濯終わったら言ってくれれば乾燥はやるわ。ついでだからシャツの方はこの裂かれた部分繕っといてあげるわね。じゃ、洗濯用の石鹸はそこにあるから」

ルミナスが脱衣所を出て行く。

同時に海人は着ている服を全て脱ぎ、手洗いで洗濯を始めた。

手つきはたどたどしかったが、無事終わり、軽く絞って水を抜く。

「……つくづく自分がいかに文明の利器に頼っていたかを思い知らされるな」

そんな愚痴をこぼしながら、下着を除く衣服を目に付きやすい場所にまとめて置く。

そして廊下に続くドアを少しだけ開け、軽く息を吸い込み、大きな声で一階にいるであろうルミナスに呼びかけた。

「ルミナス！　すまないが洗濯終わった物を廊下に出しておくから、乾燥させてくれ‼　終わったら脱衣所のドアの前に置いてくれ‼」

分かった～、と返事が聞こえ、それを確認したのち浴室に入ってドアを閉める。

ついで湯気一つない浴室内の様子に、軽く肩を落とす。

「うーむ、こちらでは温かい湯に浸《つ》かるという習慣がないのか」

念のため手を入れて確認してもやはり冷たい水に嘆息する。

湯船に浸かりたかった、と贅沢な事をぼやきながら洗い場で体を洗い始めるが、元々海人は丁寧に洗うわけではないので、それほど時間を掛けずに洗い終えてしまう。

「……一応浸かった方がいいんだろうな」

意を決して水風呂に浸かる。

風呂に入っているというよりプールにでも入っている気分だ——当然だが。

さすがに長くは入っていられず、十分弱で浴槽から出た。

洗い場に残っていた石鹸の泡を水で洗い流し、最後に浴槽の栓を抜く。

水が全てなくなるのとほぼ同時に脱衣所からルミナスが話しかけてきた。

「カイト！　乾燥と繕い終わったから、置いとくわよー！」

「ああ、ありがとう！」

そう返事をしてルミナスが階段を下りていく音を確認したあと浴槽から上がり、脱衣所に入って用意されていたタオルで体を拭く。

「うむ、しっかりと乾いていそうだな」

脱衣所の外に置かれていた服をすばやく部屋に入れ、もし入ってきてもルミナスの視界に入らないよう隅っこに干しておいた下着を穿《は》き、残りの衣服を身に着ける。

シャツの裂けた部分はさすがに少々目立つが、きっちりと綻びないように繕ってあり、もう肌は見えない。

予想以上に手慣れたルミナスの仕事に感心しつつ、海人はリビングに戻っていった。

◇◇◇

「さっぱりした？」

「ああ、おかげさまでな」

「そりゃよかったわ。ところでその白衣なんで出来てんの？　その薄さなのに私の魔法で生地が持ったのもそうだけど、ちょっと頑丈すぎるわよ」

ルミナスは、呆れたような表情で海人の白衣を指さす。

彼女は半信半疑で海人の白衣を魔法で乾燥させたが、熱くはなったものの生地が駄目になることはなかった。

それに感心し白衣を引っ張ってみたがそれでも全然問題はなく、ついつい思いっきり引っ張ってしまったのだが白衣はビクともしなかった。

以前それで、冬用の厚く頑丈な生地のパンツを一瞬で真っ二つに引き裂いてしまった事があるというのに。

ルミナスがどんな生地だこれは、と思うのも無理はない。

「ふふん、これは私が開発した新素材でな。この薄さで溶鉱炉に放り込んでも数分は耐えるという自慢の一品だ」

海人がよくぞ聞いてくれましたと言わんばかりに、嬉しそうな表情を浮かべる。

しかも腕を組んで偉そうに胸を張っている……着ている白衣と併せると見事に悪の科学者っぽ

い。

「はあっ⁉　溶鉱炉にって……ちょっと私の魔法に耐えられるか試していい？」

「構わんよ。よほどの高温じゃないと燃やす事はできんからな」

そう言って白衣を脱いで手渡す。燃え尽きるなどとかけらも心配してないようである。

「そんじゃ遠慮なく……」

そう言いながらルミナスは頭に火炎魔法の術式を思い浮かべ、完成させる。

術式に流し込んだ魔力が全てに行き渡ってから数分後、魔法が発動する直前に渡された白衣を天井に向かって投げつつ、高速で詠唱を始める。

「我求めるは燃え盛る火炎、汝煉獄《なんじれんごく》の真火よ、我が声に応えよ《ゲヘナフレイム》‼」

詠唱が終わると同時にキュゴッ、と現れた灼熱《しゃくねつ》の火球が落ちてきた白衣を包み込む。

火球を白衣が通過するのは一秒に満たないが、それでも普通の白衣ならば灰も残らない超高熱の魔法である。

実は彼女が使える数少ない上位の攻撃魔法なのだが、結果は――

「こ、焦げ目一つついてない⁉」

あまりの驚愕《きょうがく》に呆気《あっけ》に取られながら白衣の状態を確認していた手が震える。

確かにルミナスは魔法が苦手だが、今の魔法は一流どころの魔法使いを防御ごと炭も残さず焼き尽くした事がある。

呆然《ぼうぜん》とするのも無理はない。

「大したものだろう？　実はこの白衣は本当に溶鉱炉に放り込まれたことがあってな。まあ、実験済みだったんだ」

海人はふとそのときのことを思い出す。

とある人物に同じ事を言ったところ、数ヶ月後に製鉄所を訪問した際に白衣を剥ぎ取られて本当に放り込まれたのだ。何事もなかったかのように引き上げられた白衣を見た瞬間、唇を尖《とが》らせて妙に悔しそうな顔をしていたので腹は立たなかったが、きっちりその夜に罰は与えた。

などと昔を懐かしんでいると、呆然としていたルミナスが口を開いた。

「言うだけあって凄い素材だわ。でも、これって仮に全身覆ったら着てる人間は高熱に耐えられるの？」

素朴な疑問を呈する。白衣が火炎魔法で焦げもしなくとも、普通に考えれば熱は伝わる。いくら火が直接当たらなかったとしても、人間を一瞬で炭に変えるほどの火炎が発する高熱に中身が耐えられるはずがない。

「いーや。耐えられん」

海人は一瞬の惑いもなく即答する。

ルミナスの懸念通り、困った事にこの素材は熱から中の人間を守ってはくれない。

もしも全身を覆ったとしても先程の火炎魔法を受ければ、着ている物は無事だが中の人間は死亡というなかなか残酷な事になる。

「……意味あんのこれ？」

「あまりないな」

「凄いんだか馬鹿なんだか……」

「悪かったな。む？　……すまん、ルミナス……トイレはどこだ？」

唐突にゴロゴロ鳴り出した腹を押さえ、やや恥ずかしそうに尋ねる。

どうやら冷たい水に浸かったのがあまりよくなかったらしい。

「ありゃ、お腹《なか》が冷えたの？　二階に上がって一番近い扉よ」

「ありがとう」

礼を言うが早いか、海人は早足でリビングを出て階段へ向かう。

教えられた通り二階に登り、一番近いドアを開けてトイレに入った。

幸い、トイレットペーパーは置いてあった。

さらに意外な事に便座式であったが、汲《く》み取り式のように便座の中は大きな穴が開いていた。

そして便座の横には紙とそしてシャベルと山盛りのおがくずがバケツに入れてある。

「……まさか、用を足したらこのおがくずを落として上にかぶせて匂いを消すのか？」

怪訝《けげん》そうな顔で再度トイレの中を見回すが、詳しく考える暇もなく便意に襲われ、とりあえず用を足すことにした。

◇◇◇

数分後、海人はとりあえず用を足し終えて、考えた通り穴に向かっておがくずを落としてからトイレを出た。

「うーむ……本当にこれでいいんだろうか？」

が、すぐに自分の行動が正しかったのか考え込んでしまう。

ただの汲み取り式ならば、横におがくずが置いてある理由がないためおがくずを使うのは間違いない。

しかし、これだけでいいのかと言われると困ってしまう。

もう少し手順を加えればありえない話ではない。

用を足した後のおがくずを撹拌《かくはん》して適温で加熱すればバクテリアの活性化によって悪臭もなく、なおかつ堆肥になる。

水洗式よりも環境への悪影響もなく、農作物を育てるための肥料も作られるのだから悪いことはない。

しかし、この場合はただ単におがくずをかぶせただけである。

これをトイレに悪臭を発生させず肥料にするためには回収する業者なり、ルミナスなりが短期間の間に溜まったおがくずと便をまとめて撹拌・加熱しなければならない。

これはおそらく魔法を使っても結構な手間である。

(念のため、ルミナスに確認するか……)

女性相手にそんな事を聞かなければならない状況に海人は頭を抱えた。

どう切り出したものかと、ひたすらに思索を巡らせながら、少しでも時間を稼ぐかのようにゆっくりと一階に下りていく。

が、結局リビングに着くまで上手い考えは出てこなかった。

「……ルミナス。非常に聞きにくいんだが、あのトイレは用を足した後おがくずを落としておくだけでいいのか？」

　仕方なく海人は直球で聞くことにした。内心怒鳴られるんじゃないかとビクビクしつつ。

「そうだけど……ってか他になんかあんの？　ああ、心配しなくてもこの家にも回収の業者が一週間に一回来るわよ」

　彼の危惧など知る由もなく、ルミナスはあっさりと答えた。

「ならばいいんだが……回収の業者というのはやはり堆肥の生産業者か？」

「ええ。普通はこんな辺鄙《へんぴ》なところだったら業者のとこまで持ってかなきゃならないんだけど、幸いこの崖の下から少し行ったところに業者の拠点があるから引取りに来てくれるのよ」

「それは便利だな」

「ま、それを頼む事ができたからここに住んでるんだけどね。ん……ふわぁ……あ。うーん……それじゃいい加減眠くなってきたんで先に寝るわね」

　ルミナスは眠そうに欠伸《あくび》を一つし、そのまま席を立つ。

　疲れが溜まっていたのか、その目はひどく眠たそうに細められている。

「ああ、おやすみ。私は少し肉体強化の練習をしてから寝ることにする」

「ん、また……っと、危ない危ない忘れるとこだった」

　ルミナスは海人の返事に後ろ手を振り、少しふらつきながら自分の部屋へ戻っていこうとするが、リビングのドアの所で彼に言い忘れた事を思い出した。

「肉体強化だけど、ちゃんと体鍛えてないと翌日激烈な筋肉痛になる事も珍しくないから気をつけといた方がいいわよ。あと強化が本人の体の限度超えると筋肉の断裂とか骨折もあるから加減は考えとくようにね～～」

能天気な声で重要な事を語りながら海人の視界から去っていく。

衝撃的な話をされた当人が、魔力を出して強化をする寸前で固まっている事にも気付かずに。

リビングの外でドアが閉まる音を聞くと、海人は深い深～い溜息をつき、魔力を消して自分も就寝するために借りている部屋に向かう。

翌日出かける事が確定しているのに、筋肉痛や骨折などの危険を冒せるほど彼は図太くはないのであった。

第3章 属性判明

寒々しく空が曇り、朝だというのに部屋に日差しも差し込んでいなかった。

普段なら外から微妙にうるさい鳥の声が聞こえてくるのだが、今日は聞こえてこない。

なんとも寂しい風景ではあるが、ある意味静寂に守られた安らかな朝ともいえる。

「おっはよ～っ‼」

そんな静寂などお構いなしとばかりに、バタンと大きな音を立てて、ルミナスは海人の部屋に乱入した。

時刻はまだ早朝だったが、彼女は気持ち良さそうに寝ていた海人を激しく揺り起こす。

「んむ……もう朝か……おはよう」

海人はムクリと起き上がって欠伸をこらえながら返事をする。

まだ眠気が覚めきってはいないのか目をゴシゴシと擦《こす》っている。

彼は寝巻きがなかったためシャツを着たまま眠っていたのだが、服に見苦しい皺《しわ》ができていない。

アイロンをかけたばかりの如くパリッと、とまではいかないものの、着たまま寝たとはとても思えない。

このシャツも海人の発明品で、以前徹夜明けに人前に出なければならなくなった時に思いついて開発した物だ。

よほどグッチャグチャに折り畳みでもしない限りは皺が残らないトンデモ発明品である。

「ほらほら早く起きなさいって。今日は魔力判別所行くんでしょ？」

「ああ、そうだが……少し待ってくれ」

海人は布団を引っぺがそうとするルミナスに対して静かに抵抗する。

上半身だけはしっかり起き上がっていることからすると、二度寝したいというわけではなさそうだが、その抵抗は静かでありながらも非常に強固だった。

まるで今起きたら命に関わるとでも言わんばかりに。

「なんでよ？」

「……そこの椅子にかけてある物を見てもらえれば分かると思うんだが」

「椅子？　あっ!?　あはは、し、失礼しました～、は、早く着替えてね……？」

指で示された方向に目をやり、ルミナスは頬を軽く染めながら慌てる。

そしてごまかすように笑い、赤い顔のまま静かに部屋を出て行った。

それを見届け、海人はベッドから出て椅子にかけてあったスラックスを穿いた。

そのまま白衣を羽織って部屋の外に出ると、ルミナスが頬をまだ紅潮させたまま待っていた。

傭兵という職業のイメージとは裏腹に、意外に彼女は純情なようだ。

「わ、悪かったわね。でも今日はちょっと急ぎたいから、すぐに行くわよ。朝食はこれ。ハムとチーズのサンドイッチ作ったから、行く途中で食べてちょうだい。あと、水はここで飲んでって」

「分かった」

ルミナスからサンドイッチと水の入ったグラスを受け取り、リビングに向かいながら水を咽《むせ》ない程度に急いで飲む。

外に出る前に台所の流しにグラスを置き、先に外に出て待っているルミナスの元に急ぐ。

「待たせたな。時間は大丈夫か？」

「そこまで神経質にならなくても大丈夫よ。そんじゃ、行くわよ」

ルミナスは海人の脇を抱えながら地面を蹴り、その黒い翼で空へ舞い上がった。

正面から時折吹いてくる心地よい風に目を細めながら、空を滑るように飛んでいく。

稀《まれ》に旋回したり高度を変えたりと、海人を抱えながら存分に空の散歩を楽しんでいるようだ。

抱えられている海人としては、自分の命綱が脇を抱えている二本の腕のみという状況で、急な動きの変化があると落ち着かないのだが、まさか背中に乗るわけにもいかず、さりとて楽しそうなルミナスの邪魔をするのも気が引けた。

仕方なく目を閉じて下を見ないようにすることで、空にいるという恐怖感を薄れさせていたが、急な動きの変化による一瞬の浮遊感などの恐怖はその分増大した。

当然、ルミナスがわざわざ作ってくれたサンドイッチを食べる余裕などない。

「あれ？　カイト、食べないの？」

手を付けられていないサンドイッチに気付いたルミナスが、不思議そうに問いかける。

彼女に悪気は一切ない。むしろ海人を心配する善意に満ち溢《あふ》れている。

「……いや、慣れていないので空の上というのは落ち着かなくてな」

心配しているルミナスに、彼女の行動のせいで食べる余裕がないなどとはさすがに言えなかった。

それに、仮にも恩人が楽しんでいるのに、それを邪魔するというのは海人の主義に反する。

弱音を吐きたいのを堪《こら》え、彼はこの時間が早く終わる事を祈りながら耐え続けた。

結局その後一時間以上にわたって、海人は悲鳴を堪えるために全精力を注ぎ込んだ。

◇◇◇

魔力判別所フォレスティア西支局。

魔力判別所は魔力分析協会という組織が運営しているもので、大概の国には最低一都市に一箇所は存在する。

かなり儲かっている組織なので、他の支部の大半の建物はそこそこ綺麗な外観を保っているが、ここはかなりぼろっちい。

三階建ての木造建築だが、白く塗られた外壁の木材は一部剥がれ落ち、建物全体が今日の強風に煽られてギシギシと悲鳴を上げている。

しかも入口へと続く階段の途中には踏み抜かれてしまった跡があり、大きな穴が開いている箇所がいくつかある。

嫌がらせで左遷するのであれば、これ以上最適な場所はないのではないかと思えるほどにボロい外観だった。

「はい、魔力判別所にとうちゃ～～く♪」

「よ……ようやく着いたか……」

楽しそうに目の前の肝試しに使えそうな建物を紹介するルミナスとは対照的に、海人は消耗しきっていた。

肉体的にはそれほど疲れていないが、パラシュートなしの生身で一時間以上空を飛ぶというのは精神的にきつい。

もしも抱えている彼女の手が滑って、落っこちでもしたらと思うと生きた心地がしなかった。

「はいはい、さっさと行くわよ」

「いや、そんな引きずらんでも立てるんだがっ⁉」

海人は白衣の襟首を捕まえて引きずっていくルミナスに抗議の声を上げる。

長く頑丈すぎる白衣のおかげで一本しかないスラックスがボロボロになることは避けられたが、痛いことには変わりがない。

「立てるまで待つの面倒だもん」

ルミナスは抗議の声を気にするでもなく、そのまま入口へと入っていく。

判別所の内部は外観とは裏腹に、比較的綺麗な状態だ。

古びてはいるし良い材料を使っている様子もないが、目立つ所は丁寧に補修されており、ソファーや机の配置などで巧みに醜い部分を隠してある。

外観を修理しないのは何か深い理由があるのではないかと思わせるほどの手の込みようだ。

「いらっしゃいませ。魔力判別所へようこそ」

二人が入ってきた事に気が付いた若い女性が立ち上がり、笑顔で声をかけてきた。

女性は些細な仕草一つとっても相当な気品を感じさせ、この建物の古びたちゃちな内装とはとてもそぐわない。

よく手入れされた日当たりの良い庭で、侍女をはべらせながら紅茶でも飲んでいる方が自然だと思わせる雰囲気を纏っている。

言い方は悪いが、まさに掃き溜めに鶴であった。

「って……あら、ルミナスさんでしたか」

「なによ、なんか文句あるの？」

「いえ、ありませんけど。たまには違う顔も見たいって思うだけですよ。それでその引きずっている方は？」

「うちの居候になった、カイトよ」

「初めまして、シェリス・テオドシア・フォルンと申します」

シェリスは海人に向かってにこやかに微笑んだ。

彼女の容姿は軽いウェーブのかかった長く輝くような金髪に加え、全体的に細身ながら体型も芸術的にバランスが取れていて非常に美しい。

さらに愛らしいとさえいえる、ややおっとりとした顔立ちが見る者を和ませる。

纏うドレスも少々シンプルながら気品があり、良い生地を使っていると容易に想像できる。

まさに男にとって理想的な深窓の令嬢というべき女性だ。

「初めまして、天地海人と申します」

が、海人は大して気にも留めず、どもることもなく普通に挨拶を返した。

横ではルミナスが少し呆れている。

「あら、ルミナスさんが名字で人を呼ぶなんて珍しいですね？」

「ああ、こいつカイトが名前なんだってさ。言い忘れてたけど、この国じゃその名乗り方やめといた方がいいわよ」

「ん？　なぜだ？」

「家名を先に名乗って、後に自分の名前ってのは自分に自信がないってみなされるのよ。自分の名より家の名の方が価値が高いと思ってるから先に家名を名乗るんだ、ってね。私は他の国の習俗も多少知ってるから、そうとは限らないと思ってるけど……」

ま、この国の大半の連中には嘗《な》められるからやめといた方が賢明よ、と付け加えてルミナスは言葉を切った。

「……なるほど。そう思われては不愉快極まりないな。では改めまして……海人天地と申します。以後よろしく、シェリス嬢」

「あ、はいこちらこそよろしくお願いします」

恭しく一礼する海人に、シェリスは洗練されたお辞儀で応えた。

「それじゃシェリス、今日はこいつの属性調査と魔力量測定、それに私の魔力量測定頼むわ」

ルミナスは財布から一万ルン紙幣を取り出し、手渡した。

丁寧にそれを受け取ったシェリスから返ってきたお釣りは、お札はピン札、小銭も汚れが見当たらない物だった。

「相変わらずしっかりしてるわね。こんなとこに来る客がいちいち気にするわけないと思うんだけど？」

「お客様が気になさるかどうかではなく、こちら側の心構えの問題なんですよ。こうやって細かいところで気をつけていれば、自然手落ちも少なくなりますから。では、測定室へご案内いたします」

シェリスは笑顔のままルミナスに答えると、二人を二階の個室へと案内していった。

◇◇◇

海人たちが案内された測定室は質素といえば質素な場所だった。

測定に使われる機材以外は木製の机が二つと椅子が四つあるだけで、飾り気がない。

貧相ではないが、殺風景な部屋だった。

「それではカイトさん、そこに立って魔力を出してください」

海人は軽く頷くと指示された場所に立ち、魔力を出す。

昨夜覚えたばかりにもかかわらず、ほとんど淀《よど》みない動作だ。

「はい、それでは始めますね……なに、この色？　しかも他の色がない……？」

シェリスが映写機のような機械越しに海人の魔力の色を見て軽く首を傾げた。

彼女に見えている色は輝くような純白。他の色は塵《ちり》ほども見当たらない。

通常、魔力の属性を示す色は六色の色が現れ、その分量の多寡が僅かずつではあるが常に変化している。

得意属性というのはその中で最も強く現れている色の属性のことなのだ。

例外として何色か欠ける事が稀にあるが、それも最大三色までである。

なにより六色の中に純白は含まれておらず、その六色はどう混ざっても白に見える事はない。

「すみません、測り直してみますね……あら、変わらない？」

シェリスは機械の間違いを疑い、カチャカチャといじってからやり直すが変化はなかった。

不可思議な現象に首を傾げ、もう一度機材を調べるが特に異常は見当たらない。

一番の要である魔力の属性色を見ることのできる数枚のレンズにはなんら異常はなく、各レンズの間の隙間にも汚れ一つない。

レンズに罅《ひび》が入っていると見える色がおかしくなったりする事があるのだが、この様子ではその可能性は低そうだ。

「ん～……ルミナスさんの属性を調べさせていただけますか？　故障の可能性があるので……」

「いいわよ」

ルミナスの了承を得て彼女の魔力の色を見ると、様々な色が混ざり合い、混沌《こんとん》とした魔力の色が見えた。

一番多く出ているのは緑系の色――風の属性色で、以前測ったルミナスの得意属性と一致する。

その他の色も通常の属性色だった。

「正常ではあるみたいですね。あと可能性として考えられるのは……!?　まさか……いえ、確かめるべきですね。申し訳ありません、少し心当たりがありますので、失礼させていただきます。すぐに戻りますので」

ふと、極めて低確率の可能性に思い当たったシェリスは、海人たちに断りを入れ、廊下を駆けて行った。

◇◇◇

しばらくして、息を切らせながらシェリスが巨大な本と大きな分厚い封筒をいくつか抱えて戻ってきた。

本は閉じた状態でも枕ほどのサイズで、革製の背表紙が薄汚れて擦り切れている。

それだけでなく、変色した紙の色や毛羽立ちから判断しても、相当に古い本だと推測できる。

封筒も全て本と同じぐらいのサイズであり、封筒に入れるより紐《ひも》で縛っておいた方が良さそうなほどに分厚かった。

本と同じく古びているがこちらの方がより古そうで、封筒のあちこちに破れがあり、いつ中身がこぼれてもおかしくない有様である。

それら全てを机の上に置き、シェリスは深々と海人に頭を下げた。

「すいません、お待たせしました。さて『城塞王』の記述は……っと」

「シェリス。『城塞王』ってことは、まさか……」

シェリスの呟きを聞き、退屈そうにしていたルミナスの顔が一気に引き締まった。

『城塞王』とはこの近隣諸国の歴史を語る上で、外せない人物だ。

その彼を語る上で欠かせないのが、彼が使ったとされる魔法である。

当時の世界情勢すら左右したその魔法は、もし現代に甦《よみがえ》れば良くも悪くも世界に多大な影響が出る。

可能性とはいえ、のんびりと聞き流せる話ではなかった。

「はい。故障でない以上、可能性は十分あります。それに、たしか以前この文献を読んだときに見た記述に……あ、ここですね。『その属性色は見紛いようもなき単一色。それは一切の曇りなき純白……』やはり合致しました……ね。おそらくカイトさんの属性は《創造》です」

シェリスの重々しい言葉に、ルミナスが息を呑《の》んだ。

そんな二人の深刻な面持ちを眺めながら、海人がシェリスに確認する。

「念のため聞くが……何かの間違いという可能性は？」

「測りなおしてもまったく同じ結果が出ていますから、間違いではないと思います。あなたは数百年に一度の稀少《きしょう》極まりない人間だということでしょう。しかし普通は子供の時の属性調査で判明しているはずなのですが……」

シェリスは訝しげに海人を見た。

彼女の知る限り、今まで後天的に魔力の属性が特殊属性に変化したという記録は存在しない。

だが《創造》属性の魔力を持つ者が現れたという話も聞いたことがなかったのだ。

そしてこの世界では一般的にどこの国でも子供のうちに一回は魔力測定を受ける。

協会の方針で八歳までの子供は魔力測定も属性調査も無料という事になっているので、たとえ孤児であっても大概の場合は受けている。

受けていないとすれば本当に人里どころか人界から離れた僻地《へきち》に住んでいたか、戦災孤児で生き抜く事に専念するうちに、今の年齢になってしまったかぐらいである。

どちらも海人の雰囲気や立ち居振る舞いからしてありそうにない。

「自慢ではないが、今まで私は魔法とは無縁な所にいたのでな。魔力測定など今回が初めてだ」

「……どんなド田舎に住んでいたんですか？」

「まあ気にしないでくれ。で、その伝説の魔法とやらは具体的に何ができるんだ？」

「あ、はい。《創造》属性の魔法は一度見た物を作り出す魔法と言われています。先程言った《城塞王》などは自分の城塞をいくつもコピーし、一日で十の城塞を築いたそうです。他にも限りなく武具や食料を作り出し、自軍に無限の補給を行ったとも言われていますね」

「要は一度見さえすれば、魔力の続く限り、いくらでも物を作り出せるということか⁉」

海人は思わず興奮して目を輝かせた。

シェリスの言を信じるならば創造魔法を覚えれば、彼が今まで見た事のある物が全て作製できるということになる。

海人の研究室においてあった道具全て、屋敷にあったもの全て、それらが労なく手に入るのだ。住む場所さえ確保できれば、発明品なり開発品なりを使って自分の身はほぼ確実に守れる。

金を稼ぐことも一気に楽になる。

道具を作らずとも食料を作れば食費は要らず、しかもそれを売るだけでも間違いなく利益になる。

今まで培った知識がほとんど役に立たないと思っていた彼にとって、この話はまさに天恵であった。

「そうなりますね。少なくとも飢え死にの心配だけはなくなります」

「素晴らし……いや、待て。そんな数百年に一度などというドマイナーな魔法の術式が現存してるのか？」

ここで海人はふと冷静になる。

数百年間で一人だけ存在したらしい人間が使っていた魔法の術式など残っているものか、と。

が、とりあえず彼の心配は杞憂《きゆう》であった。

「はい。この紙の束に魔法の概要を含めて記載されています。記されている術式は全部で三つです。閲覧許可は取っておきますので、暇を見て覚えに来ればよろしいかと」

シェリスは本と一緒に持ってきた全ての分厚い封筒から大量の紙の束を取り出して渡した。

一つ一つの束の厚さ自体は相当なものだが、よく見ると折り畳んだ紙が十数枚混ざっているため、記されている内容自体は見た目ほど大量ではなさそうに見える。

「気持ちはありがたいが、術式三つしか載っていないなら……？」

一つ目の術式が記された紙を開き、海人は眼を見張った。

たしかに渡された物には合計三つしか術式が記載されていない。

しかも各魔法の効果の違いは最大でどの程度の大きさの物を作り出せるかのみ。

その上術式が記された紙とは別の紙に書いてある創造魔法についての説明によれば、一番簡単な術式でも大きな本棚サイズの体積の物が作り出せるし、一番複雑な術式だと大規模な城が作り出せてしまう。

これならそもそも全ての術式を覚える必要はないともいえる。

だが、一点だけかなり致命的な問題があった。

「たしかにそうですが、その術式は非常に複雑です。いくらなんでもこの場で覚えるのは不可能だと思いますよ？」

シェリスの言う通り、ここに描かれている創造魔法の術式は非常に複雑である。

簡単な術式でも大きめの枕ほどのサイズの紙にぎっしりと図形、文字、数字などが所狭しと描かれている。

複雑な物だと描かれている紙が何十枚かに分割されており、全て繋げるとキングサイズのベッド三つ分程の大きさになる。

しかも同じように術式がびっしりと描かれているという、覚えることが可能なのかどうか本気で怪しいシロモノである。

「こんなもん覚えきれるわけないじゃない！」

全ての紙を横から覗き込んでいたルミナスが思わず叫ぶ。

創造魔法の術式は彼女が今まで見た中で一番複雑……というか一番ぶっ飛んでいた。

描かれている中で一番簡単な術式でさえ、他の上位魔法級かそれ以上に精密、下手をすれば最上位級の構成。

難しい術式にいたっては、最上位魔法何個分だか考える気にもならないほど、巨大かつ複雑精緻だった。

見ているだけで頭痛や吐き気すら誘発するその術式から、ルミナスは嫌そうに顔を背けてしまう。

そんな彼女を尻目に海人はひたすらに紙に目を通していた。

「世界を構成する全元素に命ず」

何度か全ての紙に目を通し終わると、ゆっくりと目を閉じて魔法の詠唱を始める。

それと共に彼の体を純白の光が覆う。

そして彼は前にルミナスに説明された通り、術式の図を頭の中に作成し、その中に魔力を流し込んでいくイメージを作る。

そのイメージが鮮明になるにつれ、海人の体を覆う白い魔力の輝きが強くなり始めた。

「我が意に応え我が望みを顕現せよ！　《クリエイション》‼」

海人が詠唱を終えた瞬間、纏っていた魔力の光は消え、空中から白衣が突如出現した。

それを床に落ちる前に掴《つか》むと、海人は着ている白衣を脱ぎ、慣れた動きで魔法で作製した白衣を羽織った。

「……ふむ、とりあえずは成功か？　肌触りにも違いはなさそうだが……少なくとも私の属性が《創造》というのは確定か」

呆然としている二人に構うことなく、着ていた物と違いがないかを確認する。

丈、色、着心地その他諸々《もろもろ》先程まで着ていた物と区別が付かないことに、満足そうに頷いた。

「あんたもう覚えたの⁉　っていうかあんなもんホントに覚えたの⁉」

「一番簡単な物だけだがな。他の物はさすがにじっくり覚えていかんと無理だ。しかし、こうも手軽に物が作れるなら大概の望みは叶《かな》ってしまうな」

「……念のため言っとくけど、私の複製作ってエッチな事とかしないでよ？」

「いや、やろうとしてもそれは不可能らしい」

ジト目で睨《にら》むルミナスに、海人は軽く肩を竦めてあっさりと答えた。

「へっ？　不可能？」

「ああ。ほれ、この一番簡単な術式の紙の裏に、いくつか注意書きがあるだろう。その中の一つに《創造魔法は非生命体ならばほぼ例外なく作製できるが、生命体は植物以外作製できない》と書いてある、ここだ」

そう言って海人は紙の一箇所を指差してルミナスに見せる。

「あ、ほんとだ」

「大体、仮にできたとしても魔法を使うなぞ私の美学に反する。身も心も美しい女性と出会い、口説き落として生涯を添い遂げてこそ真に価値があるだろう」

「へえ、結構真面目なのね」

「たわけ。真面目もくそも、それをやらん、やれんというのは、自分に自信がないと公言するようなものだろうが。多少なりともプライドがあれば当然のことだ。まあ、例外としては口説くに値する女性との出会いがない場合があるが」

「待った。ひょっとして私が口説かれてないってのは、あんたの眼鏡にかなってないってこと？」

ルミナスは若干頬を引きつらせながら、にじり寄って彼を問い詰める。

別に海人に気があるわけではないが、彼女としては歯牙にもかけられてないというのはプライドに障るらしい。

「いや、間違いなく君は魅力的だと思うぞ。ただ、少し事情があってな……当分、どんな魅力的な女性も本気で口説く気にはなれんだけだ」

「……そ、ならいいけどさ」

ルミナスは一瞬海人の顔に差した深い影に顔を顰《しか》めた。海人もそんな彼女から気まずげに顔を逸らしている。

そんな二人を見ていたシェリスが、重くなった空気を吹き飛ばそうと口を開いた。

「そ、そういえば魔力量の測定まだでしたね。ちゃっちゃとやっちゃいましょう。ルミナスさんは魔力が多いから、大型測定器っと……」

シェリスはやたら明るい口調で話しながら、机の上に置いてある二十個ほどのカメラのような機材の内、四番目に大きな機材を手に取ってなにやらいじくり始めた。

「それではルミナスさんから……魔力値おおよそ一六三万強、多分一六三万三千ぐらいです。一ヶ月前よりも二万近く増えましたね。さすがとしか言いようがありません」

シェリスはレンズの中に映る目盛りを見てルミナスの魔力量を測定し、告げた。

彼女が使っている測定器は魔力値一〇〇万から二五〇万までの測定を行う物で、一万ごとに一目盛りとなっている。

目盛りで判断するため細かい数字は出ないが、これはこれほどの魔力量になると千以下の端数はほとんど意味がないためだ。

「魔力が増えてるのは嬉しいんだけど……術式がね」

「一応中位までは一通り覚えてるじゃないですか。上位も幾つか覚えてるでしょう？」

「そりゃ覚えてるけどさ。もっとこう、最上位魔法で敵軍を一網打尽ってのもできるようになりたいのよ」

「それなら頑張って覚えるしかないじゃないですか。さて、次はカイトさんの魔力量ですね。それじゃそこに立ってください……あれ？　ちょ、ちょっと待ってくださいね」

シェリスはなにやら慌てながら測定器を元の場所に戻し、代わりに一回りサイズの大きい測定器を使って再び測定する。

それを見て海人の横にいるルミナスの顔がかなり引きつった。

「う、嘘……!?　す、すいません、もう一回」

再び目盛りを見た途端、シェリスは目を見開き慌てて次の測定器を用意した。

ルミナスの海人を見る目が、もはや化物でも見るかのようなそれになった。

「こ、今度こ……そ……あ、あの……魔力値七百万ちょうど……です」

震える声でなんとか測定結果を伝える。その結果を聞きルミナスも呆然としていた。

ありえない数字とまでは言わないが、彼女が知る限りでは人間の中では最大の数値。

一般人の平均の百倍をゆうに超える、あまりにも莫大な、常識外れの魔力量である。

「あ～……高いのか？」

「高いって言葉じゃ私らの驚きを表現できないぐらいにね……」

「この数字ですらさっき使った魔法で魔力が減ってるんですよね……すいません、もう一回さっきと同じように白衣作ってもらえます？　もはやこれ以上だと測る意味もない気がしますが、一応最大値は正確に把握しておくべきだと思いますので」

己の異常さの自覚がない男に女性二人が疲れたように肩を落とす。

が、シェリスはプロ根性を発揮し、ちゃんと仕事をこなそうと努めた。

それでも言葉がやや投げやり気味になるのは避けられなかったようだが。

「構わんよ。世界を構成する全元素に命ず、我が意に応え我が望みを顕現せよ！《クリエイション》‼」

「それじゃ、もう一回測りますね……は？　魔力値六二五万⁉　あ、あのすいません……もう一回だけ魔法使ってもらえます？」

分かった、と短く答えて海人は再び魔法で白衣を作った。

魔法を続けて使ったせいか軽い脱力感を覚えたが、立てなくなるほどではなかった。

その横でシェリスは紙に計算式を書き、魔力量の計算を行っている。

「魔力値五四九万強ですから、え～っと……一万弱の違い。でも全体からすれば多分誤差範囲。つまり先程のは測り間違いではないわけで……元の魔力値は七七五万程度……なぜでしょう、馬鹿馬鹿しくなってきました」

「気持ちはよく分かるわ……でも、とんでもない魔力量だけど、創造魔法の消費はそれ以上にいかれてるわね。並の魔力量じゃ一回も使えないじゃない」

「一回で七五万の消費というのはそんなに多いのか？」

「一流って呼ばれてる魔法使いで総魔力量がせいぜい百万弱って言えば分かる？　一応魔力量だけなら私もそこらの一流魔法使いよりはるか上なのよ？」

「……よく分かった。ところで試したいことがあるんだが、もう一回魔法を使うから、また測ってもらえるか？」

海人は自分の言葉にシェリスが頷いたのを確認し、再び魔法を唱えた。

今度彼が作製したのは白衣を二枚に、大きなマンゴーと果物ナイフを一つずつ、それに磁器の皿とフォークを三つずつ。

先程までに比べて作製した量が格段に多い。

「え〜っと……減少魔力量は、ほぼ同じです。七五万弱……なるほど、どうやら何をどれだけ作っても魔力消費は変わらないようですね。これの確認がしたかったんですね？」

「ああ、それともう一つ、念のための確認をな」

そう言うと海人は作り出したマンゴーの皮をナイフで剥き始めた。

そして手際よく皮を剥き終わると種を除き、果肉の一部を切り分けて皿に盛り一口だけ食べた。

「ふむ、美味いな。前食べたのと味も変わらんようだ」

海人はよく味わった後に飲み下し、自身に何の異常も起きていない事を確認し、ほっと安堵《あんど》の息をついた。

彼が行いたかったのは味の確認だ。もしも作り出した物の味が自分の記憶と違った場合は、成分が違うという事になる。

その場合、食料を作ったはずが、中身は猛毒入りという可能性すら考えられる。

先程シェリスから『城塞王』が食料を作って供給していたと聞かされてはいたが、それが間違っていた場合真剣に命に関わるため、海人は確認せずにはいられなかった。

無論、この方法は最悪の場合、食べた段階で命を落とす危険性もあったわけだが、成分の分析に使う機器もない場所では、これ以外の確認法は思いつかなかった。

結果は彼の杞憂だったわけだが。

「ね、ねえ。一口だけ私にもくれない？」

先程皮を剥いた瞬間から放たれ始めた甘い香りにルミナスは堪えきれなくなっていた。

実は彼女は甘い物が大好物なのだが、その中でもフルーツ系には特に目がないのである。

目の前にこれだけ良い香りのする果物があって、我慢しろというのは酷な話であった。

「ああ構わんぞ。というか、そのためにフォークも皿も複数出したのだが……」

海人は残りの果肉を切り分けて別の皿に盛り、フォークと一緒に二人に手渡した。

「……お、お、お、美味しい～～～～～っ‼　何これ⁉　この甘みの濃密さ、口の中に広がる良い香り、こんな美味しい果物初めて食べるわよ⁉」

ルミナスは感動で身を震わせ、目を輝かせて次を食べ始めた。

量自体はそれほど多くないため、今度はじっくりと噛締《かみし》めながらよく味わって食べる。

まあ当然だろう、と海人は思う。

なんせ彼が作ったマンゴーは、海人の世界で市販されている果物としては間違いなく最高の物の一つである。

海人は、本来は多大な手間がかかっているのに、こんな簡単に作れていいのだろうか、と悩まざるをえなかった。

「ああ、もうなくなってしまいました⁉」

一方シェリスは思わず夢中で一気に食べてしまったため、すでに皿が空になっていた。

もっと味わって食べればよかった、というような表情で涙を流している。

「よかったら私の分を食べるか？　正直私は甘い物はそれほど好きではないから、一口食べれば十分なんだ」

「いいんですか⁉」

「ちょっと待ったぁ‼」

歓喜に目を輝かせて手を伸ばしたシェリスを、ルミナスの怒声が押し止《とど》めた。

上手く隠してはいるがいまだ口の中にマンゴーが少し残っていて、今のルミナスはいささか下品に見える。

「ちょっとカイト、順序が違うんじゃない？　普通はお世話になってる家主に先に聞くのが筋でしょうが！」

「いや、君の皿はまだ残ってるようだし……」

「そ、そうですよ！　ここは譲ってください！」

「譲らない、譲れはしないわ……これを逃したら、次はいつこんな美味しいものが食べられるか……！」

ルミナスは二人から視線を逸らさずに自分の皿の果物を平らげた。

最後に皿を少し傾け、残った果汁も残さず飲み干す。

「単に私が作ればいいだけなんだから、いつでも食えるだろう？」

海人はジリジリと近寄ってくるルミナスに若干腰が引けながらも努めて冷静に語りかける。

ホーンタイガーに遭遇したときもこんな気分だったな、と心の中で呟きながら。

「それも急に仕事が入ったらアウトなのよっ！　下手したら二度と食えなくなる可能性だって十分にあるわ……！　だいたい最近の仕事の過酷さは異常なのよ……半年前のガグラール盗賊団の殲滅《せんめつ》を皮切りに、五ヶ月前は全滅した国境警備隊の代わりにグランベルズ第三軍の足留め一ヶ月……この前なんかルクガイアの第二軍と正面衝突よ⁉　このペースで過酷になってってったら、次こそ間違いなく死ぬわよっ‼　団長と副団長の馬鹿ああああああああああっ‼」

「あ、あはは……相変わらず《エアウォリアーズ》は無茶やってますよねえ……並の傭兵団だったら、とうの昔に全滅してますよ」

突如起こったルミナスの魂の叫びにシェリスが冷や汗を流す。

なにせガグラール盗賊団は隣国エルガルドの騎士団の手におえなかった筋金入りの武闘派盗賊団、グランベルズ帝国第三軍は帝国の中でも個々の実力こそ下位の軍ではあるが、そこらの国の軍の数倍の数を誇る。

ルクガイア王国の第二軍は数こそ少ないものの、一騎で二十は相手取れる精鋭軍。

どれもこれもとんでもない連中で、本来一介の傭兵団が相手取れるような軍勢ではない。

シェリスの言うように、このペースでいくと次は全滅する――というより、いまだに全滅していない事が不思議だ。

「自慢じゃないけど、私たちってマジで凄いと思うわ……ふふ、次は死ぬだろうけどね……」

「いまいちよく分からんが……まあ、強く生きろ」

「ええ、生きるわよ！　生きて見せますとも‼　だからそれちょうだ……い？」

ルミナスは海人の手にある皿を見て唖然とした。いつの間にか皿の上に何もなくなっていたのだ。

「もう食べちゃいました」

テヘッ、と可愛《かわい》らしく舌を出すシェリス。

どうやらルミナスが呆けている隙に食べ尽くしていたようだ。彼女はごめんなさい、とちょこんと頭を下げる。

その姿は大概の男は……否、女性であっても母性本能が強ければ思わず許してしまいそうな程可愛らしかった。

「……で、遺言は？」

が、残念ながらルミナスはそのどちらでもなかった。

ゆっくりと腰の剣を引き抜き、軽やかな殺意に満ちた素敵な笑顔で尋ねる。

「え～っと……ごちそうさまでしたっ‼」

シェリスは瞬時に身を翻しダッ、と駆け出す。ドアを手早く開け、廊下に躍り出てそのまま出口へと向かう。

「逃すかあああああああああああっ‼」

無論ルミナスとてそれを黙って見逃すはずはない。

ドアを開けるなどとまだるっこしいことはせずに蹴破り、逃げるシェリスを追撃する。

「う～む、こうなるのなら余分に作っておけばよかったか」

部屋の外からは二人以外の人間の悲鳴も聞こえる。

海人はおそらく出口に先回りされたシェリスが建物の内部を逃げ回っているのだろう、と二人

が部屋から出て行くときの速度の差を思い返して予測する。

ちなみにこの男、外の惨状を予測はしていても部屋からは動こうとしていない。

しばらくすれば落ち着くかもな、などと思いながら先程渡された紙の束に目を通している。

外から若い女性の断末魔っぽい悲鳴が聞こえても一切気に留めることなく、記された内容に目を通し続けた。

なかなか薄情な男である。

◇◇◇

しばらくしてシェリスを右手にぶら下げ、ルミナスが戻ってきた。

シェリスはまるで鹿煎餅を持って鹿の群れに突っ込んで行ったかのようにボロボロで、力なく項垂《うなだ》れている。

「おや、おかえり」

海人は床に広げていた紙をまとめながら、二人に視線を移した。

手際よく紙を拾い集め、手慣れた動きで全てを元入っていた封筒に戻していく。

「助けてくださってもよかったのでは……」

ぷ～らぷ～ら、と揺れながら、シェリスは最後まで我関せずを貫いた男に恨み言を言う。

「自慢ではないが私は貧弱なんだ。ああまで怒り狂ったルミナスを止めに入ったところで一瞬で蹴散らされて終わりだよ。ならば私という被害を加えぬことが私にできる最善ではないかね？」

「うう、たしかにその通りですが……」

恨みがましい目で海人を見つつも、シェリスは反論できなかった。

真意はどうあれ、彼の言ってる事はなんら間違っていないのだ。

「……にしても先程の果物はそんなに美味かったのか？」

海人は少し不思議そうな顔で尋ねる。

彼も美味いとは思っているが、元々甘い物が好きなわけではないために女性陣の反応が今一つ理解できなかったようだ。

「当然でしょ！　あんなの王宮の晩餐会《ばんさん》でも食べたことないわよ！」

「あの味であれば王室の方々にも御満足いただけると思いますよ」

取り方によっては罰当たりとも言える発言に二人が即座に反応した。

「ん？　シェリス嬢はまだしも、実はルミナスも貴族か何かか？」

「ああ、違いますよ。ルミナスさんの所属してる傭兵団は世界的にも有名で、今までこの国でも多大な功績を挙げているので、王宮に招待された事が何度かあるんです」

「ちなみにシェリスは本当に貴族のお嬢様ね。しかも公爵家の一人娘」

「一人娘といっても兄が五人いますし、そもそも女ですから家を継ぐ事はまずありませんけどね。ただ、家の関係で王宮に招いていただく事はしばしばあります。その私が保証しましょう。先程の果物は間違いなく王室の方々でさえ召し上がった事がないと思えるほどの美味でした」

「ふむ、そうか。どのぐらいの値段で売れると思うかね？」

「そうですね……おそらく我が家で買い上げるとしても、一個二万ルンは堅いでしょう。この果物はこれだけで完成した極上の料理とさえ言えますから」

シェリスが真剣な表情で高級レストランでも一人ではそうそう払わない額をつける。

その金額がどれほどのものかは、目を剥いて固まっているルミナスを見ればよく分かる。

「ちなみにルミナス、君の一ヶ月の食費はどれくらいだ？　一応の基準として聞きたいんだが」

「……言わなきゃ駄目？」

「頼む」

なぜか尋ねられた瞬間に自分から目を逸らしたルミナスに、海人は真摯に頭を下げた。

「八万ルンよ。早まっちゃだめよ、カイト。私の食費、普通の四倍はかかってるんだから。そんな値段のもん買うのは上流階級か大商人ぐらい。どちらも鼻持ちならないやつの方が多いから、商売上でも毎回付き合うのは面倒よ？　それよりは安い値段で数多い普通の人たちに食べてもらう方がいいと思うわよ、うん」

「何寝ぼけたこと言ってるんですか。こんな物を安い価格で食べようなどと、そんな罰当たりなことは私が許しません。高品質な商品はそれに見合った値段を出して買うのが当然です。そうでなければ、努力して良い商品を生み出そうという者がいなくなってしまう危険性さえあるんですよ？」

なんとか安い値で手に入れられるよう海人を説得しようとするルミナスを、シェリスが冷たい口調で窘《たしな》めた。

落ち着いた口調ではあるが、ルミナスを見る目は非常に厳しい。

「たしかにその通りだが……これに関しては私はほとんど努力をしとらんのだよなあ……」

自分がした努力は術式を覚えたことのみ――そう考えると海人には高い値段を取るのは気が引けた。

　儲けた金の一部を、彼が食べたマンゴーの生産農家に渡せるのであれば、素直に納得もできたかもしれないのだが。

「そうかもしれませんが、そもそもこんな果物を安く流通させられては、高級果実を作っている他の生産農家が大打撃を受けます。考えてみてください。どう考えてもこの果物より美味しい物はないのに、この果物の方が安いなどとなったら……」

「種類が多くあってても買ってはくれなくなるか、少なくとも売り上げは確実に減少するだろうな。競争によってより良い物が生み出される可能性もあるが、最悪の場合その前にほとんどが破産する危険性もある、か」

「ご理解いただけて何よりです」

「ふむ……となると、他のさくらんぼだの柿だのもやめておいた方がいいか」

「カイトさん、まさか、他にもこれと同等に上質な果物が作れるのですか？」

　海人の呟きに、即座にシェリスが反応した。彼女はにんまりと笑い、言い逃れを許さない迫力で言葉の意味を確認する。

「ああ、これと同等かは分からんが、良い品質の果物が数十種類ほど作れるはずだ」

「もし魔力を使い果たして昏睡に陥っても私が責任を持って世話をしますので、一通り作ってくださいませんか？」

「う……それは……いや、分かった」

海人は一昨日《おととい》の魔力を放出しすぎた時の脱力感を思い出して躊躇《ちゅうちょ》するが、シェリスの強烈な迫力に早々に諦めることにした。

実際のところ一昨日の脱力感は、短時間で際限なく魔力を放出し続けてしまったがゆえのもので、魔法で消費する分には全魔力を使い切りでもしない限りはあまり実害はない。

が、それを知らない海人は無駄に緊張したまま魔法を使い始める。

知らぬが仏、という言葉もあるがこの場合は無知故に無駄な気苦労をする羽目になっていた。

膨大な魔力を持つ伝説の魔法の使い手という、いかにも凄そうな人間なのにどうにも締まらない男である。

◇◇◇

出された果物を食べ終え、ルミナスはおいしかった～、と満足そうにお腹を撫で、シェリスは神に感謝して祈りを捧《ささ》げていた。

なんとなく育ちの差が分かる光景である。

「よく飽きなかったな」

「これほど多様な果物で、これほどの質で、飽きるなどありえません。カイトさん、是非私の屋敷に果物を卸していただきたいのですが……」

「ふむ、価格と条件次第だな」

「価格は御満足いただける額を用意できると思います。ですが、条件とは？」

「私が創造魔法を使えることを他人に漏らさないでほしい」

予想外の海人の言葉を聞き、シェリスの呼吸が一瞬止まる。

が、瞬時に気を取り直し、自然に不思議そうな表情を作って理由を尋ねた。

「なぜです？　それこそ私が王室に進言すれば確実に宮廷魔術師クラスの給金……いえ、それどころか叶わぬ望みはほとんどなくなりますよ？」

創造魔法に限った話ではなく、特殊属性というのは全てがこの世界の人間にとって特別な意味がある。

今まで歴史上に現れた特殊属性の人間は、全てが稀代《きたい》の英雄・勇者・覇王・聖人などとして偉大な功績を残している。

そういう可能性のある人間を召抱えているという事実は、国家にとって非常に大きな意味を持つ。

さらに過去の事例による期待というだけでなく、創造魔法は軍事的にも政治的にも極めて価値が高い。

創造魔法は戦争の際の物資の補給などに限らず、平時の食糧難の回避や飢饉《ききん》に見舞われた国への食料輸出など、どんな状況下でも活躍できる魔法なのだ。

言い換えれば国家にとって絶対に手放すわけにはいかない人材。

給金一つとっても交渉すれば確実に天井知らずに上がり続け、その他の望みも国家が全力で叶えるために尽力するだろう。

普通の人間であれば魔法の公開を躊躇うほどの理由はないはずだった。

「他に道がないのならばそれも仕方ないのだがな。極力私は権力者とは関わりたくないんだ。大体が厄介事に巻き込まれるし、しがらみが多くなる。確実にろくでもない事になる」

「たしかにそうですけど、まったく魔法を使わないのであればともかく、使うのであればいずれは誰かに知られ、広まっていきます。問題の先送りにしかならないと思いますよ？」

そう言いつつも内心シェリスは、正確にデメリットを把握していた海人に感心していた。

たしかに特殊属性の魔法を公開することはメリットも大きいが、他者の妬みを買い、暗殺の危険なども多くはらむ事になる。

わざと彼女がメリットだけを強調して説明したにもかかわらず、危険性を頭から離さなかった事は評価できた。

「だが先延ばしにする間に力を蓄え、大概の厄介事に対処できるようにすることはできる。下手に手出しができないようにすることもな」

「なるほど……そういうことならば、私は口を閉ざしましょう」

「感謝する。ルミナスも黙っててくれるか？」

「週一回、食後のデザート用のフルーツ一個で手を打つわ」

「了解。しかし意外に条件が緩いな？」

毎日三食一個ずつと言われるぐらいは覚悟していたのでやや拍子抜けする。

そんな海人を見ながら、ルミナスは意地悪げに笑った。

ひっかかった♪　と楽しげな声が聞こえてきそうなイイ笑顔である。

「ふふん、カイト。創造魔法はたしかに凄いけど、何か重要な事を忘れてない？」

「重要な……ああ、なるほど。だが、本当に使えないかどうかは実際に試してみんと分からんな。シェリス嬢、空を飛ぶための術式が描かれた物はどこかにないのか？」

「あ、なるほど。伝承通りなら飛翔魔法が使えないんですね。ちょっと待ってください……はい、一番単純な飛翔魔法ならこれに載ってますよ」

シェリスは机の上に置いてあったパンフレットを持ってきて海人に差し出した。

これはここで無料配布している物で、主に子供向けの初歩の魔法の術式が載っている。

「貸してくれ。よし、覚えた」

海人は受け取って該当ページを眺め、即座に覚えた。所要時間数秒。化物である。

といっても先程覚えたものとは違ってかなり単純な図形で、文字や数字はほとんど描かれていなかった。

先程覚えた時の速度を考えれば当然といえば当然である。

「汝は空を踊るための靴、汝は我を包む風の抱擁！《フライ》！」

先程と同じように術式の中に魔力を流し込むイメージを構築する。体を魔力の光が包むのも同様だった。

しかし今度は、ボンッ‼　という音と共に軽い爆発が起き、彼の体が壁に叩きつけられた。

「っつう～～……術式を覚えられていなかったのか？」

「……いえ、今のは術式と魔力が適合しないときに起こる反応です。覚えていようがいまいが、あの反応が出た以上は少なくとも風属性の魔法は使えないはずです。術式が不完全なせいで使えない場合は魔力が霧散するだけで、何も起こりません」

「そうか……ん？　ちょっと待て。特殊属性以外の者なら誰でも基本属性の魔法は全て使えるんじゃなかったか？」

術式と魔力が適合していない、と詳しく話している以上前例があるという事になる。

つまり特殊属性の者に関する詳しい記録が残っているか、特殊属性以外の者でも基本属性の魔法が使えなくなる事があるという事だ。

「いえ、稀にですが、属性特化といって一つの属性の魔法の効果が飛躍的に高くなる代わりに、それと相反する属性の魔法が使えなくなる人がいます。その時も使おうとするとああいう反応が起きるんです」

「つまり、私は少なくとも風の魔法は使えんということか……ならば仕方ない。ルミナス、私の運搬に関してはどんな条件を？」

シェリスの言葉に軽く肩を竦めて、海人はルミナスに条件を問うた。

作ろうと思えば空を飛ぶ道具など一人乗りの小型ヘリだろうが、マッドサイエンティスト定番の脱出ロケットだろうが作れるはずだが、目立ちすぎるのが明白なため、素直に頼む事にした。

「口止めと合わせてデザート週二でどう？」

「分かった」

「交渉成立♪　ん〜、これからの生活が楽しみだわ」

「人一人の運搬なんて大した手間でもないでしょうに。ルミナスさんもちゃっかりしてますね」

子供のように喜ぶルミナスに、シェリスが呆れたように笑った。

「あんたと違って私は金持ちじゃないのよ。……あ、カイト。今思ったんだけど、昨日の武器作ってみたら？　シェリスなら下手な武器屋に売るより高値で買い取ってくれるかもよ」

「あら、武器ですか。どのような物でしょう？」

「……ふむ、まあ構わんか。念のため発電機も作っておくとしよう」

海人は少し考え、魔法を唱えて自作のスタンガンと発電機、それに木材と工具その他一式を作製した。

発電機はエアロバイク型の効率の悪そうなタイプだが、中身は彼が極限まで改良……というか改造した物で、異常な発電効率を誇る。

これならば、いかに莫大な消費電力のスタンガンでも短時間で充電できる。

「さて、実験実験、と。ルミナス、この木材を魔法で浮かせるか？」

任せて、と返事をし、ルミナスは風の魔法を使って木材を宙に浮かせた。

海人は浮いた木材にスタンガンを押し当て、スイッチを押し……難しい顔になった。

彼はすかさず工具を引っ張り出し、数秒でスタンガンをバラバラに分解すると、溜息をついた。

「中身に異常はないな。つまり、創造魔法は充電状態までは再現できんということか。念のため、充電できるか試してみるとしよう」

二つのスタンガンの電池と発電機を繋げると、海人は必死でペダルを漕《こ》ぎ続けた。

なにやってんだこいつ、という哀れみすら混じった二人の視線を受け流しつつ、充電が完了するまで漕ぎきる。

そして再びルミナスに頼み、木材を宙に浮かせてスイッチを押し――その瞬間、木材がバラバラに弾けとんだ。

その残骸からは薄く煙が漂い、ほのかに焦げ臭い匂いがしている。まるで落雷にでも打たれたかのように。

先程まで苦笑いしていた二人の顔がそのまま凍りついた。

「うむ、成功だな。充電さえすれば問題なく使える」

「……あの、その武器はいったい？」

「これはスタンガンといってな。相手に電流を流し込む武器だ。使い方はここを相手に押し付けてこのスイッチを押すだけ。密着させせんと使えんのと、もしも相手に自分もくっついていたら巻き添えをくうのが難点だが、威力は落雷の直撃かそれ以上だ。ただし、使用回数は一度の充電につき二回まで。さて、いくらで買い取ってくれるかね？」

「……今すぐは決めかねます。できれば、決まるまで他人に漏らさないでいただけますか？　期間は……最長二週間後という事でいかがでしょう」

「ま、仕方ないな。とりあえず、これは消しておくとしよう」

海人はシェリスの言葉を受け入れつつ、作り出した物に目を向けた。

すると、彼が魔法で作り出した物の姿が一瞬歪み、まるで幻のように消え去る。

その場に残ったのは、元々彼が持っていたスタンガン一つだけだった。

「創造魔法ってそんなことまでできるわけ？」

「ああ、作り出した物は消えろと念じれば消すことができるらしい」

「……考えてみれば、場合によっては暗殺者もできますね？」

シェリスの目がスッと少し鋭く細められ、探るように海人を見る。

「どんなに警戒が厳重でも、生身で行ってボディチェックの後凶器を作れるからな。が、自慢ではないが私の武術の心得はかじった程度だからな、まともな護衛がいればもし暗殺に成功したところで確実に捕まる事になる」

「あれ？　あんた多少でも武術習ったことあるの？　まったくそんなふうには見えないけど……」

「だからかじった程度だ。受身は一応とれるという程度のものだよ」

ペタペタと海人の筋肉を確かめるように触り始めたルミナスに、彼は苦笑しながら念を押す。

海人は多少の護身術は使えるが、ルミナスのような本職からすれば、使えないも同然のレベルだという事は自覚していた。

思ったよりは引き締まってるわね、などとルミナスが評価しているとシェリスが思い出したように口を開いた。

「そうそうカイトさん、魔法を隠しておきたいのなら、一つ提案があるのですが」

「提案？」

「はい。ここでいつでもその文献を閲覧できるようにするのは簡単ですが、大勢の人がいるので横から見られる可能性は高く、それであなたの魔法がバレてしまうことは十分考えられます」

「ここ自体あまり人が出入りしているようには見えんが？」

「実はここの職員の大半は本の管理のために地下書庫にいるんですよ。それに閲覧は有料ですが、地下書庫には魔法関係の本が数多く収められているので、利用者もそれなりに多いんです」

「あ〜、そういえばそうね。多い時はあの埃臭い部屋に密集状態になる事もあるし……」

ルミナスは以前利用していた時の地下書庫の様子を思い出し、シェリスの言葉に納得する。

最近は利用していないが、一時期は彼女も頻繁にここの地下書庫を使っていた。

ここの地下書庫はそれほど広いわけでも多様な本があるわけでもないが、中位と上位の魔法に関する本は比較的揃っている。

そのためある程度の腕の傭兵や冒険者などはここを利用する事が多いのだ。

目当ての本を誰が持っているのか確認するために、こっそり横から本を覗き込む人間もそれほど珍しくはない。

「その通りです。そこで、私の屋敷の図書室を用いてはどうかと思ったのです。あの文献は稀少ですが、元は私の所有物ですので持って帰ってもどこからも文句が出ませんし、あそこなら私の許可がなければ誰も入れませんのでうってつけです」

「私としてはありがたいが、いいのか？」

「もちろんです」

「ならばお言葉に甘えさせていただこう。すまないな」

ペコリと頭を下げて海人は感謝を示した。

姿勢が良く、なかなか様になっている御辞儀であった。

「いえいえ、お気になさらず。ところで、お二人ともこの後のご予定は？　もし何もないのでしたら果物のお礼を兼ねて、とっておきの紅茶を淹れようと思うのですけど」

「う……凄い心ひかれるけど、今日はもう食材がないから買い物しなきゃいけないのよ。惜しいけど、カナールに食料の買出し行ってから帰るわ。カイト、荷物持ちお願いね」

「分かった……っと、そうだ。シェリス嬢、果物はいつから卸せばいいんだ？」

「できれば明日の朝からが。とりあえず柿という果物を四十個届けてください。使用人たちには話を通しておきますので」

海人がルミナスに窺《うかが》うような視線を向けると、彼女は苦笑しながら頷いた。

「では、明日の朝に柿を四十個。確かに承った」

「はい。では、よろしくお願いします」

「そんじゃ、そろそろ行こっか。また明日会いましょ、シェリス」

「はい。お二人ともお気をつけて」

シェリスは部屋を出て行く二人をドアの外まで見送り、二人の姿が階段に消えるまで見届けた。

――そして彼女は二人の姿が見えなくなると同時に、すかさず窓から建物の裏手にある涸井戸《かれいど》の近くに飛び降りた。

見事な体捌《さば》きで着地した後、近くの木に向かって話しかける。

「シャロン、ルミナスさんと一緒にいる男性を尾行し、その行動を後で報告書にまとめなさい。尾行はカナールの街を出るまででかまわないわ。ルミナスさんに気付かれないようしっかり距離を保ってね」

「はっ！」

主《あるじ》の命に木の陰に隠れていた女性が姿を現し、ルミナスたちの去って行った方向へと駆ける。

視界の悪さなどものともせずに、地上から尾行対象を捉え続けるべく息も切らさず森の中を走り抜けていく。

「……とりあえず人柄を見極めないとね」

シェリスは自分の部下が走り去った方向に視線を向け、呟いた。

彼女は海人の能力は極めて危険性が高いと判断していた。創造魔法に加えて、得体の知れない未知の武器。

密着させなければ使えないとはいえ、あの武器に見えない形状も、触れさせるだけで殺害できるという点も非常に暗殺向きだ。

知られてさえいなければ、歴戦の将軍ですらやり方次第で簡単に暗殺できてしまう。

しかもあの武器を躊躇いもなく見せた事からすれば、まだ奥の手を……否、あれですら可愛く見えるほどの武器を作れる可能性がある。

はっきり言って、シェリスからすれば海人は危険極まりない人物だった。

が、それは言い換えれば上手く自分の味方につける事さえできれば、この上なく心強くなるという事でもある。

もしもスタンガンが彼の作れる最大の武器であったとしても、それはそれで問題ない。

創造魔法の使い手というだけでも、十二分に極上な人材なのだ。

彼女としてはぜひとも海人を自分の味方に引き込みたい。そのために何が必要かといえば、まずは人格の見極めだった。

善人であれば大義名分、綺麗事、情、それらを上手く利用する事で味方につけやすくなる。

悪人であれば味方につく事によって得られる利益、あるいは純粋に金、酒、女などの娯楽で釣る事が可能。

さすがに快楽殺人鬼や完全な狂人では味方につけるのは至難だが、海人を見る限りではその可能性は低そうだった。

ならば、自分の動き次第で極めて凶悪な手札が手に入れられる。

シェリスは穏やかな顔とは裏腹に、最善の手を考えるため己の思考を獲物を狙う狩人《かりゅうど》の如く研ぎ澄ましていった。

　現在海人は魔力判別所からルミナスに抱えられ、本日二度目の空の旅の最中だった。

　さすがに二回目ともなると多少の余裕は出てきたようで、朝貰ったサンドイッチを食べている。

　パンがいささか固くなっているが、良質な小麦を使ったパンのほのかな甘みと、満遍なく塗られたマヨネーズの酸味、良い肉質のハムの旨み、そしてアクセント代わりなのか少し癖があるチーズの個性が見事に調和している。作った人間のこだわりを感じさせる逸品だ。

「作ってから時間がたっているからどうかと思ったが、美味いな」

「そう？　ありがと。でもそれだけじゃ足りないんじゃない？」

「……本音を言えばな」

　サンドイッチを食べ終え、居心地悪そうに頬をかく。

　今食べ終えたサンドイッチの大きさは、白衣のポケットにすっぽり収まる程度の大きさしかなかった。

　海人は別に大食漢というわけではなかったが、今はもう昼に近い。

　果物を少しとサンドイッチを食べただけでは物足りなさがある事は否定できなかったが、判別所でかなりの量の果物を食べているルミナスの手前、彼は夕食まで我慢しようと思っていた。

　しかし、次のルミナスの発言で彼は己の判断が間抜けだった事を思い知らされる。

「私もいい加減お腹空《す》いてるし、街に着いたら食べさせてあげる。勿論私の奢《おご》りでね？」

その言葉を証明するかのように、彼女のお腹がくぅ～、と小さく鳴いた。

「待てルミナス。それはありがたいが、あれだけ食べて君はまだ入るのか⁉」

驚愕のあまり、海人は思わず叫んだ。

判別所では即座に思いついたものだけを作ったため、結局彼の知る全てのフルーツは作っていなかったが、それでも数は二十種を超えた。しかも中にはメロンなどの大きな物も含まれている。

シェリスと二人で分けていたとはいえ、普通は満腹で何も入らなくなる量のはずだった。

「何言ってんのよ。果物は果物、昼食は昼食。入らないわけがないじゃない」

「どちらも同じ胃袋に入ると思うんだが……ん？」

何を馬鹿なことを、と言わんばかりのルミナスに海人が呆れていると、二人の前方から巨大な鳥が突っ込んでくる姿が見えた。

その飛翔速度は非常に速く、数秒もせずに二人から見える体躯の大きさが倍以上になった。

「ビッグイーグル⁉」

ルミナスは巨大な鳥の正体を見極めて顔を顰めた。

ビッグイーグルはその名の通り、外見的な特徴は巨大な鷲《わし》に近い魔物だ。

体の大きさ以外に違う点は嘴《くちばし》の形状のみで、獲物を突き殺せるよう若干長く、鋭くなっている。

この魔物は人間の成人男性よりも二回り以上大きな巨体でありながら飛行速度は通常の鷲を大きく上回る。

その上空を飛んでいる獲物をその速度と槍《やり》のように鋭い嘴で串刺しにし、それをそのままの状態で巣に持ち帰って食べるというかなり恐ろしい生態を持っている。

ルミナス一人なら余裕で返り討ちにできる相手だが、海人を抱えて両腕が塞がっている状態ではさすがに厳しい。

風の魔法で海人を浮かせながら戦うというのは、魔法の発動時間と相手の速度を考えると危険が大きい。

全速力で逃げれば振り切れる相手ではあるが、その場合は手が滑った瞬間に海人は墜落死確定である。

となれば取れる最善の選択肢はただ一つ。

ルミナスは瞬時に決断を下し――

「カイト！　すぐ片付けるから我慢して‼」

海人を上に向かって思いっきり放り投げた。

「ぬおわあああああっ⁉」

突然投げ飛ばされて思わず悲鳴を上げる海人をあえて無視し、腰のロングソードを素早く抜き放つ。

よく手入れされた刀身が日の光を反射し、ギラリと輝く。

そのままルミナスは突っ込んでくるモンスター相手に自分から一気に間合いを詰める。

「でやあっ‼」

強烈な気合と共に、ただの一刀で真っ二つに叩き斬った。

その雷光の如き一閃《いっせん》に、ビッグイーグルは断末魔の声を上げる暇さえ与えられなかった。

両断されて無惨に地面に落下していくモンスターの死骸に一瞥《いちべつ》もくれることなく、放り投げた海人の確保に向かう。

「ほい、セーフっと。大丈夫？」

投げられたときの力がなくなり、落下を始めようとしていた海人の体を左腕一本で抱える。

そのままスカートのポケットから紙を取り出し、剣についた血を拭き取った。

「……ああ、大丈夫だ。しかし、あんな生物と頻繁に遭遇するのか？」

「いや、この近辺で見たのは初めてよ。たしか、この国には生息してないはずなんだけど……。主にエルガルドにいる魔物だからねぇ……向こうに餌がなくなってこっちまで来たのかもね」

「ふむ、そうか……」

海人は魔法を唱え、手元に護身具として催涙スプレーと拳銃と専用の弾倉を作り出し、ポケットに入れた。

他の物も作れなくはなかったが、モンスター相手で有効そうなものとなると、この二つが適切だった。

「ん？　今度は何作ったの？」

「護身用の武器だ。役に立つかは分からんが、ないよりはマシだと思ってな」

「ありゃ、怖がらせちゃったみたいね。でも、あんま心配する必要はないわよ。どのみち私がいればあれぐらいはなんとでもなるし。それにほら、もう目的の街が見えてきたわよ」

海人がルミナスに促されて眼下を見下ろすと、森を切り開いて作られている道の先に大きな街らしき物が見えた。

街に続く道を馬車が行き交い、街の中は上空からでも分かるほど多くの人で賑《にぎ》わっている。

なかなか見る機会のない絶妙な高さからの街の光景を楽しんでいると、着陸するべくルミナスが徐々に高度を下げ始める。

そしてそのまま街の門の近くに着陸した。

「はい、ここがカナールの街。ここの商店街は品揃えがいいから、武器から食料まで大概の物はここで揃うわよ」

彼女の言う通り街には多くの店舗や屋台が立ち並び、果物、野菜、肉、魚、といった食材から料理や服、果ては家具などまで様々な物が売られている。

また、客引きの手法も様々で、威勢のいい声で呼び込みをやっている八百屋があるかと思えば、焼きたてのクッキーの甘い匂いで客を集めている店や、考え抜かれた陳列で人目を引いているアクセサリーショップもある。

そんなバリエーション豊かな店の間を多くの人が行き交い、街は実に賑やかな様相を呈している。

「それで、まずは腹ごしらえか？」

「ええ。かなり美味しい店だから楽しみにしてて。で、食べ終わったら食料の買出し。時間が余ったら武具屋も回るわよ」

頑張ってね荷物持ちさん、と冗談めかして言いながら歩き始める。

海人はそんなルミナスの後を苦笑しながら付いていった。

「あれ？　たしかミッシェルさんの店はこの辺りのはずなんだけど……」

人波をすり抜けながら迷いなく進んでいたルミナスが立ち止まり、困惑した声を上げた。

二ヶ月前まではこの場所にお目当ての店があったはずなのに、別の店に変わっているのだ。

道間違えたかな、とぼやきながら周囲を確認していると、

「おっす、ルミナス」

背後から男の野太い声が掛かった。

「あらゲイツ、久しぶりね。しばらく見なかったから魔物に食われたのかと思ったわ」

声に振り向き、ルミナスは挑発するようにニヤリと笑った。

「はっ、俺を誰だと思ってんだ？　予定より時間かかったが、きっちりフレイムリザード狩ってきたぜ」

そう言って男――ゲイツは自慢げに笑った。

この男は獣人族のハーフで、頭頂部に体格からすると小さな獣の耳と両腕の肘から手首までに毛皮のように見える茶の体毛が生えている。

元々野性的な顔立ちではあるが、大雑把に切られた茶の髪と、頭に巻かれたボロボロの赤いバンダナがその印象をさらに強くしている。

さらに使い込まれた金属製の軽装鎧を身に纏い、大型の魔物と戦うための巨大な剣を背負っている事でいかにも歴戦の戦士といった雰囲気も漂わせている。

いかにもファンタジー世界の猛者というような雰囲気の男であった。

「ところでそっちのはお前の男か？　いや〜、お前にもようやく春が来たか」

ニヤニヤとわざとらしく揶揄《やゆ》するような笑みを浮かべる。

それでもあまり嫌味な表情になっていないあたり、ゲイツは人をからかう事に慣れていないようだ。

「違うわよ。しばらくうちに居候することになっただけ」

ルミナスはゲイツの揶揄を軽く受け流した。彼女にしては妙に大人な対応である。

「海人天地だ。よろしくゲイツ殿」

自己紹介しつつ海人は握手を求め、右手を差し出す。

「殿なんていらねえよ、ゲイツでいい。俺はゲイツ・クルーガーだ。一応冒険者をやってる。よろしくなカイト」

照れくさそうに頭をかきながら差し出された手をとって握手する。

そのままブンブンと乱暴ではない程度に力強く握った手を振った。

「ところでゲイツ、ミッシェルさんの店はここじゃなかったっけ？」

「あん？　おふくろの店は一ヶ月前に移転したぜ？　今は広場のとこに店舗構えてる」

そう言って少し先にある広場を指さす。

広場の辺りは大きく開けており、この道路沿いにある店に比べると客が入りやすく、そして並びやすくなっている。

飲食店にとっては一等地と言って差し支えない場所である。

「ああ、あの空いてた店舗のとこね。やっぱり結構稼いでたんだ」

「ま、常連から何から客は多いからな」

「つーかミッシェルさんは景気よくても、あんたはどうなのよ。たしかランクAに上がるまでは結婚しないって言ってんでしょ？」

ルミナスはゲイツの薬指にある指輪を眺め、溜息をついた。

以前、彼の婚約者から婚約から相当な時間が経っているのに、そのせいで結婚できないと愚痴られた事があるのだ。

惚気《のろけ》なのか泣き言なのか判別しにくい事この上ない愚痴は、できれば二度と聞きたくない物であった。

「へっ、今回のフレイムリザード狩りで一気に近づいたからな。上手くすりゃあ、来月かその次の月にはランクAに上がれるぜ。が、一応あいつに会っても黙っててくれよ。大丈夫だとは思うが……万が一、二ヶ月経ってもランクが上がらなかったなんて事になれば……」

ゲイツは思わずガタガタと身震いをし始めた。

彼の婚約者は二年という期間にもめげない彼に対する深い愛情と忍耐強さがあるが、決して大人しい女性ではない。

むしろ性格は過激であり……ゲイツは婚約から一年後、業を煮やした彼女にボコボコにされた。

それから一年後にも同じ目にあわされ、次は半年後と宣告されている。

そんな相手をぬか喜びさせてしまえばどうなるかなど、火を見るよりも明らかである。

「ほぼ確実にあんたの血の雨が降るわねぇ……って、悪いカイト。話についていけてないわよね」

と、海人が置いてきぼりになっているのに気が付き、ルミナスは慌てて声を掛けた。

「いや、気にするな。遠目だが色々と見る物はあったから、街を眺めて楽しんでいた。ところで、随分と武装している連中が多いのはなんでなんだ？」

海人が観察していた限りでは往来している人間の三割ほどが武器を持ち、鎧を纏っていた。中には大きな盾を持っている者もいる。

街の雰囲気からすると少し場違いな感じが否めない格好である。

「ああ、あの連中は俺の同業だ。この間すぐ近くの森の奥で新種の薬草の群生地が発見されたからな。しかもその群生地はモンスターが山ほどいる森の奥だから、一般人が自力で取りに行くのは難しいのさ。そのせいで冒険者にとっちゃ今この街は仕事が……量だけはそこそこ多いんだよ」

一件あたりの報酬は安いモンばっかだけどな、と付け加えて溜息をつく。

どうやらゲイツの財政状況はあまり良くはなさそうだ。

「なるほど。それでああいう連中が多いのか」

「ああ、冒険者としちゃ三流がほとんどだがな。それでもそれなりの装備してっから、素人にゃ二流以上との差は分かりにくいか？」

「うむ、有り体に言ってまったく分からん。が、そこの自分の顔を鏡で見てから女性を口説け、と言いたくなるような連中が三流だろうとは思う」

海人はすぐ近くで女性をナンパ、というよりは強引に連れて行こうとしている三人組を指さして大きな声で言った。

声に反応して三人が海人に振り向く。

その隙に女性が急いで逃げ出すが、それには構わず三人は海人に近づいてきた。

「てめえ、今なんて言いやがった？」

男たちの中で一際大きな男――二m近い大男が睨みながらにじり寄ってくる。

その男は身の丈ほどに大きな剣をホルダーで背中に背負い、重そうな鋼の鎧を身に纏っている。

残りの二人も格好は似たようなもので、その姿だけで十分に脅迫じみた効果がある。

「あのレベルの容貌の女性を口説くには、顔の出来も品性も知性もあまりにも不足しているだろう。そこまで身の程を知らぬなら冒険者としても三流だろう、と言ったんだが？」

だが、海人はまるで臆することなく嘲笑を向けながら挑発を行った。

しかも本人は自覚していないが、顔が良いのでこの嘲笑が無駄に格好良い。

それがさらに三人を怒らせる。

「てめえっ！　ちっと顔がいいからって調子乗ってんじゃねえぞ……！」

「自分では大した顔だとは思わんが……まあ貴様らよりは数段マシだろうな」

怒鳴る男たちの形相もどこ吹く風、と海人はさらに挑発する。

顔を真っ赤にして今にも掴みかかりそうな男たちに対し、彼はあくまで自然体。

白衣のポケットに両手を突っ込み、平然と自分よりも大きな体格の男たちを態度で見下している。

「は……はは、あっははははは‼　気に入ったぜカイト！　俺とルミナスがいるっていっても、この手の連中を目の前にそこまで臆せず言える奴《やつ》はそういねえよ！　いっくら中身が三流の雑魚だっつっても外見でびびる奴の方が多いからな‼」

そんな両者を眺めていたゲイツが唐突に大笑いし始めた。その横ではルミナスも同じように腹を抱えて爆笑している。

海人は賢そうには見えるが優男で、肉体を鍛えていそうには見えない。

大概その手の人間は弁は立っても、目の前に強面《こわもて》の連中が現れると怯《おび》えて目を合わさないようにする。

しかし彼は最終的にルミナスやゲイツに頼るつもりにせよ、現在その二人より前に立ち、臆することなく挑発を行っている。

普通では考えられない胆力である。

二人は大したもんだ、と感心しながら爆笑し続けるが、雑魚呼ばわりされた男たちが怒らないはずもない。

「てめえら、ぶっ殺……ぎゃ⁉」

背中の武器を抜こうとした男の怒りの声が途中で途切れる。

男が言葉を言い終わる前に海人が動き、魔力で強化した一撃を入れて倒していた。

「ぎゅっ⁉」「ぎょっ⁉」

続いて残りの二人が動揺している隙に、同様に各一撃ずつ容赦のない攻撃を加え、悶絶《もんぜつ》させる。

所要時間わずか数秒。実に鮮やかな手際だった。

――周囲の人間を残らず引かせるほどに、えげつない手法ではあったが。

「本気で救いようのない阿呆《あほ》だな。下らん脅しを言う前に……いや、そもそもそんな大きな武器を抜こうとせず素手で攻撃してれば、私などどうにでもなっただろうに」

倒れ伏した男たちを冷たく見下ろして言い放つ海人に対し、周囲から畏怖の眼差《まなざ》しが向けられる。

先程まで面白そうに笑っていた二人も、一転して冷や汗を流しながら彼を見ていた。

「お、お前、悪魔か……？」

「うっわ容赦ないわね……潰れてるんじゃない？」

ルミナスがブクブクと泡を吹いて昏倒している男たちの股間を見て言った。

――そう、海人は男たちの金的を攻撃していた。

たしかに筋力的に劣る海人が素手で勝つためにはこれ以外の攻撃手段はないのだが、実際男がそれを瞬時に躊躇なく行うのは心理的に難しい。

「さあな。潰さぬ配慮はしてないが、私の知ったことではない」

が、この男にとってはそうでもないようだ。

むしろごく自然に潰してかまわないと考えていそうである。

「うっわ～鬼ねぇ……でも困ってる女性を助けたのは偉いわ。ご褒美に頭撫でたげましょう」

「いや、別に人助けのつもりでやったわけではないんだが……」

手を伸ばして自分の頭を撫でるルミナスに、海人は居心地悪そうに頬をかいた。

彼が男たちを挑発した理由の大半は見目麗しい女性を助けるなどという善意によるものなどではない。

これは海人にとってやっておくべき実験の一つだった。

目的は魔力で強化した自分の攻撃が、同じく魔力を扱える人間に対しどの程度有効であるかを確かめるため。

いくら肉体が強化できるといっても、この世界での対人においてはどれほど効果があるのかは分からない。

いざという時に多少なりとも立ち向かうという選択肢を取れるのかを確かめる必要があった。

しかし当然ながらルミナス相手にやるわけにもいかず、初対面のゲイツ相手にやるわけにもいかない。

どうやって実験をするか頭の片隅に置いていたところに、都合よく痛めつけても問題なさそうな男たちが現れたのである。

それも頭が悪そうなうえに、筋力で劣るはずの女性を力ずくで連れて行く事に手間取っている程度の人間だった。

さらに素手でどうしようもなくなっても拳銃や催涙スプレーがある以上、躊躇うほどの理由はない。

そんな海人のタチの悪さが透けて見えたのか、ゲイツは恐々と若干距離をとっている。

「お前だけは敵に回したくねえよ……」

「ぜひそうであってくれ。で、これからどうする？」

やや内股気味で腰が引けているゲイツを軽くあしらって尋ねる。

海人にとってはゲイツの戦慄も足元で悶《もだ》え苦しんでいる男共のことも本当に大したことではないようだ。

「とりあえずミッシェルさんの店に行きましょ。ほら、ゲイツも」

「あ、ああ……って俺もか？」

「何よ、もう食事とったの？」

「いや、まだだけどよ……」

それどころかゲイツは今日この街に帰ってきたばかりで、朝から何も食べていない。

が、親の経営している食堂に行くというのは少々気恥ずかしいらしい。

「じゃあ来なさい。ビール一杯ぐらいなら奢ってあげるわよ？」

「喜んでお供させていただきます」

その気恥ずかしさも一杯酒奢りという誘惑には勝てなかったようだが。

◇◇◇

カナールの街にいくつかある広場の中でも、特に料理屋が多い広場。その一角に《リトルハピネス》は建っている。

無骨な茶のレンガ造りの三階建てで、三階は店主の家となっているが、下の階は厨房以外は全て客席。

料理の値段は安くはないが、値段以上の味の質、さらに親しみやすい雰囲気などで人気の店だ。

とある貴族がたまにお忍びで食べに来るという噂《うわさ》まである。

その店に海人たち三人は入っていった。

「いらっしゃ……おや、ルミナスちゃんじゃないか！　久しぶりだねえ、元気してたかい？」

店の中に入るとどことなくゲイツと似た恰幅《かっぷく》の良い中年の女性が出迎えた。

いかにも街の食堂という店の雰囲気がよく似合う人好きがしそうな人物である。

「ええ、おかげさまで」

「そりゃなによりだ。さ、空いてる席好きなとこに座っとくれ」

「んーっと……それじゃここで」

ルミナスは厨房の中が見えるほど近い位置にある奥の方の席に座る。

それにならって海人とゲイツも彼女の向かいに座った。

「もっと日当たりの良い席じゃなくていいのかい？」

ミッシェルが気遣って、適度に心地良さそうな日差しに照らされている席を指さす。

確かに今日はいい天気なので、日の光を浴びながらの食事は気持ちいいはずだ。

「商売柄か目立つ場所って少し落ち着かないんですよ」

「へえ、そうなのかい……ところでそっちのいい男はルミナスちゃんの彼氏かい？」

ルミナスの顔を下から覗き込み、からかうように笑う。

どこの世界でも、この年代の女性が他人の色恋沙汰に興味津々なのは共通のようだ。

「親子揃って言うことが同じですよ。うちに居候することになったカイトです」

「海人天地と申します」

「おや、これはご丁寧にありがとうね。私はこの店の店主のミッシェル・クルーガーだよ。さて、今日のメニューはこれに書いてあるものだけど……何にするんだい？」

そう言ってミッシェルは後ろからボードを取り出した。

そこには実に十種類以上の多様なランチメニューが記されていた。

牛・豚・鳥・羊などの肉類をはじめ、魚介類のメニューも多い。

「私は黄金豚肩ロースのソテーのセット。カイトは？」

「ふむ……特にお勧めなのはなんでしょうか？」

しばしの思索の後、結局海人は一番無難な決め方にする事にした。

この方法なら普通はそんなに外れには当たらない。

「お勧めかい？　う〜ん……今日は眠り牛の肉野菜炒めのセットだね」

「ではそれを」

「それじゃ俺は……」

「馬鹿息子、あんたは料理を手伝うんだよ。最近年のせいか、付け合わせのキャベツの千切りが面倒なんでねえ」

言いかけたゲイツの言葉を遮り、ミッシェルは息子の襟首を掴んで抵抗する暇も与えず厨房に引っ張っていく。

「ひどっ!?　待ておふくろ！　俺朝から何も食ってねえんだよ!!」

「後でまかない食わしてやるから我慢しな！　ほらさっさと来な！」

ミッシェルはゲイツの体の上に大きなエプロンと三角巾を放り投げながら、引く力を強めた。

ガタイの良い若い男が、抵抗むなしく中年の女性に片腕で引きずられていくという、中々シュールな光景が展開される。

「ぬああああっ⁉　ルミナス！　約束通り後でビール一杯は奢れよおぉぉぉ⁉」

ゲイツはずるずると引きずられながら、哀れっぽい叫びを残して厨房へと消えていった。

それから少しして、呆気にとられていた海人が口を開いた。

「いつもああなのか？」

「そうよ。ま、仲がいい証拠ね」

「ふむ、親子仲がいいのは良いことだ」

厨房の方を眺め、眩しそうに目を細める。

そこにはキャベツの切り方はもっと細かく！　と拳骨を浴びせる母と、痛みに涙目になりながらも言われた通りにする息子の姿があった。

「どうかしたの？」

「いや、少し私の親の事を思い出しただけだ」

「……ひょっとして仲悪かった？」

「仲は良かったと思うんだが……私が十二の時に両親揃って失踪してな」

海人はなんとも言いづらそうにしながら頬をかく。

「あ～っと……まさか夜逃げ？」

ルミナスはまた地雷踏んじゃったかな～、といった表情で尋ねる。

彼女は内心失敗したと思っていたが、ここで話を切ってしまうとより気まずくなるのは目に見えているため、あえて話を逸らさなかった。

「それはないな。なんせ財産は私が働かずとも遊んで暮らせるだけの額があった。さらに言うと、失踪後借金取りが押しかけてきたこともなかったぞ」

ルミナスの心配をよそにあっけらかんと語る。

むしろ海人としては両親の失踪後、まだ幼い自分の手に余る財産をどうするかで悩まされたのだ。

最終的には両親の失踪を一切公にせず、事実上彼が財産を全部引き継いだのだが。

――なお、その後の海人はキャッシュカードをはじめとした数々の暗証番号を十代前半とはとても思えない見事すぎる手際で調べ、親の資産を研究費用などに当てて一年で数倍に増やしている。

「……誘拐？　いや、それだと攫《さら》われるのはあんたになるか」

「そうだな。ま、詳しく話すと暗くなりそうだし、話題を変えよう」

海人は軽く肩を竦め、強引に話題を打ち切った。

両親失踪後の彼の生活に話が及ぶと、ごまかさなくてはならない内容が大量に増えてしまう。気が引けるが、この話題は早々に打ち切らなければならなかった。

「ん～……そんじゃ、この街の話なんてどう？　ちょっと面白い話もあるわよ」

ルミナスも深くは追及せず、明るい調子で話題を変えた。

それに感謝しつつ、海人はその話題に乗った。

「どんな話だ？」

「この街って、店だけじゃなくて屋台もたくさんあって賑やかでしょ？」

「そうだな。だが、そのわりには雑然とした印象を受けない。多分店と屋台の並びを誰かが総合的に計算し、それに沿っているからだと思うんだが」

多分、と言いつつも海人は自分の予想が当たっている事を確信していた。

彼は街に入って以来、一つたりとも通行の邪魔になりそうな露天商を見ていない。

それに加えて各店が一見乱立しているように見えながらも、店同士の領域がまったく重なっていない。

少なくとも店の配置を取り仕切っている人間がいる事だけは明白だった。

「鋭いわね。実はこの街には引退した豪商なんかも何人か住んでるんだけど、そういう人たちが総括して屋台の位置とか考えて出店のルールなんかを決めてんのよ。さすがに経験が長いだけあって、各商店の反発を少なくしつつ、ちゃんと街並みを整えてるの」

「ふむ、引退した人間がなぜここに？　老後を過ごすには賑やかすぎる街だと思うが」

「そこが面白いとこでね。みんな叩き上げの人たちだから、跡目を後進に譲っても商売はずっとやり続けたかったらしいのよ。で、どうせやるんだったら徹底的にってそういう人たちが何人か集まって、今のこの街の基礎を作ったの。その人たちが昔の人脈から何から利用して商売を始めた結果、この街には色々良い物が集まってるのよ。この近辺は気候条件も良いから、野菜や果物の栽培なんかも同時進行で始められてね。それも結構良い質なの。今ではわざわざ王都から買い付けに来る商人もいるぐらいよ。お年寄りが元気な分、若い人たちは大変みたいだけど」

ルミナスは以前見たこの近辺の農作業の様子を思い出し、ついつい笑みをこぼした。

農作業に関しても指示を出すのは老人。しかも二十代の若者より機敏に、活発に働きながら的確に指示を出していた。

若者がぶっ倒れている横で、強烈な日差しも疲労ものともせずに働いている姿はもはや冗談にしか思えなかったものだ。

急に笑い始めた自分を訝しげに見ている海人にそれを教えると、彼の口がぽかんと開いた。

「……恐ろしいほどのバイタリティだな。何歳ぐらいの方々なんだ？」

「一番若い人で今七十四歳だったかな。凄いわよねえ……私もあれぐらい元気な老後を過ごしたいもんだわ」

しみじみと頷くルミナスに、海人も深々と頷き返す。

そんなやりとりをしていると、ミッシェルが厨房から料理を運んできた。

「はーい、お待ちどおさん。黄金豚肩ロースのソテーのセットと眠り牛の肉野菜炒めセットね。ライ麦パンとご飯が選べるけどどっちにする？」

ミッシェルはまず主菜の盛られた皿を二人の前に置き、その横にサラダと野菜スープを置く。

これだけでも全体的に結構なボリュームがあり、普通の女性だと残しそうな量である。

「あ、ご飯出せるようになったんだ？」

「ようやく頼んでた農家で栽培してたのが収穫できてねえ。で、どっちにするんだい？」

「あたしご飯！　いや～ヒノクニで食べて以来はまってんだけど、置いてる店ないのよ～」

「では私もご飯を」

はしゃいでいるルミナスを横目に見ながら、海人は淡々と言った。

パンも嫌いではないが、彼はどちらかといえばご飯党であった。

「おや、あんたもかい？　ああ、珍しいから食べてみたいんだね。ついでだからナイフとフォークじゃなく箸ってので食べてみるかい？」

「それでお願いします」

「あいよ！　ちょっと待っててておくれね」

「いいの？　箸って結構食べづらいわよ？」

「ああ、問題ない」

むしろナイフとフォークの方が慣れとらん、と心の中で付け足す。

海人は子供の頃から箸と米の飯を中心とした食文化の中で育っているのである。

「はい、お待ちどおさん」

ほどなくして、戻ってきたミッシェルがご飯を二人の前に並べた。

ルミナスには平皿、海人にはご飯茶碗、とそれぞれ適切な器に盛られている。

「やたっ！　いっただっきま～す」

「いただきます」

「ん～、美味しいわね～♪　この豚の旨みをご飯がしっかり受け止めて……もう幸せ！」

「ふむ、君が言うだけあって確かに美味いな。炒め物の味付けが比較的濃い目だから米によく合う」

海人も料理をよく噛締めて味わいながら食べる。

口の中に肉汁が溢れた瞬間に米を食べると幸福のハーモニーが口の中で奏でられる。

肉の高い品質に対し米の質が劣ってはいるが、それでも非常に美味である。

野菜の品質も高いうえ、少しキツめの塩味によってキャベツや他の野菜の甘さがよりいっそう引き出されている。

もし肉がなく、野菜とご飯だけであっても不満は感じなかったかもしれないと思える味だった。

あまり早く食べると健康によくないと分かっていてもついつい箸が進んでしまう。

「……ちょっとあんた、なんでそんなに箸使うの上手なのよ」

あまりに淀みなく食事を進める海人をジトーッとした目で見る。

ルミナスが以前箸を使った時は、普通に食べられるようになるのにかなり時間がかかったのだ。

「日常的に使っていたからな」

「あんたヒノクニの人間なの⁉」

しれっと言う海人に対しルミナスが驚きの声を上げる。

この世界では箸を日常的に使う国というのは、知られている限りでは極東の辺境にあるヒノクニしか存在しない。

だがそこの民族は独特な民族衣装を好み、海人の着ているような服は滅多に着ない人間が多い。

さらに言えばヒノクニはこの国から船で数ヶ月はかかるほど遠く、海人がそこから来たのだとすれば帰るのは難しい。

まずかなりの旅費がかかるし、航海中に船がモンスターに襲われて沈没なども珍しくない。

ヒノクニに行くのであれば大金を投じて命を懸けざるをえないのだ。

当然ながら海人はそんなところから来たのではないのだが、それを知らないルミナスは帰りたくても帰れないであろう彼に深く同情していた。

「いや、違う。だが普段の食事は箸を使う方が慣れている」

「そ、そうなの？　それならいいけど……」

ルミナスは海人の動揺した様子が微塵《みじん》も見られない否定に安堵の息をつく。

なにしろ、もしそうなら安全性の高い航海をするために彼女の年収以上の資金が必要になる。

はっきり言って普通の人間は数年かかっても稼げない額だ。

「なにやら心配してくれたようだな……どうも君には心配を掛けてしまうようだ」

海人はそう言って一時箸を止め、軽く頭を下げる。

彼としては命の恩人にいらぬ気苦労をさせるのは後ろめたく思っているようだ。

「気にしなくていいわよ。私が勝手に心配してるんだから」

「……すまんな」

明るく言うルミナスに、もう一回頭を下げ食事を再開する。

改めて彼女にご馳走になっているのだ、と感謝しながらよく味わって料理を食べ進める。

「……うっわ、綺麗だわ……今度使い方教えてよ」

姿勢を崩さず、一度掴んだ物をこぼす事もなく淡々と、だが美味そうな表情で食べている海人の姿に、ルミナスはある種の感動を覚える。

食べている姿が美しい、と感じるのは彼女にとって初めての体験だった。

自分もこんな食べ方ができるようになりたいと思っても不思議はない。

「かまわんぞ」

海人は上機嫌そうに答える。料理の味もだが、ルミナスの尊敬の眼差しが心地よいらしい。

彼は昔、母親から食事の作法に関して血が滲むような努力を強いられていたが、このときばかりはそれに感謝していた。

◇◇◇

「っは～、美味しかった。ご馳走様～～♪」

「御馳走様でした」

「いや～ルミナスちゃんの食いっぷりは相変わらず見事だし、カイト君は食べ方が綺麗な上にご飯一粒も残してないじゃないか。これだけ食べてくれたら料理人冥利に尽きるよ」

「お、おふくろ……んなことよりキャベツの千切り終わったから……メシ……」

息も絶え絶えになりながらゲイツが厨房から顔を覗かせる。

空きっ腹での労働。しかも近くで食欲を猛烈にそそる食べ物の美味しそうな香りがしている。彼にとっては地獄を味わった気分だった。

「はあ……ったくしょうがないねえ……それじゃお二人さん、ゆっくりしてってとくれね」

ぐったりとした息子に溜息をつくと、ミッシェルはアイスの載った皿を二人の前に置いて厨房に戻っていった。

「あ、ミルクアイスだ」

「美味いな」

濃厚な味でありながら後に残らないさっぱりとしたアイスに二人揃って舌鼓を打つ。

余程鮮度のいい材料を使っているのだろうと思わせる一品だった。

「毎朝牧場で搾りたてのを買ってきて、それを氷結魔法でアイスにしてるらしいからね。下手な店で食べるより美味しいわよ」

アイスの解説をしつつ、嬉しそうに次の一口を口に運ぶ。

写真にでも取っておけば宣伝に使えそうなほど幸せそうな表情だ。

そんなルミナスの様子を微笑ましげに見ていた海人が、唐突に口を開いた。

「なあ、ルミナス。君は食道楽なのか？」

「ん、なんで？」

最後の一口を名残惜しげに飲み込み、聞き返す。

さりげなく、まだ半分ほどしか食べられていない海人のアイスに物欲しそうな視線を向けつつ。

「昨日食べさせてもらったシチューは実に美味かったし、果物を食べていた時の反応も……まあなんだあれだったからな」

「い、いや、あれは果物好きなら大概ああなると思うわよ？」

やや頬を赤らめ、恥ずかしそうに答える。

ただし、海人の苦笑と共に自分の方へ差し出されたアイスはしっかり味わっている。

「まあそうかもしれんが、実際のところどうなんだ？」

「う～……食道楽よ。食費はなるべく減らしてるけど、それでもあんまケチれないわね」

ごまかされてくれない海人にむくれながら正直に答える。

命懸けで稼いだ金をどう使おうと私の勝手じゃない、と不貞腐《ふてくさ》れたようにぼやきながら。

「そうか。いや、確認したかっただけで他意はなかったんだ。すまんな」

「別にいいわよ。そろそろ行く？」

「そうだな。あんまり長居して日が暮れても困る」

「そうね。ミッシェルさ～ん、会計お願いしま～す！」

ルミナスの声にミッシェルが素早く反応してやってきた。

すでにルミナスは計算して代金ちょうどの額を用意していたため、迅速に会計を終える。

「それと、これはゲイツに渡しといてください。ビール一杯奢るって言っちゃったから」

さらにゲイツのビール代として千ルン紙幣を追加で手渡し、苦笑するミッシェルに手を振りながら海人を伴って店を出た。

◇◇◇

ある程度買出しが終わった二人は《リトルハピネス》があるのとは別の広場に来ていた。

この広場は円形の大きな花壇が中心にあり、それを取り囲むようにしてベンチが設置されている。

辺りでは買い物に疲れた大人がベンチに座り、連れて来られたであろう子供たちは元気を持て余すかのように走り回っていた。

「そんじゃカイト、悪いけど荷物地面に置いていいから少しここで待ってて。今から行くとこはちょっと荷物持ったままだと行きづらいから」

「分かった」

海人は言われるまま両手に持った荷物を下ろす。

そして改めて肉体強化の素晴らしい効果に感心していた。

荷物の中には食材だけでなく、木材ややすりなどまで入っていた。

買い物をしている途中で修理用の木材を昨日ほぼ使い切った事を思い出し、急遽《きゅうきょ》買い足す事になったのだ。

総重量は結構なもので、肉体強化をしない海人では全部を持ち上げられるかどうかも怪しい重さだ。

それが肉体強化をしていればあっさりと持ち上げられるのである。

このあたりはまさにファンタジー万歳であった。

「大丈夫だとは思うけど、たまに置き引きとかも出るから盗まれないように注意してね。じゃ、なるべく早く戻ってくるから」

「ああ、気をつけてな」

手を振りながら人ごみの間を器用に走り抜けていくルミナスを眺め、海人は荷物を下ろした。

ベンチに座りたいのは山々だったが、空いている場所はたった一人分。

しかも両手に重そうな大量の荷物を抱えている女性が座ろうとしている。

素直に諦めて周囲の喧騒《けんそう》を聞きながら、少し前まではあまり吸わなかった健全な空気を吸い込む。

大気汚染など欠片《かけら》もなさそうな清冽《せいれつ》な空気が肺に広がり、清々《すがすが》しい爽快感が体を満たす。

軽く伸びをしながら、周囲の光景をざっと見渡していると、広場の中心で視線が止まった。

そこにあったのは小型の時計塔。塔というには小さいが、形状は塔以外の何物でもなかった。

現在は短針が五、長針が十二を指している。空に夕焼けが見えている事を考えれば、この世界の時間も元の世界と同じく一日二十四時間が基準になっていると考えてよさそうだった。

そんな分析もしながら、海人は賑やかな街の雰囲気を楽しんでいた。

荷物からも注意は逸らさぬまま、周囲の喧騒に耳を澄ませている。

「ほら、もう帰るわよ！」

「え〜、もう少し遊びたいよ〜！」

そんな声の方向を振り返ると、母親に襟首を掴まれてジタバタもがく男の子の姿が視界に入った。

男の子はしばらく文句を言っていたが、そのうちに母親に頭突きをかまされて強制的に黙らされた。

少し痛そうに額をさすりながら、母親は両手に荷物を抱え、脇の下に目を回した息子を挟んで去っていく。

周囲の親が苦笑しながらそれを見送っているあたり、どうやらあまり珍しい光景ではないらしい。

（……素直に親の言う事を聞かずに痛い目を見る、か。小学校の同級生があんな感じだったかな）

海人はそんな事を思い出し、唇をほんの少しだけ緩めた。

かつては、海人も普通の子供として過ごしていた時期があった。

彼は物心ついた時から化物的な天才ではあったが、両親が失踪する前は世間的には普通の子供だったのだ。

息子の異常な才能を理解していた両親が、彼の才覚を一切表に出さなかったのである。

海人が何らかの研究をする際は可能な限りの助力を惜しまなかったが、それは屋敷の中だけでという条件付きだった。

両親以外には研究について話す事を禁じられ、学校のテストも何問かわざと間違えるように言われていた。

その当時は彼も素直な子供だったため、両親の言いつけを守り『成績はいいけど運動音痴な子供』として過ごしていた。

演技による人間関係のストレスのせいか、年々学校以外で同級生と会う事は減っていったが。

しかし、小学校卒業後に両親が失踪してから状況が一気に変わってしまった。

海人は一年間今まで通りに学生生活を送り、誰もいない屋敷で両親を待ったのだが、手紙一つ来なかった。

この時に彼の手綱が完全に放されてしまったのである。

両親がいなくなり、生活費を得るためには両親の金に勝手に手をつけるしかなくなった。

それに罪悪感を覚えた彼は、迅速に学歴を手に入れて社会的地位を築いて金を稼ぐために、様々な手段を用いて海外に留学し、飛び級を繰り返して最終的には医師免許まで取得した。

それに並行し、小遣い稼ぎのつもりで研究の一部を発表し特許も取得していたのだが、これがまずかった。

生活費の足しにできるぐらいにしか思っていなかった特許は、使った金額どころか両親の全財産を上回る額を稼ぎ出してしまった。

そして、特許取得から一年もしないうちに妙な機関に狙われ始めたのだ。

実のところ、両親の失踪前にも表に出せば狙われる研究はあったのだが、それを両親が徹底的に秘匿していたため、危ない目にあう事はなかったのである。

その時になって初めて両親の言いつけの意味を悟り、大人しくしておくのだったと後悔するも後の祭り。

結局普通とは程遠い生活を強いられる羽目になり、人格もかなり歪んだ。

（まったく、この子たちが羨ましい。ま、言いつけを守らなかった私の自業自得だが）

そんな事を考えていると、

「あっ……⁉」

近くを走り回っていた女の子が足を滑らせ、かなりの勢いで海人の足に頭からぶつかった。

そしてそのまま彼の靴をクッションにするような形で地面に落ちた。

幸い怪我はないようだったが、ぶつかった拍子にパキッと軽い音がした。

「ご、ごめんなさい！」

「ああ、大丈夫だから気にしなくていい。怪我はしないようにな」

「う、うん。あれ……うそ……ふ……ふえ……ふえええええーーーーん！」

女の子は差し出された海人の手を取って立ち上がるが、その際に自分の頭から落ちた物を見て泣き出した。

突然の幼い子供の号泣に、海人は戸惑ったように声をかける。

「ど、どうした？」

「……ひっく……こ、これ、お小遣い貯《た》めて……今日買った、髪飾りなのに……こ、壊しちゃっ……うわあああああん!!」

「あ～、それは悲しいな……」

「ファニル、どうしたの？」

泣き声に導かれるように少し早足で母親と思しき女性がやってきた。

泣き止《や》まない女の子をあやすように優しく頭を撫でながら、泣いた理由を聞いている。

そんな二人を見ながら、海人は壊れた髪飾りの破片を集めて元の形状を確認し、口を開いた。

「ふむ……御婦人、少々お時間をいただけますか？」

「構いませんけれど……なんでしょうか？」

「その髪飾りは私にぶつかった拍子に壊れてしまったようなので……今、代わりの物を作りましょう。お嬢さん、同じ形の物がいいかな？」

体をかがめ、少女と目線の高さを合わせて優しく訊ねる。

その表情は普段の鋭さが嘘のように、自然で柔らかかった。

「え？　ほ……ホントに作ってくれるの、おじさん……？」

「……い、今の言葉は少々効いたが……ああ、お兄さんは嘘をつかんよ」

海人は無垢《むく》な少女の容赦のない暴言をさり気なく訂正しつつ、買った木材の一つを取り出してナイフで加工し始めた。

――横で母親が無邪気に暴言を吐いた娘を叱っているのを横目で見つつ。

◇◇◇

一方ルミナスは商店街からやや外れた暗い路地を抜け、その一番奥にひっそりとたたずむ肉屋にやって来た。

この肉屋は立地はとてつもなく悪いが、扱っている肉の質は非常に良く、品質からすれば値段は格安な穴場だ。

「やっほー、ガッシュさん」

明るい声で店の主人に声を掛ける。

本来であれば海人も一緒に連れてきたいのだが、この店の立地が入り組んでいる上に狭いため、ここへ来る前に買った野菜や修理用の木材を彼に持たせて広場で待機させたのだ。

「おう、ルミナス嬢ちゃん。今日は何を買ってくんだい？」

「そうね。レスティア牛の小間一塊とラクール豚の肩肉二枚ちょうだい」

並べられている肉の色をひとしきり観察し、肉質に対して一番割安と判断した物を注文する。

「あいよ！　相変わらずいい目利きだなあ……ほい、全部で二五〇〇ルンだ」

苦笑しながら頼まれた肉を紙に包み、紐で縛って紙袋に入れて手渡す。

ルミナスは知らない事だが、彼女が毎回ここで買っていくのは一種のサービス品で、その日一番お得な品物である。

この店は値札に本当に値段しか書いておらず、一番お得といっても極端な差があるわけでもないのに見事に毎回それを買っていくのだ。

彼女の目の肥え方は下手な肉屋よりはるかに上なのである。

「はい……やっぱ結構高いわよね」

代金を支払い、寂しくなった財布の中身を見て溜息をつく。

質と比較すれば安いとはいえ、高い物は高い。

「なんだかんだ言って、どっちも市場に出てる中じゃかなり高級な肉だからな。それに、ルミナス嬢ちゃんはこれぐらいじゃねえと満足できねえんだろ？」

「そうなんだけどさ……うう、懐が寒い」

しくしく、と財布をしまいながら涙を流す。

自分の食道楽が原因とはいえ、懐の寒さはかなりこたえるようだ。

しかも当分は海人が居候する事をふまえれば、単純に考えて食費は普段の倍になる。

食うに困るという事はないにしても、普段からそれほど余裕のない財布だ。

細々と節約しなければならない物が増えるのは間違いなかった。

当然ながら海人が食べ物を作れば食費の負担は一気に減るのだが、一度食事付きで面倒を見ると言ってしまった手前、それを頼むのは気が引けた。

なんとも損な性格の女性であった。

「かなり稼いでるはずだろ？」

肩を落としているルミナスに、ガッシュが不思議そうに尋ねる。

所属している傭兵団は勿論、ルミナス本人も有名人なため、支払われている報酬は相当な額のはずなのだ。

彼女は、もしも大金が支払われていないのなら、とっとと退団して別の傭兵団に移籍し、荒稼ぎしてもおかしくないほどの実力者なのである。

「実家にまだ小さい兄弟が十一人いるのよ？　仕送りで結構お金が消えてんの」

そう答えて憂鬱そうに溜息をつく。

ルミナスは確かに相当な大金を稼いでいるが、武具の費用と実家に対する仕送りで大部分が消えている。

一応彼女は上に兄が二人、姉が一人いるが姉は結婚して家庭に入っているため稼ぎがなく、兄は二人ともまだ三流か、せいぜい二流の武器職人なため自分が食べていくので精一杯。

必然的に一番余裕のある彼女が仕送りをしなければならなくなってしまっているのだ。

「……そりゃ大変だな」

「大変よ。うちの両親ときたら、ろくに稼げもしないのに子供だけはバカスカ作りやがるんだから。一応去年里帰りした時にこれ以上作るなって念押ししといたけど……守ってくれてるかしらねえ」

溜息をつき、両手が地面につきそうな勢いでがっくりと肩を落とす。

ルミナスの両親はごく一般的な武器屋である。

金額だけ見れば決して稼ぎが少ないわけではないが、子供の数を考えればあまりにも少ない。

その上彼女の家ではどういうわけか子供が最低でも双子以上で生まれてくるため、作れば加速度的に増えていく。

ルミナスも姉とは双子の姉妹であり、兄も双子、すぐ下の弟たちも双子でその下の妹たちはなんと四つ子。

そしてその下の弟たちは三つ子で一番下の妹たちが双子……もはや最近彼女は実家に帰っても誰が誰だか分からなくなり始めている。

これ以上増やされたら仕送りの負担もだが家族の名前も覚えきれない可能性さえ出てくる。

医療技術もそれほど発達していない環境で、いまだに一人の死産もないという事を考えれば、非常に贅沢な悩みではあるのだが。

「ま、まあ頑張りな」

ゲンナリとしているルミナスにガッシュは月並みな言葉をかける。

気の利いた言葉をかけてやりたかったが、それ以上の言葉は思い浮かばなかった。

「ええ、それじゃまたね」

なんとか笑顔を取り繕い、手を振って店を去る。

ガッシュから見えた背中はやたらと煤《すす》けていた。

◇◇◇

「こんなものでどうかな、お嬢さん」

髪飾りは元の作りがそれほど精巧でなかったため、ナイフとやすりだけで思いのほか上手く再現できた。

といっても即興で作った物のため、意外に肥えている子供の目をごまかせるかどうかは五分五分といったところだ。

「わぁ……！　すごーい！　お兄ちゃんありがとー‼」

が、満面の笑みを浮かべて新しい髪飾りをつける女の子の様子を見ると、どうやら満足してもらえたようだった。

海人はほっと安堵の息を漏らす。

「すみません、ありがとうございました」

「いえいえ。お嬢さん、今度は壊さないようにな」

海人は軽く手を振って女の子と母親を見送った。

それとちょうど入れ替わるように肉の入った袋を持ったルミナスが海人の背後からやってくる。

「……どしたの、カイト」

「ルミナスか。いや、ちょっとな……」

海人はルミナスに気付くとすぐに振り向いて事情を話し始めた。

そんな彼を見て、そこかしこで若い女性の軽い舌打ちが聞こえた。

なんだ彼女持ちか、と。

荷物に対する警戒こそ緩めていなかったが、泣いている女の子相手にわざわざ手作りの髪飾りを作ってやるというのは、粗野な荒くれ者の男が多いこの街に住んでいる女性の目からは、珍しさによる驚きも手伝ってかなり魅力的に映っていた。

そして遠目でも分かるほどに整った顔立ち、高い身長、長い足。

やや体つきが貧弱そうなのはマイナスポイントだったが、それでもちょっと声をかけてみようと思うには十分だった。

が、その矢先にルミナスがやってきたのである。つい舌打ちが出てしまうのも無理はなかった。

「へぇ～、いいとこあるじゃない。ま、それはそれとして……はい、持って」

ルミナスはチクチクとささる周囲の女性の視線を感じながら、気にしないフリをして持っていた袋を手渡す。

海人は左手に持った野菜やパン・調味料などが入った袋を薬指に引っ掛け、空いた中指と人差し指で肉の袋を受け取った。

右手には、一本抜かれ、縛り直された木材の束がぶら下がっている。

「それでこの後は？」

特に重そうにするでもなく――実際魔力で腕力を若干強化しているため元が貧弱な彼でも重くないが――この後の予定を尋ねる。

ドスドスと刺さる周囲の若い男の怨嗟《えんさ》の視線を渾身《こんしん》の精神力で無視しつつ。

ルミナスのような美人と連れ立って歩いていれば無理もないか、と小さく諦観の息を吐く。

傍目《はため》からすれば自分は非常にハイレベルな美女と付き合っているようにしか見えない。

実情は単なる居候と家主でしかなくとも、そんな事は周囲の人間には分からないしな、と海人は諦めた。

無論実際はルミナスのような美女と付き合いつつ、周囲の若い女性からも熱い視線を受けている男の敵と思われているのだが、彼は周囲の女性の視線は街中で白衣を着ているのが珍しいのだろう、としか思っていなかったため分かっていなかった。

……確かに今この広場で白衣を着ているような変わり者は彼一人ではあるのだが。

「ん～、さすがに武具屋回る余裕はないわね。帰りましょうか」

周囲の人間の勘違いはルミナスとて気付いていたが、さりとてどうしようもなく今日は早めに帰ることにした。

どうせ次に来る時にはみんな忘れてるだろうし、などと思いつつ。

◇◇◇

「さってと、今日は何作るかな」

ルミナスは買ってきた食材を前に、台所で頭を悩ませる。

本音を言えば肉はあと一日寝かせた方が熟成して旨みが増しそうだが、今日のメイン料理がなくなってしまう。

とはいえ、できればせっかく高い金を出して買ったのだからより良い状態で食べたいし、とジレンマに陥っている。

「もしよければぜひ食べてもらいたい物があるんだが……どうする？」

海人は悩んでいるルミナスを見て、ちょうど良い、と思いそんな提案をする。

彼には昼間彼女が嬉しそうに米を食べているのを見てからずっと食べさせてみたい物があった。

「それ美味しい？」

「多分満足してもらえると思う」

「じゃあ作ってくれる？」

「ああ、それでは火だけ用意してもらえるか？」

海人は台所の設備を確認し、それだけを頼む。

この家の台所は基本的には海人の住んでいた屋敷の簡易キッチンと同じである。

違う点は蛇口とガス台がなく、本来ガス台があるべき部分が少し深く掘られてそこに薪《まき》が置かれている事ぐらいだ。

ライターを使えば薪に火をつける事は簡単にできるが、ライターについてルミナスに説明する事になるのが目に見えているため、あえて彼女に火をつけてもらうことにした。

火力の簡単な調節はできないが、そこはそれぞれの台で薪の量を調節する事で多少融通が利くようにした。

そしてルミナスが下位魔法を使って薪に火をつけ、いつでも料理に取り掛かれる状態になった。

「はい、点けたわよ。で、何を食べさせてくれるの？」

「まあ見ていてくれ」

そう言うと海人は米袋、昆布、味噌《みそ》、豆腐、油揚げ、沢庵、醤油《しょうゆ》、釜、茶碗、米櫃《こめびつ》、お玉、そして箸、しゃもじ、七輪、焼き網、団扇《うちわ》、さらに水が入った二リットルペットボトル三本を魔法で作製した。

まったくもって便利な魔法である。

「なんつーか本気で羨ましくなる魔法ね」

ルミナスとしては本気で喉から手が出るほど使いたい魔法である。

戦場では大半が保存食でまともな食事を取れる機会はあまりない。

保存食が尽きた時は狩りを行い肉を調達し、生えている草を食べてしのぐが、狩りで消費する魔力・体力・時間は馬鹿にならず、食べられる草を探すのにも時間と体力を消耗する。

いつでもどこでも美味い食事が食べられるのなら、余計な消耗や時間の浪費もなくストレスも減るし、早く終わらせたい思いからくる余計な焦りも生まずにすむのだ。

それ以前に大量の食材が魔法で作れるなら実家への仕送りを食べ物にして、傭兵などやらずに接客業でもしていただろう。

羨ましそうな目で見てしまうのも無理はない。

「我ながら本当に便利だが……ちと試すか」

海人はルミナスにそう答え、再び魔法を詠唱する。

するとタッパーに入った薄く色の付いた液体が現れ、すかさず蓋を開けて味見をする。

その味は彼が作りたかった物に相違なかったが、あと三つ作るつもりだった物はそもそも現れもしなかった。

創造魔法は、術式の他に作りたい物をある程度正確にイメージする必要がある、と今日読んだ文献に書かれていたため、万全を期して二回に分けたのだが、それでも作れなかったという事は不可能だからと判断して問題なさそうだった。

海人は肩を落としそうになるが、まだこれが作れるだけマシかと思い直す。

「なにこれ？」

「出汁《だし》だ。今から作る料理に欠かせん大事な物だ。本当はもう三つ食材を作りたかったのだが、無理だった。しかし動物性の出汁は作れるのに干物、生魚、すり身は無理か……基準が今一つ掴めんな」

海人はそこまで呟き、考え込んでしまう。

今彼が作ろうとした物は全部で四つ。

カツオ節でとった出汁入りのタッパー、カツオ節、いわしのツミレ、そしてアジの切身である。

創造魔法は植物以外の生命体は作れないという制約があると書かれていたが、すでに息絶えた物、そこからさらに加工された物ならば、制約から外れる可能性もあるのではないか。

そう思って試してみたのだが、どうやら生であろうと干物であろうと、元の生物の原形が多少でも残っていると作れないのは確定らしい。

出汁が作れた事から考えれば、とりあえず液体ならば作れそうではあるが、原形を留《とど》めていない、いわしのツミレが作れなかった事を考慮に入れると、単に原形が残っていなければよいというものでもないようだ。

成分、温度、ありとあらゆる角度から分析するが、一向に答えは出ない。

――その時、ふとある考えが浮かんだ。

魔法という得体の知れない技術を、彼の知る既存の常識や理屈に当てはめて考えようとする事がそもそも間違いかもしれない、と。

海人はその可能性にたどり着いた瞬間、当面は単に何が作れて何が作れないかを理解するに止める事を決める。

冷静に考えれば、多少作れない物があったところで騒ぐほどの不自由はない。拳銃を作れ、食料を作れ、ついでに水も作れる。しかも今のところは大規模な組織に狙われる危険は少ない。

大人しく、こっそりと魔法を使って生計を立てる分には何の問題もないのだ。

唯一の気がかりは今日のした男たちだが、そちらは遭遇しなければ問題ないし、遭遇したとしても拳銃を使った不意打ちの射殺からなにから打てる手は数多い。

そして海人は思考を放棄した。

――実に二年ぶりに探究心が芽生え始めていたという事を自覚せぬままに。

彼はそのまま不要になった昆布を消し、気を取り直して料理を作り始める。

が、すぐに背後からルミナスがじーっ、と彼の手元を見つめている事に気付き、苦笑しながら声をかける。

「ルミナス、そんなに心配しなくても料理はそこそこ慣れてるから、座ってて大丈夫だぞ？」

「ああ、違う違う。あんたがどうやって料理作るのか興味があるのよ。邪魔だったら向こう行くけど」

駄目？　と尋ねてくるルミナスに、海人は苦笑しながら首を横に振り、釜に入れた米を研ぎ始めた。

少し研いだ後一度水を捨て、水を入れなおす。

何度かそれを繰り返した後、蓋を閉めてルミナスのつけた火で炊き始める。

炊き上がるまでの間に沢庵を切って皿に盛り、七輪の準備をしておく。

その間に釜が吹き零《こぼ》れ始めたため、火の上から移動させる。

あとは蒸らして炊き上がりを待つだけだ。

釜を移した後、炊き上がるまであと少しという頃合に味噌汁を作り始める。

鍋に出汁を張って沸かし、サイコロ状に切った豆腐と短冊に切った油揚げを投入する。

アクを取りつつ具が煮えたところで火から鍋を外し、お玉に味噌を入れて鍋から少しすくった出汁で溶かし、溶かしきったところで鍋の中に流し込み、火の弱い場所で再度温め、程よく温まったところで出来上がった味噌汁を器に移した。

「うわ～、いい匂いだわ～、これヒノクニの味噌汁ってやつよね？」

「ああ。さて、そろそろ炊き上がっているはずだが……」

釜の蓋を開けて状態を確認し、しゃもじで炊き上がった米を一旦米櫃に移した後茶碗に盛る。

もちろん出来たおこげを一緒に盛ることも忘れない。そして仕上げに、小皿に移した沢庵を横に添えた。

「とりあえずこれだけで先に食べていてくれ。あとは眺める価値があるほどの手順ではないしな」

「いや、全部出来るまで待つわよ。一人で食べるのも悪いし」

「味噌汁もご飯も熱いうちに食べた方がいい。遠慮せず先に食べてくれ」

「……じゃあ、いただきます」

やや申し訳なさそうに、ルミナスが器をトレイに載せてリビングに持って行く。

味噌汁に口を付けると目を見張ってしばし固まり、ガツガツと勢いよく食べ始めた。

海人はそれを横目で確認しながら、残った米の一部を四個のおむすびにして軽く表面を七輪で焼き、その後二つに醤油、もう二つに味噌を塗って再び焼き始めた。

しばらくすると香ばしい良い香りが部屋中に立ち込め始める。

「おいっしい〜〜〜！　このちょっと焦げたご飯も美味しいし……そっちの焼いてるのもいい香り！　まだ時間かかるの？」

「いや、もう焼き上がりだ」

あまり焼きすぎると、焦げすぎてかえって味が落ちてしまう。

海人は頃合と見るや、手早くおむすびを皿に盛り、テーブルの上に置いた。

「さて、私も食べるか。いただきます」

「うわ、これも美味しい！　はあ〜、幸せだわ……このコリコリした食感のも美味しいし」

ルミナスがポリポリと良い音を立てて沢庵を満足そうに咀嚼《そしゃく》する。

「それは沢庵といって大根を漬け込んだ物だ。ああ、それと味噌汁もご飯もまだ残っているから好きなだけ食べていいぞ」

「ありがと。ん〜っ♪　この……たしかおむすびっていうんだっけ？　これを焼いたのも美味しいわね。塗ってあるのは……味噌は分かるけど、もう一つは？」

「醤油という大豆を発酵させて作る調味料だ。食べたいんだったらまた焼くぞ？」

海人は明らかに先程の味噌汁や漬物よりも喜んでいるルミナスを見、食事の手を止めて尋ねる。

「……いいの？　できれば味噌と醤油、両方大きめで食べたいんだけど……」

「分かった、ちょっと待っていてくれ。そうそう、少し行儀が悪いがその味噌汁をご飯に掛けて食べても美味いぞ」

「そうなの？　そんじゃ早速……じゃばじゃば～っと」

ルミナスは言われるがままご飯に味噌汁をかけ、ねこまんまにする。

そして味を確かめるように一口すすって凍りつき――数瞬後、一気にかきこみ始めた。

◇◇◇

「ごちそうさま～♪　いや～美味しかったわ」

「それはなによりだ」

「正直、肉と魚がないのはどうかと思ったけど、十分満足できたわ」

「普通だったらあれに焼き魚でも加えるのだがな……私の魔法では魚が作れん」

「あ～そうか。言ってくれれば魚買ってきたのに」

魚があればもっと美味しかっただろうな～、と若干悔しそうな表情になる。

一回一回の食事を大切にする食道楽なルミナスとしては、もっと美味しくなったかもしれないという思いが拭えないようだ。

「この辺りで魚があるのかどうか分からなかったのでな。なにぶんあの街は森の中だろう？」

「そりゃ海辺の街ほどの物は手に入らないけど、結構いい魚が揃ってるわよ？　取ったばかりの状態のを魔法で冷やしながら持ってくるんだから」

「それならば今度機会があったときは焼き魚も付けるとしよう」

「お願いね。そういえば、さっきは夢中で食べてて気付かなかったけど、このご飯すごい美味しいわね。ミッシェルさんとこのも美味しかったけど、これには負けてるわ。というか、前ヒノクニで食べたのより美味しいんじゃ……」

「そうなのか？　まあ良い米ではあるがな」

そう言いながらも彼は思う。当然だろうな、と。

なにしろ彼の住んでいた場所での米の品種改良は恐ろしく長い年月と情熱が傾けられ、それに近年の最新技術を用いた分析などが加わり、より一層効率的に改良されているのだ。

さらに言えば今回作った米は機械乾燥ではなく天日干し。

この世界の米の標準的な品質がどの程度かは知らないが、そうそう匹敵する品質があるとは思えない。

「あんた、ひょっとしてまだ美味しい物隠してないでしょうね？」

「今まで食べた美味い物が今日食べさせた物だけではないのは確かだ」

彼自身はそれほど食べ物に情熱があるわけではないのだが、ある事情で世界中のありとあらゆる美味い物を食べている。

肉・魚介は作れずとも、他の物だけでも彼が作れる食材は相当なバリエーションが存在する。

「やっぱりか。ふっふっふ、あんたがこの家出る日までになんとか全部食べさせてもらうわよ」

「まあそれはかまわんが……それよりも、まず私の仕事をどうするかだな。創造魔法は便利だが、一般的な魔法が使えないとなると仕事の幅はかなり狭くなるだろう。しかも面倒ごとに巻き込まれないためには、創造魔法はほとんど使えない。魔力で肉体を強化して肉体労働しかないか……」

海人はたどり着いた結論に思わずへこむ。

覚悟していたとはいえ、本格的にそれしかなさそうだとなると、やはり気分が重いようだ。

生活必需品は全て魔法で作れるため、住む場所の家賃さえ払えれば賃金が安くても問題ないというのが救いではあるが。

「なに言ってんのよ。シェリスに果物売るんでしょうが。それなら生活費も家賃も十分稼げるはずだし、もっと稼ぎたいなら、あの子に頼めばいくらでも上客になる連中に宣伝してくれるわよ」

「おいおい、いくら公爵令嬢とはいえ、そこまでの人脈は……」

「あるのよ。あの子の場合は。たしかにあの子が家を継ぐことはまずないけど、人脈の広さは半端じゃないわよ。この国の王室とは個人的に親しいし、貴族連中であの子の顔知らないやつはまずいない。それに加えて国中の有力商人、冒険者ギルド、盗賊ギルド、傭兵ギルド、果ては腕の良い職人にまで顔が利くのよ？　下手したら親どころか国王より影響力強いわよ」

「……なんでそんなに顔が広いんだ？　そこまで人脈を広げるのは並々ならぬ努力が必要だと思うんだが？」

「ヒント。果物はともかく、普通の貴族のお嬢様が武器なんて買うと思う？　ついでに言えば、あの子武術も並の傭兵よりは上よ」

「……なるほど、そういうことか」

海人はシェリスの言動を思い出し、納得する。

高い気品がある女性ではあったが、同時にしたたかさも強く感じた。

特に印象的だったのは『場合によっては暗殺者もできますね？』と言った時の鋭い視線。

あの目は温室育ちのお嬢様ではなく、血腥《ちなまぐさ》い事にも関わっている人間のそれだ。

であれば、人脈という強力無比な武器を鍛えぬいていないはずがない。

自らの武力自体も鍛えているのであれば、尚《なお》のこと。

「そういうこと。……さて、私はちょっと上で鍛錬してくるわ。そのまま寝ちゃうから、おやすみなさい」

「ああ、おやすみ」

「そうそう、念のために言っておくけど覗きに来ないようにね。前それで部下の首落としかけたことあるから」

「おいおい……分かった、私も今日は大人しく寝ておこう」

物騒極まりないルミナスの言葉に、気が向いたら後学のために見に行ってみるか、という思いを即座に消し、大人しく部屋に戻っていった。

海人は上の階から響いてくる微妙な振動に少し悩まされながらも、一時間程で安らかな寝息を立て始めた。

◇◇◇

シェリスは屋敷の自室で海人に関する報告書を受け取っていた。

主観と無駄を省きつつ、要所は外していないその報告書は紙二枚程度の量だったため、彼女はすぐ読み終わる。

程よく冷めた紅茶で喉を潤し、彼女は目の前の部下に話しかけた。

「男たちに絡まれた女性を助ける、ルミナスさんの荷物持ちをする、泣いている女の子のために即席の髪飾りを製作する。こうして結果だけを並べると心優しいお人好しに見えるわね。……女性を助けた時の手法はともかくとして」

「はい。しかし報告書では主観が混じるので省きましたが、倒した男たちに対する態度を見ていると、とてもお人好しには思えません」

「そうなの？」

「ええ。特に倒れ伏した男たちに対する目つきは……その、有事の総隊長を彷彿《ほうふつ》とさせるものが」

「つまり人を人と認識していないような冷酷さがある、そう思ったの？」

シェリスはシャロンの言葉に、極めて有能かつ最も信を置く部下であると同時に、自分が知る限り最も冷酷な女性の氷のような美貌を思い浮かべる。

彼女は普段から表情の変化に乏しいが、有事の際には本当に眉一つ動かさず、雑草を刈り取るように老若男女問わず殺戮《さつりく》していく女性だ。

「はい。正直に申しますと、一瞬二人の顔がかぶり、背筋が凍りました」

「そこまで……でも、単に冷酷というだけでは髪飾りの方が説明できないわよね？　ローラだったら自分に非はない、と言わんばかりに無言で立ち去るでしょうし」

「それは確かにそうなのですが……申し訳ありません。さすがにシェリス様や総隊長ほどの人物眼は……」

「気にしなくていいわ。ルミナスさんに勘付かれなかっただけでも十分よ。普通なら魔法で遠距離から監視していてもあっさり勘付く相手なんだから」

「……ありがとうございます」

「ま、どのみち今日一日だけで判断できるものでもないし、じっくり判断材料を集めていきましょう。幸い、縁は繋がっている事だしね」

本当に運が良かった、とシェリスは思う。

まず、海人の作り出した果物があそこまで美味い物であったからこそ、不自然さもなくこれから先の関係を繋ぐ事ができた。

これがさして美味くもない果物だったら、自分の屋敷に卸させるという段階でルミナスの突っ込みによって破綻していた可能性がある。

さらに海人の驚異的な記憶力。いかに創造属性の魔力の持ち主とはいえ、術式を覚えられなければ意味がない。

だが海人は三つの中ではもっとも簡単とはいえ、常人ならば一ヶ月かけても覚えられるかどうか怪しい術式を、数分で覚えてみせた。

あれほどの記憶力なら、狂気すら感じる最も難しい術式を覚えるのも、そう遠い話ではなさそうだ。

上位術式の消費魔力によっては価値が下がるが、いずれにせよ伝説の属性に相応《ふさわ》しい能力を発揮できるだろう。

それに加え、今日見せられたスタンガンという武器。

電流を流し込むという事は、刃物と違い防具で防いでも大きなダメージを与えられるという事だ。

しかも魔法を使わず、魔力を見せずにそれが可能。理想的な暗殺向けの武器である。

なにも用途を暗殺に限らずとも、いざという時の必殺の隠し武器としても使える。

海人とルミナスに武器の存在の口止めさえできれば、この上なく頼もしい奥の手となるだろう。

そしてシェリスにとって最大の幸運。

それは創造魔法という極上の能力を保有する者が今まで誰にも知られることなく存在し、自分の元に最初にやってきた、という点。

しかもその当人は面倒を嫌い、己の能力を隠し通そうとしている。

これはこの上ない幸運だった。なにしろ情報を自分がほぼ独占できる。

いずれ創造魔法が公になるにせよ、それまでにどれだけの手を打てるかを考えればこれは非常に大きい。

――本当に、今日の幸運は神の思召《おぼしめ》しとしか思えないほどに素晴らしかった。

欲を言えば今日の段階でもっと大きな貸しが作れれば、と思わない事もなかったがそれはこれから作れば良い。

久方振りにやってきた極上の大幸運に、彼女は笑みをこぼさずにはいられなかった。

非常に楽しそうに笑う主人をシャロンは訝しげに眺め、やがて意を決したように口を開いた。

「シェリス様。僭越《せんえつ》ながらお尋ねしてもよろしいでしょうか？」

「なにかしら？」

「今日の監視の理由はいったいなんだったのでしょう？　あの男性になにかあるのですか？」

シャロンは昼に主から出された解せない命に疑問を呈した。

監視を命じられた男性は容赦のなさと判断力こそ恐るべき物だったが、他には手先の器用さ以外見るべき物はなかった。

彼女が見る限り、主がわざわざ監視を命じるほどの人物には見えなかったのである。

「残念だけど、カイトさんに口止めされてるから言えないわ。それと、この件に関しては以後詮索禁止。個人的に調べる事も厳禁よ」

「……承知いたしました」

「でも一つだけ。カイトさんは私たち次第でローラすらはるかに上回る凶悪な手札になるわ。それを実現するための詮索禁止。気にかけている他の使用人にも伝えておいて」

表情にはかろうじて出していないが口調が不満げになっている部下に、不満を解消できるであろう程度の情報を開示する。

案の定、無理をして無表情に近くなっていた顔が少しほころんだ。

「それは、確信でしょうか？」

「ええ。この私の、シェリス・テオドシア・フォルンの確信よ」

「かしこまりました。ではその旨、皆にも伝えておきます」

滅多に聞けない主の断言に、シャロンは安心したように息を漏らす。

今まで彼女が知る限り、シェリスが断言した時にそれが外れた事などなかった。

「よろしくね。下がっていいわよ」

シャロンの緊張が解け、態度に安心が混ざったのを確認し退室の許可を与える。

部屋を辞する部下を見送りながら、頭を働かせる。

明日やってくる海人たちに出す紅茶の種類、茶菓子、果ては自分の着る服まで思考をめぐらせていく。

相手をくつろがせれば自分に対する印象は良くなるし、情報も引き出しやすい。

そうなれば狙い通りの人間関係を構築しやすくもなる。

最終的なシェリスの目標は海人の良き友人になる事。

単に打算のみで付き合えば確実にどこかでボロが出る。

それを取り繕うのに成功すればまだ良いが、失敗すれば取り返しがきかなくなる恐れがある。

さらには毎回毎回会うたびに頭を働かせ、神経を酷使しなければならない。

ただでさえ馬鹿な貴族相手に神経を使う事があるというのに、これ以上の気苦労は願い下げだった。

ならば、可能な限りお互い信頼できる友人としての関係を構築した方が良い。

そうすれば会うたびにストレスを溜めるのではなく、解消すら可能になる。

無論気に入らない相手ならば友人になれるはずもないし、なる気もなかったが、第一印象は悪くなかった。

部下に素行を調べさせたのはどちらかといえば、その印象の裏づけの意味合いが大きい。

当然ながら自分の直感が間違っている可能性も考えての調査ではあったが、とりあえず直感は間違っていなそうだった。

敵に対する容赦のなさも、自分の行いを鑑みればむしろちょうどいい。

そう考え、再び明日の準備について頭をめぐらせた。

——いつの間にやら暗かった空が明るくなり始めている事に気付き、大慌てするまで。

第５章 果物の販売

時刻は早朝。家の周りに小鳥が集まり、チュンチュンと数多くの鳴き声が聞こえる。

昨日の朝とは違い、今日の空は清々しいまでの快晴であるためか、鳥の声はかなり騒がしい。

しかしまさに抜けるような、という表現がよく似合う蒼天《そうてん》は見る者に一瞬我を忘れさせる程に美しい。

外に出かけるにはこれ以上に気持ちの良い日はないと思わせる、晴々とした朝である。

「す～、す～……」

ルミナスは窓越しの柔らかい朝の光を浴びながら、リビングのテーブルで気持ち良さそうに穏やかな寝息を立てていた。

昨晩鍛錬が終わった後、水を飲んでから寝ようと思って居間まで来たはよかったが、コップを取り出して水を飲んでいる途中で部屋に戻るのが面倒になり、そのまま寝てしまったのである。

「ふう、さっぱりしたな」

しばらくすると妙に晴れやかな顔で海人がリビングに入ってくる。

彼は起きてすぐ石鹸とタオルを魔法で作製し、昨日作り出した水の残りを使って浴室で顔を洗ってきたのだ。

昨日の男三人組相手の肉体強化のせいか若干体に筋肉痛があるが、海人はそれも気にならないほどにさっぱりした気分だった。

やはり起きぬけに冷たい水で洗顔すると爽快感が違うらしい。

「おはよ～～」

ルミナスがテーブルに突っ伏したまま朝の挨拶をする。

さすがは傭兵というべきか、彼女は海人が自分の部屋を出た段階で目が覚めていた。

危険がないと判断しているせいか、かなり寝惚《ねぼ》けているようではあるが。

「おはよう。今日の朝は何を食べる？」

「私は朝は基本的に果物だけよ～～」

やたらと間延びした口調で顔も起こさず手を差し出す。

どうやら果物を作ってよこせと言っているようだ。

「柿でもいいか？」

「う～ん、それも捨てがたいけど……え～っと、あの緑色で網目がある……」

「ああ、メロンか」

「そうそう、それ。それをお願い。台所に包丁あるから切って持ってきて～～」

「分かった」

海人が呪文を詠唱すると、椅子の上に大きな六段重ねの箱に入った柿、テーブルの上にメロンが現れる。

そのままメロンを台所に持って行き、種を除いて六等分に切り分けて皿に載せ、ルミナスの右手の横に置く。

「いただきま～す」

ルミナスはのっそりと顔を上げ、一緒に添えられたフォークには触れもせず、のそのそとメロンを掴んでそのまま食べる。

当然手が汁塗れになるが、いまだ半分眠っている状態ではあまり気にならないらしい。

「んん～♪　美味しい～～～‼」

一口食べた途端、半眼だった目が僅かに開き、今度は嬉しそうに細められた。

それを食べ終えると次に手を伸ばす前に、手に付いた果汁を丁寧に舐《な》め取り始める。

――目を細め恍惚《こうこつ》とした表情で丹念に己の手を舐めている彼女の姿は、正常な男ならば確実に視線が釘付けになるほどの妖艶さがあり、男を誘っているようにも見えるほど官能的である。

寝惚けているためにせよ、元から自覚がないにせよ、若い男の前とは思えない無防備さだ。

が、そんなルミナスの蠱惑的《こわくてき》な姿を気にも留めず、海人は柿の箱を一つ開け、中身を確認してからそのうちの一つにかぶりつく。

よく咀嚼し、じっくりと味を確かめてから飲み込む。

「うむ、特に異常はないな。美味い」

「ちょっと、何食べてる……あ、多く作ったの？」

売るはずの物を食べ始めた海人を咎《とが》めようとして、寝惚けて彼が作った物をよく見ていなかったことに今更ながら気付く。

箱の中の柿は今彼が食べている分を合わせると一箱に十個入っている。

開けた一箱を除いても全部で五十個あり、頼まれた分よりも明らかに多い。

「ああ、仮にも売り物だからな。万が一何かがあってはまずいだろう？」

「たしかにね。で、その開けた箱はどうすんの？」

箱にはまだ九個も残っている。

箱を開けてしまった以上今日の売り物にはならないが、彼一人で食べきれる量だとは思えない。

「どうもこうも……しばらくは日持ちするし、置いておくつもりだが？」

海人は何を当たり前のことを、という表情で答え、柿をさらに一口齧《かじ》る。

もぐもぐと咀嚼しながら、やはり皮は剥かない方が好みだ、など取り留めのない事を考えていると、

「あんた鬼ねっ⁉」

「なぜだっ⁉」

突如発せられたルミナスからの理不尽な言われように、間髪入れず抗議する羽目になった。

実は海人の今までの所業を振り返れば、反論の余地などなかったりするのだが。

「ほう……なぜと聞きますか。こんな美味しそうな果物を目の前に置いておいて、食うなってのは鬼以外のなんだっつーのよ⁉　我慢しきれるはずないじゃない！」

ルミナスは海人の抗議にも構うことなく、今にも血の涙を流しそうな形相で詰め寄る。

なんというか色々必死そうな態度であった。

「は……？」

海人は当惑したかのように呆けた。

「この懐を寒風が吹き荒《すさ》んでいる私に対してなんて惨《むご》い仕打ちをすんのよ！　こんなもん買ってたら生活費が数日で消えるわよ⁉」

「いや、別に金を取るつもりはないが……」

「……お金をとるつもりはない？」

「うむ、まった……」

くそんなつもりはない、と続けようとして——

「こ、このケダモノ‼」

顔を真っ赤にしたルミナスに怒鳴られた。

「なぜだっ⁉」

「お金の代わりに体で払えなんて……私まだ清い体なのに！　ああ、お父さん、お母さん、あなたたちの娘はお金がないために体を売ります。仕送りがなければお金でどうにでもできたかもしれないのに……一生恨むぞ馬鹿夫婦がっ‼」

まるでか弱い乙女にでもなったかのように身を縮こまらせたかと思えば、拳を握ってズダンッ、と足を踏み鳴らし窓の外に向かって叫びだす。

やはりまだ寝惚けているのか、かなり思考回路が狂っているようだ。

その後も独白が暴走し続け、せめて優しくして……とか、そんな大きいの入らないわ⁉　などだんだんきわどくなり始める。

海人はこれだけの美貌で二十六まで清い体とは珍しいな、などと本人に聞かれたら惨殺確定な事を思いながら、

「あ～……とりあえず、落ち着け」

早々に説得を諦め、魔力で強化した拳をルミナスの頭に振り下ろした。

ズゴガッ‼　という、とても人体から出た音とは思えない轟音《ごうおん》と共にルミナスが床に沈む。

殴られた箇所からは、ぷしゅ～、とほのかに煙が出ているうえ、彼女自慢の黒翼はピクピクと弱々しく痙攣《けいれん》している。

「君が何を考えたのかはともかく、何の代償も要求するつもりはない。この際だから言っておくと、昨日君が出した交換条件はまったく意味がないぞ。元々魔法で作れる食料は私が賄おうと思っていたからな」

街中を歩けば十人中十人が振り返るほどの妙齢の美女に対し躊躇なく拳を振るった男は、聞き分けのない子供を優しく諭すかのような口調で言った。

足元で悶え苦しんでいるルミナスにさえ視線を向けなければ、優しい教師のように見える。

「……あ、あんたね……あの威力で人のドタマぶん殴って聞こえてると思ってんの？」

そう言って痛そうに頭を押さえ、恨めしげな視線を向けながら立ち上がる。

「いや、昨日の話だと凄腕の傭兵のようだし、肉体強化をしていれば並の剣撃なぞ通じない体なんだろうと思っていたんだが」

海人はこの世界の強者ならば、漫画のように腕で刃《やいば》を止めたりもできるんだろうと勝手に想像していた。

ならば強者であるルミナスは反射的に魔力で肉体強化をするだろうから、多少痛がる程度だと考えていたのである。

「いや、それぐらいはできるけど」

「……十分頑丈じゃないか？」

「あんたのさっきの拳はそんなのとは比較にならない威力だって言ってんのよ。一応強化さえしてりゃ私は並の騎士の剣ぐらい素手でも弾き返せるわよ。ったく、基本もろくにできてない魔力ずくの攻撃……しかも素手であんな威力、普通でないわよ？」

どうやら彼女の防御力が低かったのではなく、海人の拳の威力が洒落《しゃれ》にならないレベルだったらしい。

一般人に打っていたら頭部がなくなっていたのかもしれないな、と海人は内心反省する。

「ま、多分あの化物じみた魔力量があるからあんな芸当ができるんだろうけど……あれ？　昨日の連中よく生きてたわね？」

昨日海人に倒された三人組を思い出し、ルミナスはふと疑問を感じた。

あの冒険者たちは彼女の見立てでは間違いなく三流、あるいはそれ以下であった。

各一撃ずつとはいえ、男性最大の急所に膨大な魔力で強化された攻撃を入れられたのだから、ショック死していてもおかしくない。

だが、彼らはかなりギリギリではあったものの命に別状はなさそうだったのだ。

「ああ、あれは焦ってたからろくに力を溜めないで打ったんだ。感覚的には今の十分の一程度の威力だったと思う」

海人がルミナスの疑問に簡潔に答えた。

あの時は動じていないように取り繕っていたが、内心はやや緊張していた。

元の世界にいたとき海人は頻繁に狙われていたが、対処法の大半はまず目くらましなどをかまして全力で逃亡。

その後に相手の本拠を調べ、降伏勧告なしで遠距離から有無を言わせず大火力の兵器で消し飛ばすという非人道的なもの。接近して戦った経験は一時的なものを含めてもかなり少ない。

いかに理性では勝てる可能性が高いと判断していたとはいえ、多少の緊張は避けられなかった。

その緊張に加え、魔力の扱いに慣れていないことも相まって、あの時の攻撃の威力はそんなに大したものではなかった。

無論、ほぼ無防備な急所に打つ攻撃としてはあまりに強い威力ではあったが。

が、いずれにせよ、

「ほう、つまりあの連中にぶち込んだやつの十倍の威力だと知っていて、私の頭に打撃を叩き込んだと……」

この事実にはなんら変わりはない。

海人は女性の頭に男相手の十倍以上の威力の一撃を入れたのである。

ルミナスは頬を引きつらせながら、寒気を感じさせるジト目で睨みつけた。

「うっ……い、いやまあその、なんだ。並の威力じゃ落ち着かないだろうし、君はあんな三流共とは比較にならんぐらいに強いんだろうと思ったからだ」

「……それにしたっていきなり拳はないでしょうが。他の方法を考えてよ。痛くない方法ね」

ルミナスは半眼を一向に変えぬまま、なかなか無茶な要求をした。

そもそも痛みも伴わずに落ち着きそうな暴走であれば、いかに海人といえど拳は使わなかっただろう。

「他の方法か……ふむ、ルミナス。君の羽根を一枚貰ってもいいか？　くすぐりならば痛くはないから大丈夫だろう」

が、海人はルミナスの要求を真面目に考え、あっさりと案を一つ出した。

その案の致命的な欠陥を失念してはいたが。

「くすぐりねぇ……いいけど、私にはあんま効かないわよ？」

そう言ってルミナスは自分の翼から一枚羽根を抜いて手渡した。

「ほう、これは……」

受け取った羽根を観察し、海人は軽く感嘆の息を漏らす。

羽根の艶やかな黒の美しさもさることながら、手触りが非常に良い。

羽毛一本一本に適度な硬さがあるというのに、肌に触れさせると当たりは柔らかい。

一度彼女の翼に直接触れてみたいと思わせるほど、魅惑的な感触だった。

「ふふん、どうかしら私の羽根の感触は。なかなか気持ち良いでしょ？」

「ああ、今度直《じか》に翼を触らせてもらいたいぐらいだ」

「気が向いたら触らせたげるわ。それより、早く試してみたら？　どうせ無駄だろうし、好きなだけ試していいわよ」

ルミナスは余裕の表情で再びメロンを食べ始めた。

海人が軽く羽根を首筋に触れさせても、まったく気にする様子はない。

よほどくすぐりへの耐性に自信があるようだった。

そんな彼女を、海人は妙に慣れた手つきでくすぐり始めた。

◇◇◇

――そして数分後、ルミナスは激しく咳《せ》き込みながら己の迂闊《うかつ》さを深く悔やんでいた。

くすぐり開始から一分もしないうちに、ルミナスは強制された激しい笑いによって椅子から転げ落ちた。

転げ落ちても海人の手は止まらず、こちょこちょとくすぐり続けられ、彼女はすぐさま降参しようとした。

が、降参しようにも、笑い声以外発する事のできなくなった喉と、妙な痙攣を起こしている手足では不可能だった。

なんとか自分を苦しめている己の羽根から逃れようとするも、まるで吸い付いたかのように離れない。

いっそ海人を蹴りとばしてやろうかと考えるも、笑いのせいで力が入らない。

まさに、逃れようのないくすぐり地獄であった。

それでも噴出しそうになったメロンを気合と根性で飲み下していたのだから、大したものではあるが。

「効果はあったようだな。で、どうする？　これなら痛くはないだろうが……」

海人がルミナスの背中をさすりながら尋ねた。

目の前の惨状の張本人の分際で、やたらとその手つきは優しい。

「まだ殴られた方がマシよっ！　……ゲェホッ、ゴホッ！」

「すまん、少しやりすぎたな。反応がよくてついつい楽しんでしまった」

「……あんた、絶対サディストでしょ」

ルミナスは恨みがましい目で海人を見る。

涙と痙攣で歪んでいた彼女の視界には、心底楽しそうな顔でくすぐり続ける彼の顔がはっきりと映っていた。

「どちらかといえばな。が、言い訳をさせてもらうと、今回は君の自信ありげな態度にタガが緩んだせいもあるぞ？」

海人はそんな視線を意にも介さず、淡々と答えた。

「……うー、くすぐりには耐性があると思ってたのに！」

椅子に座りなおし、行き場のない鬱憤を晴らすかのように、残っているメロンを引っつかみ乱暴にむしゃぶりつく。

余裕をかましすぎたという自覚はあるため、彼女は海人の言葉に反論しづらかった。

「いやいや、かなり耐えた方だぞ。今まで私のくすぐりに三十秒以上耐えた人間は、片手で数えられるほどしかいない。ちょっと本気を出してみようかと思ったほどだ」

「は……？　あんた、あれで本気じゃなかったっての⁉」

ルミナスは海人の何気ない言葉に思わず叫んだ。

手を抜いてあれならば、本気を出したらどんな事になるのか想像もできなかった。

「当然だ。本気を出していれば……」

海人の言葉が途中で止まり、気まずげにルミナスから視線を逸らした。

彼のこめかみ辺りからは、冷たい汗がタラリと流れていた。

「……本気を出していれば、なに？」

「冷静に考えるとくすぐりはまずかったな。危うく今日の配達に行けなくなるところだった。いや、最後に踏み止まれて本当によかった」

海人は今まで本気のくすぐりを使用した人間の末路を思い返し、しみじみと呟いた。

「ちょっとぉぉぉぉぉぉっ!?　あんたそんな物騒な事やろうとしてたわけ!?　つーか踏み止まってなかったら私はどうなってたのよ！」

「さて、私は配達の準備を始めるが、君はゆっくり朝食をとってくれて構わないぞ。急いで食べるのは健康に良くないからな」

「何事もなかったかのように準備を始めても誤魔化されないからね!?」

ルミナスは残っているメロンを一気に貪り食い、テキパキと準備を始めた男に詰め寄った。

海人も海人で、果汁と唾液にまみれた手で胸倉を掴もうとする彼女から逃れようとリビングを逃げ回り始めた。

「逃げるなんて往生際が悪いわよ！　ええい、捕まえたらお仕置きも追加！　その根性叩きなおしてやるから覚悟しなさい！」

「断固として断る！」

広くはない家の中でドタドタと鬼ごっこが始まった。

身体能力で圧倒的に上回るルミナスに対し、海人は周囲の物を巧みに利用して逃げ回る。

お互い物を壊さないようにしているとはいえ、なかなかいい勝負をしている。

双方共に目は真剣なのだが、どこか楽しそうである。

出会って数日とは思えぬほど仲の良い二人の、騒がしくも平和な朝の一幕であった。

◇◇◇

結局捕まった海人が、お仕置きを受けながらもなんとか黙秘を貫いてから三時間後。

二人はシェリスの屋敷から少し離れた森の中に着地し、荷物を下ろしていた。

普通に飛行していれば二時間程度の距離であったが、あまり速く動くとぶら下げた荷に影響が出ないとも言い切れなかったため、
海人はあえてルミナスに速度を落としてもらっていた。

「ふう……重くはないが、さすがに少し緊張したな」

長時間持ち続けていた箱を見下ろして嘆息する。

かさばるといっても歩いて運ぶ分には問題ないのだが、なにせ先程までいたのは高度数百ｍの上空である。

一応箱はしっかりと縄でくくり、手を放さない限りは落ちないようにはなっていたが、ルミナスが旋回するたびに少し振り回されていた。

重くないからといって握り方を緩めようものなら、ふとした拍子に地上へ真っ逆さまである。

「ま、しゃーないでしょ。売り物ぶら下げてんだから」

「まぁな。さて、それでここからどれくらい歩くんだ？」

「もう見えてるわよ。ほら、あそこのでかい門の先がシェリスの屋敷よ」

そう言って海人の後ろの方に見える白を基調としたいかにも貴族の住居らしい豪邸を指さす。

門の奥に見える前庭は緑豊かで美しく、屋敷全体を取り囲んでいる塀も不思議と閉塞感はない。

建物の中心近くの一部分が他の部分よりもかなり高くなっていて多少違和感がある事を考えても、見た目としては非常に開かれた明るい雰囲気の屋敷だ。

「ふむ、趣味のいい屋敷だな」

「明るくて綺麗な屋敷よね。無駄にゴテゴテしてないからくどくないし。あ、オレルスさん、こんにちはー」

門の前で直立不動で立っている老紳士に元気よく声をかける。

それなりに交友があるのか、口調も態度もかなり親しげだ。

「これはルミナス様。よくいらっしゃいました。こちらの方が果物屋さんでございますか？」

「ええ、そうよ」

「初めまして、私は当屋敷の執事のオレルス・クランツと申します。お名前を伺ってもよろしいですかな？」

老紳士――オレルスは慣れた動きで一礼し、名乗る。

彼はオールバックに整えられた歴史を感じさせる白髪、年を感じさせないピンと伸びた背筋、そしてわずかな乱れもないクラシックな衣服は清潔感はあれども高級感はない。

まさに使用人の鑑《かがみ》のような人物である。

「海人天地と申します。……それと一つだけ訂正を。厳密には果物屋ではなく、調味料や野菜なども扱っております。そちらはやや品物ごとの品質にばらつきがございますが……」

「おお、そうでしたか。これは失礼をいたしました。失礼ついでと言ってはなんですが……その箱、一つ開けて味見していただけませんかな？」

「もちろんです。お手数ですがオレルス殿がお好きな箱をお開けになり、その中の一つを渡していただけますか？」

万が一にもすり替えたのではないか、という疑惑を持たれないように提案する。

柿のサイズからすれば大きすぎて目の前ですり替えるのは無理があるのだが、使用人としては万全を期したいだろうと思っての配慮だ。

「ご理解いただきありがとうございます。では、これを全て食べていただけますか？」

「承知しました。……ふむ、味・食感共に問題なし、ですね」

言われるまま柿を皮ごと丸齧りにし、種とヘタを除いて全て食べ切る。

海人は美味いには美味いが一日に二個も食べると飽きるな、などと贅沢な事を思いつつ。

「どうも失礼をいたしました」

「いえいえ、初めて訪れる人間を警戒するのは当然でしょう。それと、注文より一箱多く持って参りましたので、開けた箱の残りはそこで息を潜めているお二人と一緒に御賞味ください」

「ほう……お気付きでしたか」

「ありゃ、よく分かったわね？」

他にも何人かいるのは気付いてないみたいだけど、とは思いつつもルミナスは感心していた。

今隠れている人間は十人ほどいるが、全てを把握するのは彼女でも数秒かかった。

ド素人の海人が二人も見つけたことは十二分に賞賛に値する。

「いや、実を言うと最初はまったく気が付かなかったんだがな……」

「だが……なんでしょうか？　よろしければ今後の参考に聞かせていただけるとありがたいのですが」

困った顔で言い渋っている海人に、オレルスは穏やかな口調で先を促す。

物腰柔らかくはあるが、真剣な老執事の表情に海人は気まずげに頬をかき、

「そこの茂みの陰に隠れている方の矢が一瞬光が当たって反射したもので……」

「リディア、後でお説教です。他には何かございましたか？」

茂みが怯えたかのようにガサッ、と音を立てるが、視線も向けずに尋ねる。

「あちらの木の陰で隠れている方は隠れる場所を変えるか、髪形を変えた方がよろしいでしょう。風になびいた髪のせいで木の影のシルエットが変わっていました」

「サーシャ、あなたもリディアと一緒にお説教です」

ビクッと庭木の影のシルエットが変わり、忙《せわ》しなく変化する。

動きからするとなにやら慌てて長い髪を纏めているようだ。

「まあこんなところです。ところで代金の方は……」

「ああ、失礼いたしました。代金はシェリス様が直接お渡しになるとの仰せです。お部屋までご案内いたしますので、ご足労願えますか？」

「分かりました」

オレルスは海人の返事を聞き、鍵を使って門を開けた。

二人が入ると同時に再び門を閉めて鍵をかけ、シェリスの待つ応接間へと案内し始めた。

◇◇◇

オレルスに案内されて入った屋敷の内部は全体的に明るく、あまり重厚な雰囲気はなかった。

単純に色彩だけで言えば、小さな子供が走り回っていても違和感がなさそうな色味である。

それでいて計算し尽くされたかのようなデザインによって貴族の屋敷らしい気品は保たれており、かしこまった気分にならず、貴族の品位を体感できるような見事な物だった。

海人が感心しながら歩いていると、オレルスがゆっくりとある部屋の前で立ち止まった。

「こちらでございます」

オレルスが開けている扉を抜け、二人が部屋に入る。

部屋の中は極端に広くはないが、閉塞感もない快適な広さ。

内装は少々華美で、悪目立ちしない程度に美しいバラの絵柄が配されているが、家具・小物の巧みな選定と配置で全体として質素ではないが華美でもなく、かといって地味でもない絶妙な雰囲気を作り出している。

そんな応接間でシェリスは二人を柔らかい笑顔で出迎えた。

「よくいらっしゃいました、カイトさん、ルミナスさん」

昨日と変わらず柔らかい物腰のシェリスだが、全体の雰囲気はだいぶ異なる。

表情は柔らかいながらも凛々しさが漂い、元々美しかった姿勢もさらにピシっと整っている。

優しく親しみやすい雰囲気でありながら、血統に見合った気品を併せ持つ佇まい。

人当たりの良い公爵令嬢。そんな表現がぴったりな印象だ。

どことなく、顔がやつれてはいるが。

「早速ですが、代金はいかほどお支払いすればよろしいですか？」

二人に柔らかそうな皮のソファーをすすめ、座ったのを見計らって切り出す。

横に控えるオレルスに紅茶を人数分入れるよう指示し、優雅に両手を組み、海人の返答を待つ。

「そちらでお決めになってください」

海人はオレルスが紅茶を淹れるのを横目で見ながら少し考え、敬語で答えた。

彼らしからぬ口調だがオレルスのような固そうな使用人がいる手前、普段通りの口調で話すのは憚《はばか》られたようだ。

「あら？　どんな安値でも文句は言わないということですか？」

安く買い叩いてもいいですか、と楽しそうに笑う。

「あなたは満足する額を支払うとおっしゃいました。そしてなにより昨日あなたがルミナスを窘めた際の言葉があります。少なくとも納めた品の価値を貶《おとし》めるような真似《まね》はしますまい」

海人は淡々と、確信を込めた口調で用意しておいた理由を語る。

実際はこの世界の物価がどれぐらいなのか今ひとつ把握できていないためだが、それを言うわけにもいかないため昨日のうちに考えておいた理由である。

といってもこの理由も嘘ではなく、昨日のシェリスの言動があればこそ大胆な事ができたのは事実だ。

「ふふっ、やはりあなたは賢い方ですね。その通りです。良い品物にはそれに見合った値段をつける。これは商人の基本ですが、私の曲げざる信念でもあります。一個三〇〇〇ルンで買いましょう。オレルス、一二万ルン用意なさい」

「シェ、シェリス様、正気でございますか⁉」

オレルスは紅茶を淹れる手を止め、主を問いただした。

彼の概念からすればありえないほど異常な価格なのだ。

「もちろんです。文句があるのならあなたも食べてごらんなさい。おそらくカイトさんはあなたたちへの挨拶代わりに余分に持ってきてらっしゃるでしょう？」

うろたえる使用人に視線すら向けず平然と応じ、見透かしたように海人に笑いかける。

「た、確かにそうですが……！」

「私も食べたいし、皮を剥いて切り分けてこの場に持ってきなさい。迅速にね。ああ、それとスカーレット料理長を呼びなさい。プロの意見も聞きたいから。お金を用意するのはそれからでいいわ」

「シェリス様！」

「――オレルス。私は命じたわよ」

声を大きくしたわけでも強い口調なわけでもないが、それでも人を圧倒する何かを感じさせる声で再度命じる。

今のシェリスには年と外見に見合わぬ、人の上に立つ者に相応しい威厳と風格があった。

「か、かしこまりました……」

気圧《けお》された老執事は渋々といった口調ながらも、礼を失さぬ程度に手早く紅茶を全員に出し、すぐに柿を数個箱から取り出すと、主の命を果たすべく迅速に部屋を退出していった。

◇◇◇

「オレルスさんかわいそ〜」

「いいんですよ。あれぐらい言わなければ従わないでしょうから」

ニヤニヤと軽く揶揄するような笑みを向けるルミナスを軽く受け流す。

先程までの圧迫するような雰囲気はすでに霧散し、普段の人をついつい安心させてしまうようなそれに戻っている。

どうやら彼女は臨機応変に自分の纏う雰囲気をコントロールできるようだ。

「でもあの人が来るのか……さぁて、どうしよっかなぁ」

「何かあったんですか？」

人の悪そうな笑みを浮かべたルミナスに、シェリスが怪訝そうな視線を向けた。

「ん〜、今日のところは秘密……つーか、あんたなら知ってそうなもんだけど？」

「……ああ、なるほど。そういうことですか」

数秒の思考の後、シェリスはルミナスの言葉の意味を察した。

件《くだん》の料理長だが、最近休憩中は、いつも欠かさず指輪を付け、それを見てにやついているのだ。

苦笑しながら紅茶をすすっていると、

「お、お待たせいたしました」

年若い調理服を身に纏った人物を伴い、綺麗に切り分けられた柿が載った皿を持ってオレルスが戻ってきた。

その人物は背が高く勝気そうな赤毛の髪の女性で、余程急かされたのか少し息が切れている。

「仕事中呼び出して悪かったわね、スカーレット」

「シェリス様、いったいなんなんだい？」

女性――スカーレットは呼吸を見苦しくない程度に整え、呼び出された理由を尋ねる。

彼女は夕食の仕込みのまっ最中だった。

それはシェリスもよく分かっているため、普段であればわざわざ呼び出される事などありえないのだ。

「今日私がこの方から仕入れたその果物の味を見て、どの程度の価値か判断してほしいのよ。それによってお支払いする額も変わるかもしれないわ」

「へえ？　シェリス様がわざわざ仕入れるって事は期待できそうだね。あ、名乗りが遅れたけど、あたしはこの屋敷の料理長のスカーレット・シャークウッド。あんたは？」

「海人天地だ。職業は……とりあえず当面は果物商人だな」

「変な自己紹介だねえ……ま、いいけどさ。そんじゃシェリス様、早速食べてみてもいいかい？」

「ええ、どうぞ」

「たしかこれはヒノクニの柿って果物だよね……へえ、こりゃ驚きだ！　珍しいってのもあるけど味に凄い気品がある！　王宮の料理のフルーツだってここまで上質じゃないよ」

スカーレットは大きめの一切れを一口齧って飲み込み、目を見開いた。

慌てるかのように残りを口に放り込み、より正確に味を分析しようとよく噛《か》んでいる。

「やはりあなたもそう思うわよね」

そう言ってシェリスは同じように横で味見していたオレルスを見ると、なにやら難しそうな顔で考え込んでいた。

二人の評価に納得はできるが、それでもあの値段は……という表情で苦悩している。

「個人的には加熱するとか色々料理法を試してみたいね。摩《す》り下ろしてから凍らせてシャーベットにするのも美味しそうだ」

そんな老執事の様子に気付かず、スカーレットは柿の調理法に思いを巡らせている。

どうやらこの柿は彼女の料理人としての感性をかなり刺激したようだ。

「そうね。それで、いくらぐらいの価値があるとあなたは思う？」

シェリスの問いに、スカーレットはしばし熟考する。

「ん～……そうさね、一個一四〇〇ルンってとこかね」

悩んだ末、スカーレットは躊躇いがちに口に出した。

「あら、そんなもの？」

態度からするとまだ少し決めきれていないようではあるが。

「う～ん、正直難しいんだよ。王宮で使ってる味の傾向が近いフルーツが同じぐらいのサイズで最高一二〇〇ルンなんで、それを基準にしたんだけど……」

そこまで言って再び考え込む。

なにせこの柿の品質は今までスカーレットが口にした果物の中では間違いなくトップである。

それゆえにいくらつけていいのか判断基準が難しいのだ。

「一定水準を超えれば味に対する価格は加速度的に上がっていくし、この品質の味の稀少性も非常に高い。さらに言えば切り分ける前の状態はパッと見では傷が一つも見当たらなかったわよ。それを踏まえても変わらない？」

「……ああ、せいぜいが一五〇〇だね」

しばらく迷った末、断言した。

確かに美味いが、さすがにこれより上の額で買う気にはならなかった。

「そう、専門家の言葉ならそうなのでしょうね。ではカイトさん、申し訳ありませんが四十個で六万ルンでよろしいですか？」

「ええ、少々残念ですが特に問題ありません」

「ありがとうございます。ところで、お時間があるのでしたら少しお話を伺いたいんですが、よろしいですか？」

シェリスの問いかけに、海人はルミナスに目線で構わないか尋ねた。

彼に自力でルミナスの家に戻る手段がない以上、ルミナスの都合に合わせなければならないのだ。

海人の窺うような表情に彼女はしばし視線を宙に向け今日の予定を考え――静かに頷きを返し

た。

「大丈夫です」

「それは助かります。では、支払いはお帰りになる際でもかまいませんか？」

「はい」

「ありがとうございます。ではオレルス、カイトさんがお帰りになるまでに六万ルン用意しておきなさい」

「……はい、かしこまりました」

ややホッとしたような表情でオレルスが部屋を退出していく。

完全にドアが閉まり、彼が出て行って一分程経過したところで、海人が口を開いた。

「ふむ、食えない女性だな。金額は最初からの想定通りか？」

彼は口調を普段のものに戻して興味深そうにシェリスを見る。

「はい、見事にピタリと当たりました。ふふっ、やはりあなたは最初から気付いてらしたんですね？　それと比べてオレルスは……あれでは交渉には向きませんねぇ……」

楽しそうに海人に視線を返し、ついで残念そうに溜息をつく。

真面目で有能ではあるがあの老執事はいささか性格が真っ直ぐすぎる、と。

「それは少々酷じゃないか？　普通あの手の交渉術は買う側が品物を値切る時に使うものだ。まあ私としては助かったんだが……もし私が文句を言っていたらどうするつもりだったんだ？」

「先程も言ったようにカイトさんは賢い方だと思いましたので、一度口に出した言葉は容易《たやす》く違《たが》える事はないと判断いたしました。あなたはあの程度の小さい儲けのために、後の取引に悪影響を及ぼしかねないような馬鹿な真似はならないでしょう？」

二人のやり取りを聞き、スカーレットがなるほどそういうことか、と呟く。

「へ？　どういうこと？」

一人分かっていないルミナスが海人に尋ねた。

「ルミナス、もし初めに彼女が六万ルン払うと言っていた場合、執事殿はどういう反応をしたと思う？」

「そりゃ最初と同じ反応でしょ。あのサイズの果物に一個一五〇〇なんて凄い値段だもん」

「だが、先程彼はあっさりと納得して用意しに行っただろう？」

「そりゃあ先にあんな値段提示……あ！　そうか‼」

ルミナスがポン、と手を叩き理解した。

要するにシェリスは最初から六万ルンかそれに近い額で買うつもりだったのだ。

しかし、いかに高級フルーツといえど値段が高すぎるため、オレルスが素直に代金を用意するとは思えなかった。

そこで最初に予想の倍の値段をつけて驚かせた後、本来の値段に戻しこれぐらいならば、と納得させたのである。

普段ルミナスも予備の武器を買う時にあえて最初に極端に安い値段で売れと言い、そこから交渉を始めて値切る事があるのだが、まさか買う値段を吊り上げるためにそういった手法を使うとは思ってもいなかったため、すぐには気が付かなかった。

「さらに言えばスカーレット女士が駄目押ししたな。プロの言葉となれば重みが違う。が、先程の口ぶりだとあらかじめ打ち合わせしていたわけではないのか？」

「できるのであればそうしましたけど……」

シェリスはスカーレットを見て困ったように笑う。

まるで可愛いが手のかかる子供を見るような表情である。

「あいにく、あたしゃそういう腹芸は苦手なんだ。言った値段は本当にそう思っただけだよ。ところであんた、フルーツは他にも上質なのあるのかい？」

スカーレットは軽く肩を竦めて海人の疑問を一蹴し、目を輝かせながら尋ねた。

いまだかつて食べたことがない上質なフルーツは彼女の料理人魂をえらく刺激していたようである。

「それなりにたくさんある。シェリス嬢のご要望だからな、これから毎回違う種類の物を持ってくる」

「そりゃあ楽しみだ。他の食材なんかも良いやつ手に入らないかな？」

「調味料や野菜、穀物ならば良い物が用意できると思う。肉や魚介類は悪いが他を当たってくれ」

今まで彼は様々な美味珍味を食べてきているが、創造魔法で作れるのは植物と非生命体のみ。残念なことに肉や魚は作れない。

「へえ……ねえ、ヒノクニの醤油って調味料は調達できるかい？」

「念のため確認するが、大豆を発酵させて一、二年熟成を行って作る黒い液体であってるか？」

非常に馴染みのある、しかも昨夜使ったばかりの調味料の名が出たので軽く驚くが、名前が同じで別の物である可能性も考慮し、確認する。

「そうだよ。やっぱない……」

「どの程度の量が欲しい？」

「あるのかい⁉　それじゃ一升頼む！　あれって何に使っても大概よく合うから前から欲しかったんだよ！」

「分かった。今度来るときに持ってこよう。ああ、それと長い付き合いになりそうだし、お近づきの印にこれを差し上げよう」

海人はスラックスのポケットから袋を取り出し、封を切ってスカーレットに手渡す。

中身は干す事によって干からび、黒ずんだ橙《だいだい》色に変色した果物だ。

「ん？　これはなんだい？」

「先程の物と異なる品種の柿を干した物だ。これはこれで美味いぞ」

海人が手渡したのは、干し柿である。

今朝家で果物を作った時に、こっそりポケットの中に一つだけ作っておいたのだ。

創造魔法で作製した物が現れる場所をどの程度選べるのかという実験を兼ねて作った物で、実は白衣のポケットなどにはまた別の物が入っていたりする。

「へえ？　それじゃいただきます。……水分がなくなってる分甘さが強いね。保存食用なんだろうけど、これはこれで悪くない。なるほど、干すってのもありか」

「あらあら、カイトさん？」

考え込むスカーレットを他所《よそ》に、シェリスは海人にやたら威圧感のある笑みを向けていた。

彼のすぐ横ではルミナスも似たような表情になっている。

「なんだ？」

「昨日私が食べさせていただいた物の中に、それはありませんでしたが？」

二人に気圧され腰が引けている彼に対し、シェリスはゆっくりと問いかける。

その光景はまるで、猫がねずみを部屋の隅に追い詰めているかのようであった。

「これは果物には違いないが、加工品だからな。まあ出さなくてもいいかと……ルミナス、なんだか分からんが謝るから殺さないでくれ」

言葉の途中でルミナスが背後から海人の頭をゆっくりと両腕で抱きしめ始めた。

豊かな彼女の胸が押し付けられており、彼女の細い腕が彼の頭をかき抱いている。

これだけならばこの状況を羨ましがる男も多そうだが、ミシミシと骨がきしむ不吉な音と、潰されるんじゃないかと慄《おのの》く海人の表情を見て羨ましがる者はまずいないだろう。

「だめですよ、ルミナスさん？」

徐々に締め付けが強くなってきたところでシェリスの声がやんわりと止めた。

海人は縋《すが》りつくような視線で、ルミナスは睨みつけるような視線で彼女を見つめる。

「殺してしまっては食べられなくなってしまいます」

その言葉と同時にパッと手が離れる。

「……礼を言うべきか、それとも私の命はそんなに軽いのかと嘆くべきか……」

一応助けられたものの、あまりといえばあまりな言葉に対応に困る海人。

いかに大量かつ極上の物とはいえ、暗に食べ物より自分の命が軽いと言われた事に彼は悩まざるをえなかった。

「どちらでもお好きなように」

シェリスは貴族の令嬢らしく実に上品かつ美しく微笑んだが、クスクスという笑い声と口元に手を当てている仕草を見ていると、海人には悪魔の嘲笑にしか見えない。

「まあいい。……ところで、私が何をした？」

「こういう場合、私たち用にも用意するってのが人の道じゃないの？」

言いながらルミナスは、事態がよく飲み込めていない海人の頬を両手で引っ張って伸ばす。

が、思いのほか伸びなかったのが気に入らなかったのか、すぐにつまらなそうに手を放した。

「そう言われてもな……それは一つだけ用意した物だから、もうないぞ」

少しヒリヒリする頬を押さえながら不機嫌なルミナスに慎重に話す。

僅かに腰が浮いているあたり、次は襲い掛かられたら逃げる気満々のようである。

……可能かどうかは別として。

「え〜？」

「いや、思いっきり疑わしそうな目で見られても困るんだが……まあ、他の物ならあるが」

「やっぱあるんじゃない。とっとと出しなさい」

「言ってることが追い剥ぎみたいだぞ？」

率直に思ったことを口に出す。

確かにルミナスの言っている事はカツアゲする不良のようだ。

「マジで追い剥がれたくないいんならとっとと出しなさい？」

「了解。これとこれと……ああチョコレートもか。それに飴玉《あめだま》っと、これで全部だ」

こめかみに井桁を浮かべてにこやかに笑うルミナスにお手上げのポーズをし、海人は白衣を捲《めく》ってポケットの中身を出し始めた。

「やっぱりか。お仕置き中から白衣が少し膨らんで見えたからおかしいと思ったのよ。まさか全部食べ物とは思わなかったけど……つーかよくこんなに入って形が崩れなかったわねその白衣」

「頑丈だからな。それにどれもこれも小さいから重さはそれほどではない」

呆れた目を向けるルミナスに、淡々と応じる。

もしも海人が食べ物ではなく凶器を持ち込んでいたらと考えれば、オレルスは致命的な失態をした事になるのだが、あながち彼のミスとばかりも言い切れない。

食べ物が入っていたポケットがある位置は、海人の白衣の背中の部分に付いている隠しポケットのような場所。

ほとんど正面からしか彼を見ていなかったオレルスからは、死角になっていた。

身体検査をしていればすぐ分かった事だが、そもそもこの屋敷ではある事情により滅多に来客に対する身体検査は行われない。

行われる時もシェリスか屋敷内二位の権限を持つ人物からの命令がある時のみ、と厳命されているためオレルスが勝手に行う事は許されていないのだ。

仮にオレルスが気がついていたとしても、どうにもできなかった事は間違いない。

「カイトさん、これはなんなのでしょう？　濃厚な甘みに加え、この中のツルンとした食感がある種の快感なのですが」

いつの間にかシェリスが食べ始めていた。

食べた物に入っていた種をハンカチに吐き出して包んだ後、種だけを床に置かれたゴミ箱に捨てている。

「ああっ⁉　なんでいきなり勝手に食べてんのよ⁉」

「早い者勝ちです。それで、これはいったい？」

言い募るルミナスを軽くあしらい、重ねて尋ねた。

「ああ、それはあんぽ柿といって、同じく柿を干した物だ。ちと作り方が特殊だがな」

「それも柿を干した物なのかい⁉　まるで見た目が違うじゃないか！」

「製法も違うが、使っている柿の品種も違う。が、詳しく説明すると長くなるぞ？」

「……あんま厨房空けとくわけにはいかないからねぇ……」

スカーレットは残念そうな顔で頭を抱えた。

ドライフルーツも自作する彼女としては、目の前の瑞々《みずみず》しさを感じさせるあんぽ柿の特殊な干し方はぜひとも知りたい。

だが、そのために仕事を放り出すわけにはいかなかった。

「ならば次の機会だな。そうそう、一つ参考までに言っておくと、今日納入した柿を干してもさっきの干し柿にはならん。干し柿用の柿は渋柿といって、そのままでは渋くて食べられない物を使う」

「干したら渋さが抜けて甘くなるんですか？」

「厳密に言えば干すと渋みを感じないようになるだけだ。渋柿は元々普通の柿より甘みが多いが、強烈すぎる渋みで感じられないだけだからな」

「う〜ん、ヒノクニの神秘だねえ……」

しみじみとスカーレットが感銘を受ける。

たしかに渋くて食えない物が干したら食べられるようになるというのは神秘的ではある。

「他にもこれなんか面白いと思うが……ルミナス、食べてみるか？」

そう言って海人は少し紫がかった茶色の皮の物体を手にとって差し出す。

しかし差し出された当人は気まずそうな顔をして手を伸ばさない。

より正確に言えば手を伸ばそうとはしているのだが、恐る恐るというか、嫌々というか、いかにも気が進まない様子だ。

「え〜っと……多分、芋……よねえ」

「正確には焼いた芋だ」

「焼いたにしたって芋単品って……せめてバターがないと」

「いいからまずは食べてみろ。文句はそれから聞く」

「いや、いくらなんでもそれは……」

「では、私がいただきますね。ルミナスさんはこちらのチョコレートをどうぞ」

シェリスが渋るルミナスの手に自分の持っていたチョコレートを渡し、海人の持っていた芋を横からひょいっと手に取った。

「いいの？」

「ええ、興味がありますので」

「それじゃありがたくいただくわね……ありゃチョコレートは普通ね。十分美味しいけど」

「ではいただきます。……あら、カイトさん？」

シェリスは一口小さく皮ごと齧って味を確かめ、底意地の悪そうな笑みを浮かべた。

「なにかね？」

「これも、昨日食べさせていただいておりませんが？」

「それは果物ではないからな。紛れもなく芋だ」

「あらあら……たしかに見た目も食感も芋ですが、こんな強烈な甘みのある芋は食べたことありませんよ？」

満足げに微笑みながら再び冷めた芋を小さく一口齧り、味を確かめる。

元の量が少ない事を考慮し、慎重にじっくりと味を分析している。

この近隣諸国で栽培されている芋は甘みどころか味も素っ気もないもので、貧しい家の子供たちが育ち盛りのときに腹を膨らませるために食べる物でしかない。

一応料理法も数多くあるが、少し貧しい家でも芋は食べずにパンを食べる、その程度の物でしかないのだ。

このまま潰して裏漉《うらご》しするだけでも良いデザートになるんじゃないか、と思えるような芋など彼女は想像したこともなかった。

「それは蜜芋という芋だ。言わずとも分かるだろうが、下手な果物よりよほど甘みが強い。実にぴったりな名前だと思わんか？」

先程から芋を握っている手を時折ペロペロと舐めているシェリスに笑いかけながら確認する。

「ええ、甘い蜜が芋の皮を破って溢れ出ていますし。少々手がベタベタするのが気になりますが、美味しいです。それに、食感も滑らかで喉に詰まるような感じがしません」

あらかた蜜を舐め終えた手をハンカチで拭き、今度はそれで包みながら残り少ない芋を食べ始めた。

「んなっ⁉　それ甘いの⁉」

「だから食べてみろと言ったんだ」

人の言うことは素直に聞いた方がいいぞ、と付け加え、海人は驚いているルミナスを実に楽しそうに見やる。

実はこの芋、甘い物があまり好きではない海人にしては珍しく好物と言ってよい部類に入る物である。

だからこそ一番世話になっているルミナスにすすめたのだが、食べる前に拒否されてしまった。

仕方ないとは思いつつも、ちょっぴり傷ついていたのである。

そのため、今のルミナスの表情は少し胸がすく思いがしていた。

変なところで微妙に心が狭く、根性悪な男である。

「シェ、シェリス、ちょっとだけ味見させてくれる？」

「あら？　チョコレートと交換で納得したのではありませんでしたか？」

恐る恐る頼むルミナスを意地悪く切り捨てた。

ついでに見せ付けるように最後の一口をこれみよがしに大きく開けた口に入れ、必要以上に幸せそうな顔を作る。

「何も付けない芋が甘いなんて考えるはずないでしょうがぁぁぁぁ‼」

もぐもぐと幸せそうな表情で咀嚼するシェリスに対し、ルミナスはありったけの声量で叫んだ。

彼女は大家族すぎる家で育ったため、子供の頃から味も素っ気もない芋を頻繁に食わされてきた。

それこそ将来の夢が毎日パンを食べられるようになりたい、となるほどに。

そのため芋というものは味も素っ気もなく、腹を膨らませるための物でしかないという先入観が強かったのだ。

自業自得と言うのは少々酷だろう。

「まあそうですね。ですがそれはカイトさんを信じなかったあなたの責任でしょう。私はカイトさんを信じたからこそこの素晴らしい口福を得ました。信じる気持ちって大事ですよねえ……」

「まったくだ。人を信じられない人間というのは悲しいな？」

二人揃ってわざとらしく盛大な溜息をついた。

顔がニヤニヤと笑っているあたり、ルミナスをからかっているのは明白である。

「ぬがああああああああっ‼　この悪魔どもおおおおお‼」

「ふむ、この飴は普通だね。そこらの市販品とさして変わらないみたいだ」

「……あの、スカーレットさん。さらっと流されるのは結構きついんですけど」

一人年上の貫禄を漂わせてマイペースを貫いている女性の発言に、ルミナスは思いっきり気勢を削《そ》がれた。

突発的な怒りを維持するのは意外に難しい。

「なくなっちまった以上どうしようもないじゃないか。また今度調達してきてもらうんだね」

「あううう……」

スカーレットの容赦なき真っ当な言葉に、ルミナスは項垂れた。

が、それと同時に彼女は海人に意味ありげな視線を向けている。

「わかったわかった。今度食べさせてやるから、そう睨むな」

「……可能な限り早くね」

ルミナスは冷たい目で海人の顔を見やり、平坦《へいたん》な口調で言った。

が、口の端が僅かに緩んでおり、内心を隠しきれていない。

海人はなんとも可愛らしい年上の女性の態度に思わず苦笑してしまう。

「はいはい。……そうそう、スカーレット女士。少々下品だが、その飴を口から出して見てみろ。嫌なら構わんが」

「へ？　いやそりゃいいけど……あれ？」

「先程と色が違いますね」

「変わり玉といって色の違う飴を何重かに重ねて作る。それで舐めている間に色が変わるのさ」

海人はあっさりと種明かし――種というほどのものではないが――をする。

その言葉を聞き、スカーレットは確認のために舐めている飴を奥歯で割った。

「こりゃ面白いね。何層かに重ねるってのはいいアイデアだ。味の違う物を重ねれば一粒でいろんな味が楽しめるわけだ。ま、実際には味が混ざっちまうだろうけど……こういうのは子供が喜びそうだね」

簡単に飴の層の状態を確認すると、そのまま口に放り込む。

今度の休暇に作って近所の子供に配ってやるかなー、などと考えつつ。

「そうだな。ま、とりあえずこれで持ってきた物は品切れだ。それなりに楽しんでもらえたかな？」

「ええ、存分に楽しませていただきました。さて、そこでまた何種類か注文ですが……とりあえず明日は、このあんぽ柿というのも十個お願いします」

「承知した。後は？」

「そうですね……スカーレット、明日は父と母が来る日だったわね？」

「ええ、そうですけど……晩餐会のメニューはもう決まってますよ？」

シェリスの言葉が発せられる前に釘を刺す。

明日の晩餐会のデザートで、目の前のフルーツや明日仕入れる予定の果物を使うというのは悪い案ではないが、問題が大きい。

晩餐会のメニューはコース式で、オードブルからデザートに至るまでの流れを計算してメニューを組み立ててある。

デザートを変えるとなれば、全てのメニューに手を加えなければならない。

もしも今からメニューを変えることになれば、今準備している物より完成度が低くなる事は避けられない。

料理人の誇りにかけて、そんな事は許せなかった。

「それは分かっています。午後のお茶会があるでしょう？　明日仕入れる材料と、今日仕入れた柿。それで二品作って入れられない？」

「ああ……なるほど、そっちなら多少は捻《ね》じ込めます。公爵様からの指定もあるんで品数は減らせませんけど、一つ一つの量を減らして二品入れることは可能です。勿論限度はありますがね」

シェリスの返答に安堵し、不敵な笑みを浮かべる。

お茶会で出される物は定番で量の調節も容易な茶菓子が多いため、品数を加える事は難しくない。

が、柿の方はともかく明日入ってくるらしい材料を使い、シェリスやその両親の口に合う品を作るのは難しい。

正確に言えば不満が出ない程度の品なら即席で作る自信もあるが、満足させる事が難しいのだ。が、そこは難しい、であって不可能ではない。

己の腕を試すような主の提案に、スカーレットは挑戦心をかきたてられていた。

「そう、ではカイトさん。メロンも十二個お願いいたします。時間もない事ですし、彼女も思いつくまま試してみたくなるでしょうから」

シェリスは試すような目をスカーレットに向ける。

「い、いや……そんなこたないけど……」

「あら、あなたほどの料理人が極上の素材を目の前にして試したくならないというのかしら。明日持ってきてもらう物は今日と同等かそれ以上の素材よ？」

「うっ……」

料理人としては魅力的すぎる言葉に、否定の言葉がなくなる。

当然ながら彼女とてこれほどの食材ならば色々な調理法を試してみたくてたまらない。が、これ以上の果物となると、そのまま食べる以上に素材の味を生かすというのは非常に難しい。

味がほぼ完成されているために、余計な手を加える事はかえって素材の良さを消す事になりかねないのだ。

食材を無駄に浪費するつもりはまったくない。だが、数があっては多様な調理法を試してみたくなる。

傑作が生まれる可能性もあるが、それ以上に失敗作が生まれる可能性が高くなる。

素晴らしい食材がその真価を発揮することなく凡百の料理へと成り下がる可能性が。

もちろん総合すればシェリスが材料にかけた金以上の成果を挙げる自信はある。が、全く尻込みしないというのは少し無理があった。

「あなたならば無駄に食材を浪費する事はない。私はそう思ってるのだけど？」

シェリスはそんなスカーレットの葛藤を見透かすように、澄んだ眼差しで見つめた。

その瞳には微塵の疑いもない、絶大な信頼が込められていた。

「……分かりました！　必ずや極上の一皿を作り上げて見せましょう‼　早速ですが、まだ仕込みが終わってないんで戻ってもいいですか？」

「ええ、急に呼び出して悪かったわね」

「いえ、それじゃ失礼します」

スカーレットは一礼し、部屋を退出する。

ドアが完全に閉まった瞬間、ドアの向こうから彼女が駆け足で調理場に戻っていく音が聞こえた。

その足音を苦笑しながら聞きつつ、海人が口を開いた。

「では明日の注文はメロンを十二個、あんぽ柿を十個。それに醤油一升でいいんだな？」

彼は記憶力には自信があったが、念を入れて確認を行った。

もし間違えた場合は最悪、この屋敷で作らなければならなくなってしまうのだ。

万に一つどころか億に一つの間違いも避けたかった。

「はい。……ところでカイトさん。必要があれば問題によってはお力になれますよ？」

シェリスは海人の確認に軽く頷き、ついで目に真剣な光を宿して前のめりの体勢になる。

口調は柔らかいが、先程までとは雰囲気が一変していた。

「ん？　どういう意味だ？」

海人はその急激な変化の意味が分からず、問い返す。

「あなたはルミナスさんのところに居候しておられるのでしょう？　率直に申しますと、あの陸の孤島としか表現できない場所に居候するには相応の理由が必要なはずです。例えば……誰かに命を狙われているとか」

すうっと目が細まる。その目つきは相手の挙動の一挙手一投足も見逃すまいとするかのように鋭い。

ごまかそうとしても確実に見抜いてやる、という意志がよく表れていた。

「……なるほど。そういえば昨日、居候することになった経緯は話さなかったな」

「一応言っとくけど、私もまだ完全に話全部信じてるわけじゃないからね？」

「それは分かっている。だが実際私も何が起こっているのか分からん状態だからなあ……」

「あの、どういうことでしょう？」

シェリスは緊張感のなさそうな二人の会話にやや毒気を抜かれ、少し気が抜けたような口調で尋ねる。

彼女としては何かしらの深い事情があって居候しているものだと思い、上手くすれば海人に大きな貸しを作れるかもしれないと思っての言葉だったのだが、痛い所を突かれたような様子は全く見当たらない。

やや肩透かしをくらった感があるものの、肩の力が抜けてちょうど良いと思い直し、言葉を待つ。

「いや、実はな……」

海人は研究所で眠ってからルミナスに出会うまでの事を話せない要素を除いて詳しく説明し始めた。

◇◇◇

シェリスは海人の話が終わるとじっと彼の目を見て、

「……にわかには信じがたい話ですね」

疑いを隠すことなく冷たい目を向けた。

その冷たさは彼女の柔らかい印象を与える顔立ちも効果をなさないほどである。

「確かにな。私が同じ内容を話されたら頭の中身を疑うか、はたまたよほど後ろめたい犯罪者だと思うだろう」

「私の場合はどちらかといえば頭の中身を疑っています。理屈で考えれば後者の方はありえないと思いますので」

「へ？　どうして？」

「昨日見せられたスタンガンという道具があったでしょう？」

「あのおっそろしい武器？」

「はい。私の知る限り、あんな武器は存在を匂わせるような事件さえ起きていません。仮にカイトさんが犯罪者だと仮定したとして、武器には程遠い形状、簡単に隠し持てる大きさ、そして必殺の威力、と理想的な条件がこれほど整った武器を、今まで暗殺に一度も用いていないなど考えられますか？」

「……なるほど、ね」

ルミナスはシェリスの言葉に納得した。

シェリスの情報網は数多《あまた》ある人脈をフル活用して編み上げられた、近隣諸国最大のものである。情報収集をお家芸とする組織もその中には相当な数が組み込まれている。

無論、いかに優れた情報網とはいえ限度はあるし、そもそも彼女の情報網は経済関係に特化しているため、軍事関係の情報収集能力は極端に高いわけではない。

が、それでも下手な諜報機関よりははるかに上をいく。

暗殺という完全な隠蔽が難しい事件が、事後になっても彼女の耳に入らないことなどまずない。少なくとも、海人が犯罪者だという可能性は事実上消滅したと言える。

かと言って安堵できるかというと、そうでもない。海人が狂人だという可能性はむしろ強まってしまった。

――そう思っていたために、ルミナスは次のシェリスの言葉には呆気に取られた。

「当然私としては彼の頭の中身を疑いたいのですが……残念ながらその可能性も低い。困ったものです」

結局カイトさんの言う事を信じるしかないんですよねえ、と嘆息した。

「は？」

「あのですね……頭の中身がイカレているにしてはカイトさんは理性的すぎるんですよ。そもそも、そんなトチ狂った人間が創造魔法に関する口止めに頭が回るとは思えません。有り体に言って、あのスタンガンという道具と彼の魔法以外ではなんら異常はないんです。むしろ普通の人間よりも健全な話ができていますね。この国の貴族の大半に見習わせたいほどに」

シェリスは頭を抱えながら、呆けているルミナスに説明した。

会って最初にこの話を聞かされていれば、シェリスは海人をイカレていると断じていただろうが、今に至るまで全く海人に異常を感じなかった以上、その可能性は低いものと言わざるをえなかった。

「あ〜、たしかにそうね」

「そういう理由でカイトさんがおっしゃった事は二つとも当てはまらないと思ってます。彼は正気でしょうし、犯罪者でもないでしょう。そして、嘘もついていないと思います」

「ふむ、信用していただけたようで何よ『後は隠し事の可能性ですね？』り……⁉」

海人はホッと一息つきかけたところへの、思わぬ追撃につい狼狽《ろうばい》してしまった。

致命的な失態に顔を顰め、恨めしそうにシェリスに視線を向ける。

「ふふ、動揺なさいましたね」

してやったりという表情で唇の端を軽く吊り上げる。

「……性格が悪いとよく言われないか？」

海人は苦々しげな顔で頭を抱えた。

安心しかけたところへの最大の追撃などという、古典的極まりない手段に引っかかったのが余程悔しいらしい。

「ええ、よく言われます。続けますが、おそらくあなたは一切嘘は話しておられないのでしょう。魔法を使っていない場所に住んでいたというのもそうでしょう。ただし……これはほぼ確信ですが、意図的に何か重要な要素を話しておられませんね？」

「…………」

シェリスの言葉に、海人は迷わざるをえなかった。

否定すればおそらくルミナスに真偽を問い詰められ、より頭の中身を疑われる内容を自白する羽目になる。

肯定すれば問い詰められはしないかもしれないが、ルミナスの性格からして隠し事をされているというのはかなり気にするだろう。

否定は最悪の結果に繋がり、肯定は恩を仇《あだ》で返す事になりかねない。

ある意味究極の二択で頭を悩ませていると、

「ったく……カイト、別に気にしなくていいわよ。隠し事がある事には気付いてたから」

「なに？」

「つーか、あんた結構分かりやすかったわよ。最初に私に事情説明した時、かなり後ろめたそうだったもん。それは分かった上で内容は聞かなかったし、居候をすすめたの。だから今更気にする必要はないし、話す必要もない。分かった？」

「……分かった、ありがとう」

「ルミナスさんが納得されているのであれば、私が聞くのは無粋ですね。今日は諦めましょう」

シェリスは軽く肩を竦め、思いのほかあっさりと追及をやめた。

『今日は』と言っているあたり、諦めたわけではなさそうだが。

「いや、元々あんたが聞くのは無粋だと思うけど？」

「そこはそれ。情報収集は私の趣味ですから」

ルミナスの冷たいツッコミに悪びれることなく答える。

なんら罪悪感を持たない一番タチの悪い人間だ。

「説明できるだけの材料が揃えばいつか説明しよう」

「ええ、お願いします。代わりといってはなんですが、大概の事は協力いたしますよ。これでもカイトさんの事はかなり気に入ってますので」

「では一つ聞きたいんだが、この近くで図書館はどこにある？」

「図書館ですか？　う～ん、この国にはないんですよねぇ……」

「図書館がないのか!?」

「ええ、財務大臣が進言があっても無駄な物に掛ける金はない、と言って却下してしまうんです」

　シェリスは嘆かわしい、と声が聞こえてきそうなほど盛大な溜息をつく。

　彼女も国に図書館がないという現状を快くは思っていないようだ。

「……本の知識は本の知識で大事な物だというのに……あえて言うが、それではこの国の未来は暗いぞ？」

「まったくですね。図書館が一つあるだけでどれだけ研究の開発速度が上がり、経費が削減できるか……。今はいちいち学者一人一人が必要な文献があるたび時間を掛けて取り寄せ、乏しい予算で購入しているんですよ？　無駄の極みとしか言いようがありません」

　海人の言葉に迷いなく同意し、シェリスは頭を抱えて国の現状を嘆く。

　実際にそのせいでこの国の魔法の術式や魔法関係の道具の研究は遅れに遅れている。

　数年かけてより効率的な術式を組み上げる事に成功した、と思えばすでに別の国で二年も前に発見されたものだったり、ある魔法具の増幅効果をさらに高める方法を発見した、と思えばやはり別の国で発見されていて、しかも当の研究者がそれを知るのは発見から数ヶ月後に最新の魔法具の加工技術書が届いた時だったりと、悲惨な事例も数多い。

　例に挙げた事例だけでも、品揃えの良い図書館一つで簡単に防げた事である。

　そのような現況に嫌気がさした研究者たちが国を捨てて他国で優秀な業績を上げたりする事も

数多く、このままでは海人の言うようにこの国の未来が暗い事は明白だった。

「その財務大臣暗殺してでも変えた方がいいんじゃないか？」

「まったく同感です。石頭や頑固者ならともかく、単に親の跡目を継いだだけの無能なので始末に負えません。まあ、それはひとまず置いておくとしまして……それで仕方ないので私は代わりにこの屋敷の図書室を充実させたんです。創造魔法関係の文献もあそこにあることですし、御覧になってみますか？」

「ふむ、お願いできるか？」

「ええ、ぜひどうぞ。知識を求める方は大歓迎です。では、御案内いたしましょう」

海人の言葉に満足そうに頷くとシェリスはゆっくりと優雅に立ち上がり、
二人の先頭に立ってすでにこの部屋の窓から見えている図書室へと向かっていった。

第6章 図書室にて知識を喰らう

海人は屋敷の庭へと案内され、シェリスに図書室と紹介された建物を見て絶句していた。

図書室と表現するにはあまりにも不釣合いな大きさ。

緑の多い庭で異彩を放ちそうなのに、その大きさと塗装で外壁や他の建物に上手く溶け込んで違和感がほとんどない。

屋敷を外から見たときに建物の上の部分が見えていたが、屋敷の一部としか思っていなかったほどである。

ルミナスは何度か来た事があるため驚いていなかったが、彼は柄にもなく呆気に取られてしまった。

横でシェリスが悪戯《いたずら》に成功した子供のように楽しげに笑っている事にすら気が付いていない。

「……これを図書室と呼ぶのか？」

唖然としながらも確認する。

海人たちの目の前にあるのは屋敷の広い庭の半分を占める巨大な建物。

造り自体は簡素なレンガの建物だが、なんと五階建てである。

しかも中に入るとおびただしいほどの本棚にぎっしりと書籍が収められている。

高さと広さを考えればおそらく並の図書館よりもはるかに多く書籍が揃っているだろう。

さらには本棚ごとに分野の区分けがきっちりとされていて、魔法学、経済学、金融学、生物学、その他多数の分野が分かりやすいよう、本棚の横に貼られたプレートに書かれている。

「ええ、もし私が図書館を建てるのであればこれの倍の広さにして、地下も作りますから。世界各国の書籍を集めるならこの建物ではとても収まりきりませんし、実際、この中に収められている書籍は近隣数カ国の物しかありませんので」

しれっ、とシェリスは言うが、この図書室を造るにあたって彼女は並々ならぬ労力を払っていた。

そもそもこの国——シュッツブルグ王国という——は周囲を四つの強国に囲まれており、この強国群がタチの悪い事に何らかの形でいがみ合っている。

例えば国の南に位置するガーナブレスト王国は、建国から十年後に初代の王が東に位置するルクガイア王国の手の者に暗殺された。

その報復として二代目の国王は時間を掛けて少しずつ王都に暗殺者を忍び込ませ、数年後のある夜、都中に火をつけ数多の貴族を殺害したうえ、当時即位したばかりだったルクガイア王にも瀕死の重傷を負わせた。

以来、この両国間では頻繁に戦争が起こっている。

また、北のグランベルズ帝国は、当時その国土を支配していた西のエルガルド王国の騎士団を半壊させて建国したという経緯がある。

そのためエルガルドの恨みを買っているが、そもそもの原因は現グランベルズの民に課された異常な重税によるものであるため、グランベルズの方もエルガルドに根強い恨みを抱いている。

他にも様々な形で四国間がいがみ合っており、その中心に位置するこの国は戦略的優位を得るために四国から幾度も侵略を受けている。

有り体に言ってしまえばこの国の近隣国は全て敵国に等しい。

ここ百年ほどは四国間が睨み合いと牽制《けんせい》を続けており、そのため侵略の頻度は減ったのだが、そのぶん国が平和ボケしてかつて数多の侵略を退けた力はもうなくなっていると言われている。

そんな状況下で近隣の国から様々な書籍を手に入れるのは並大抵ではない。

書籍が流出するという事は同時にその国の知識の流出でもあるのだ。

シェリスは数多ある厳しい規制を、合法非合法問わず様々な手段で潜り抜けて本を手に入れた。

そうして完成したこの図書室。実は質・量共にこの世界有数の図書館となっていたりする。

「私が知る限り図書館でもここまで大きいのはそう多くはないがな……」

そんな事を知る由もない海人はその威容に圧倒されるばかりである。

が、科学者の性《さが》というべきか、それ以上にこの巨大な図書室にどれ程自分の知らない膨大な知識が収められているのかと思うと、久しぶりに少し胸が躍っていた。

「驚いていただけたようで何よりです。中の書籍は好きなだけ読んでくださって構いません。ただ、持ち出しは厳禁です。読むのはこの中でお願いします」

「ああ、分かった」

「では私も読んでおきたい本が何冊かあるので、特に読みたい本があるのであれば今のうちに聞いてください。一応どこにどんな本があるかは大まかに把握してますので」

「ふむ……それでは魔法関係の本、そして医学、薬学関係の本はどこにある？　できれば動植物、それと魔物の図鑑、歴史・軍事関係の書物の場所も……」

「魔法関係の本は主に二階。そこの突き当たりの一角の本棚の右が医学、左が薬学関係です。残りの本は全て四階に揃っていたはずです。それと創造魔法関係の文献は隠し部屋に保管してありますが、今日お読みになりますか？」

「いや、今日はいい。ありがとう」

淀みなく迅速に答えてくれたシェリスに礼を言い、海人はまず医学書関係の本棚へと向かうことにした。

そしてルミナスは魔法の術式を覚えるため二階に、シェリスは三階へとそれぞれ向かっていった。

◇◇◇

図書館内は薄暗くはあるものの、清掃は丁寧に行われているようで、床に埃一つ落ちていない。

凄まじい数の蔵書量にもかかわらず、所狭しと並んでいる本棚のどれにもうっすらとすら埃が積もった様子がないのは驚嘆に値するだろう。

それら丁寧に整備された本棚の列に挟まれた空間で、海人は床に直に座りながら本を読んでいる。

その周りにはすでに読み終えた医学書が山積みになっていた。

「……なるほど。普通の人間と特に違いはない、か」

そう呟くと開いていた医学書を閉じ、また別の本を棚から取り出す。

彼はこの世界の人間と自分の体の仕組みに違いはないかを確認していた。

一通り医学書を読んだ限りでは特に外見から推測できる以上の違いは見当たらず、念を入れて薬学関係の本を読んでも、ルミナスのような飛翼族でもゲイツのような獣人族の血統でも、自分のような人間と同じ薬で同じ効果があると記されていた。

色々と疑問は残るのだが、剛人族《ごうじん》と呼ばれる普通の人間と全く変わらぬ外見で素の筋力が数倍の種族や、生まれながらに額に魔力増幅機関としての宝石を持つ輝石族《きせき》。そして鉄皮族《てつぴ》と呼ばれる文字通り素の状態で皮膚が鉄の強度を持つ種族まで存在し、他にも多数の未知の種族がいるのでは突っ込む気も起きない。

そもそも今はこの世界での生活基盤を築くのが最優先事項であり、細かい事をいちいち考えている暇はないという事情もある。

——もっとも以前の自分であれば違っただろうが。

と、海人は自嘲するように寂しげな微笑を浮かべて視線を宙に彷徨《さまよ》わせるが、それも数瞬。

気を取り直して彼は取り出した本を読み始め——もう一つ彼にとってあまり良くない事を完全に確信させられた。

「……医学のレベルが全然違うな」

海人は溜息をつき『予想通りではあるが……』と嘆いた。

この世界では昔彼の世界で猛威を振るっていた伝染病などの治療法がいまだに見つかっていない。

かかってしまえばほぼ確実に死に至る恐ろしい病として記されている。

外科手術では消毒もされていないようであるため、手術が成功しても死に至る人間は多そうだ。

総合すればこの世界の医学レベルは彼の世界の数百年以上前と同程度という事になる。

といってもこれはある意味仕方のないことでもある。

なにせこの世界では多少の傷や軽い風邪は肉体強化に伴う自己治癒力の強化で簡単に治せてしまう。

さすがに骨折以上の怪我はそれなりの処置を必要とするが、必要な機会が少ないとなれば医学の進歩が遅いのは当然といえば当然だ。

「重症の時は自分で治療するしかないか……」

一応ではあるが、当然ながら海人は医師としての技術もある程度持っている。

ただし免許は取っても仕事として医者をやっていたわけではないので、臨床経験が不足している。

実際に使った事の少ない知識がどこまで役に立つかなど分かったものではないが、それでもこの世界の医者に任せるよりはいくらかマシだと判断していた。

「幸い知っている薬は魔法で作れるはずだし、よほどの事がない限りは大丈夫か。条件の整った住居さえ手に入れれば、魔法で医療機械を作れるしな」

そう結論を出し、海人は早めに金を稼いで人里離れた家なり屋敷なり買おうと心に決める。

彼はすでに先の生涯をこの世界で生きていく前提で計画を立て始めていた。

とりあえず、今の状況が何者かによる壮大な茶番劇という可能性は消えている。

創造魔法と肉体強化、ルミナスに連れられて飛んだ空から見えた雲や地平線、巨大極まりない鳥。

他にも数多くある要素は、海人の知識をもってしても現段階では全てを用意する事は不可能。非現実的ではあるが、まだ別の世界に飛ばされたと考えた方がマシだった。

しかし海人が元の世界に戻りたいかというと、そんな要素はほぼない。

創造魔法で元の世界の道具は一通り用意できるはずなため、これといった不便はない。

元の世界では彼の命や身柄を狙う者は星の数ほどいたが、こちらでは今のところ狙われる可能性は少ない。

現在進めていた研究も、元の世界に戻るためにかかるであろう労力を考えれば、機械を作ってやり直した方が早い。

そして彼は十二年も前に失踪した両親が生きているとは思っておらず、両親の亡骸《なきがら》が発見されるとも思っていない。

数少ない友人たちともそれほど深い付き合いというわけではなく、会って日が浅いルミナスの方がまだ親密でさえある。

そして――今の海人にとって何よりも大切な行事すら、元の世界に戻る必要はない。

安全面諸々でこの世界に残る理由はあるが、元の世界に戻る理由は特になかった。

「……そういえば、花をまだ決めてなかったな。まあ……まだ数日あるし、ゆっくり考えるか」

海人はそう呟くと、山積みにしてある本を全て元通りの位置に戻し、今度は魔法関係の本を調べるために二階へ上がった。

さすがにファンタジーな世界と言うべきか、魔法関係の本の量は医学書などの比ではなかった。

ワンフロア全てが魔法関係の書なのではないかと思うほどに、本のタイトルに魔法という言葉が含まれている物が多い。海人はとりあえず手近で目に付いた物から手当たり次第に読み漁《あさ》っていた。

「まるでパズルだな」

魔法の理論に関する本を読んで少し驚いた。

魔法の術式とは魔力を通すとそれぞれ何らかの効果を発揮する図形や文字を組み合わせた物であると記されている。

ただし、ただ単純に組み合わせれば良いという物でもないらしく、図形や文字によって一つの術式に使える個数が決まっていたり、はたまた組み合わせによっては全く別の効果を発揮したり、魔法として効果を発揮しなかったりとかなり複雑になっている。

また魔法の歴史の本を読むと、毎年のように今までにない効果を発揮する図形や、今まで以上に効率良く効果を発揮する組み合わせなどが見つかっていて世界的に魔法の術式の研究が盛んらしい。

が、そのほぼ全てが基本属性の魔法で、海人のような特殊属性の魔法については研究がなされていない。

数百年に一人しか使い手が現れないのでは無理もないが。

「となると、多少は研究されている無属性魔法について知識を放り込んだ方がいくらか有益か」

ぼやきながら無属性魔法に関する文献を漁り始める。

無属性魔法は誰にでも使えるという点と、発動時間が他の魔法に比べて圧倒的に短いという利点がある。

しかし魔法の効果は魔力を固めて剣や盾などの形状に物質化させるという事に集約される。

それでも防御に使用する分には他の魔法以上の能力を発揮する事もできるのだが、致命的な欠点が存在する。

他の魔法に比べて術式が複雑、しかも魔力消費が桁違いに多いという点である。

前者はともかく、後者は戦場での防御魔法の使用頻度を考えればあまりに過酷な欠点だ。

そのため無属性魔法は一般的ではなく、研究もあまりされていないために術式の数も多くはない。

それでも有事の際の手札が増えるのは悪い事ではないし、創造魔法よりは圧倒的に消費魔力が少ないため海人は真剣に頭に叩き込んでいく。

いつどんな所でなにが役に立つか分からない、というのはホーンタイガーと遭遇した際に嫌というほど思い知らされていた。

一通り頭に術式を叩き込んだ後、彼は何事か考え、幾つかの本を再確認した。

確認の後、彼は考えを纏めるため熟考する。

やがて結論を出すと彼は読んだ本を全て棚に戻し、今度は魔法関係の道具に関する書籍を手に取って読み始めた。

本当に目を通しているのか疑いたくなるような速度であっという間に数冊読み終え、

「なるほど、ここでは宝石や貴金属は全般的にただの装飾品ではないのか。……となると鉱石や金属に関する本も読んだ方がいいな」

今まで読んだ本を全て元通り戸棚に戻し、今度は鉱物学などに関する本を読み漁る。

先程読んでいた本には、ありとあらゆる宝石には魔法の効果を増幅させる効果があると記されていた。

宝石は使用者の魔力をあらかじめ込めておくと、一種の増幅装置となって術者の魔法の効果を高めることができる。

他にも溜めた魔力を術者の意思で引き出しての使用も可能だが、それを使い切ってしまうと増幅装置としての効果は失われてしまう。

ちなみにこの世界で使われている魔法具というのは、主に宝石の増幅効果を利用したものであり、現在市販されている最高級の魔法具でも宝石単独の効果が八割、他の部品のデザインとの組み合わせによる効果が二割といったところである。

各宝石によって増幅する属性や率が違い、例えばルビーならば火の属性の効果を高め、ガーネットもルビーには劣るが火の属性を強化する。

ブルーサファイアが水の属性を強化し、グリーンサファイアが風の属性を強化する事から考えると、宝石の色の関係が深いのかもしれない。

さらには宝石の大きさ、カッティングなどによっても増幅率が変化するため、研究していくと深そうな内容である。

一方貴金属はそれで作った物に術式を刻み込み、必要な時に魔力を流し込む事によって術式をわざわざ頭の中でイメージしなくても魔法を使えるようになる。

ただし、この方法は金属の種類や純度によって流し込んだ魔力量に対してどれほどの効果が現れるかが激しく上下する。

例えば現在最も効率が良いとされている純度の高い金の板に術式を刻み込んだ場合、消費魔力が普通に魔法を使った場合の二倍。純度の低い物になると四倍になる。

対して銀の板の場合は純度が高い物でも最低十倍以上、とかなり差が激しい。

無論どの場合も術式を覚えて普通に魔法を使った方が効果は高く、魔力の消費も少ないのだが、貴金属を使った場合は魔力を流し込むだけで良いため、魔法を使う際に集中力を必要とせず、術式の維持に割く労力も不要という大きなメリットがある。

こちらはあまり研究の余地のなさそうな内容ではあるが、鋼などを貴金属の代用に使えないかなどの試みはなされていて、多少は成果も出ている。

この世界にない合金も多く知っている身からすれば色々と試せる事の多そうな分野だ。

そんな事を考えながら数多くの本を次々に読み漁っていると、

「カイト〜、私いい加減飽きてきたんだけど」

ルミナスが手に持っていた本を横に置きながら、ゲンナリとした声を掛けてきた。

なかなか頭に入らない術式を覚える作業に飽きがきたようだ。

「すまんがもう少しだけ我慢してくれ。これを読み終えれば後は歴史・軍事関係の本と植物図鑑、動物図鑑、魔物図鑑を読んで切り上げる」

「熱心ねぇ……しばらくそこで眠ってるから、起きる頃には終わらせててよ～～」

「うむ」

海人の返事よりも早く安らかな寝息を立て始めたルミナスを横目に、今まで以上の速度で本を読み始める。

あっという間にその時持っていた本を読み終え、彼は音を立てぬよう神経を使いつつ早足で四階へと上がっていった。

◇◇◇

海人が四階に上がりしばらくすると、シェリスが本を取りにやってきた。

彼女は目当ての本を棚から取ろうとする直前で、凄まじい速度で本を読み終えていく海人に目を留めた。

シェリスも仕事の関係上文献や報告書を読むのは速いが、彼の速度がその比ですらなかった事が彼女の興味を惹いたようだ。

そして彼女は驚かせず邪魔にならない程度の音量で海人に声をかけた。

「凄まじい速度で読み漁ってますね。それで頭に入ってるんですか？」

「ああ。とりあえず当面必要な部分だけは確実に入れている。私が独自に編み出した速読術を使っているのでな」

「……では問題です。やや重い風邪に効く薬草七つ答えてください」

そう言ってシェリスは意地悪そうに笑いながら、薬草図鑑を開く。

まさか本当に頭に入ってはいないだろうと思っての行動だったが、

「クルストー、ラティアズ、ルッキーツ、メルティオス、ハバリカ、ザルスト、ポレンティス。メルティオスとハバリカは合わせて煎じる事で鎮静剤にもなる。ラティアズ、ルッキーツ、ポレンティスはまとめてすり潰して飲むと睡眠薬代わりにもなる」

海人は今読んでいる動物図鑑から目を離さずに答えた。

ちなみに後半の内容は薬学関係の本に記されていた内容である。

シェリスは索引を引き、薬草の名前は何一つ違っていないのを確認して驚く。

さらに近くにあった薬学の本を調べ、唖然とした。

彼が語った内容には、なんの間違いも見当たらなかった。

「……ザ、ザルストの群生地は？」

「この国だとフォレスティアの森の川沿い周辺。ガーナブレストだとリグリース湖の周辺。ガーナブレストで採取する場合はレミア・クライス・フォルディスト公爵の許可を取らなければならないそうだな。もっとも許可を取らずとも公爵家出入りの商人の店で売っているらしいが」

「ドラゴンマスターがドラゴンを使役する際に必要な条件を全て述べよ！」

「まず使役するドラゴンと、一対一で戦う事。その戦いの過程で逆鱗《げきりん》に一撃入れる。そして怒り狂ったドラゴンを動けなくなるまで叩きのめし、昏倒させる。目覚めた際に鼻先に武器を突きつけてドラゴンを威圧し、相手が転がって腹を見せれば完了。腹を見せなかった場合は同じ手順を腹を見せるまで繰り返し続ける。ただし、現実的な条件として一日当たり数十人前の食料を平らげるドラゴンの食費を賄えなければならない。さらにドラゴンの巨体が住まえるだけの土地もなくてはならない。その条件のせいでドラゴンマスターの大半は国家の将軍クラスか、あるいは大規模な組織の上層部らしいな。といっても、そもそもドラゴンを殺さず叩きのめすような真似ができる人間は金も稼いでるから、個人で使役している人間もいないわけではないらしいが」

「現在の風の魔法術式の父と呼ばれる人物の名前と功績を述べよ‼」

「オーカス・トレグスタン。百二十年前まで使用されていた飛翔系の基礎術式を根本から組み直し、その当時使われていた飛翔系魔法の半分の魔力消費で倍の飛行時間という画期的な術式を組み上げた。他にも風の攻撃魔法の強化用の図形の発見十九、効率的な図形と文字の組み合わせ・配置法の発見三十四。ただし、配置法の一部に関しては実際に発見したのは弟子のミリル・フローレンスではないかと言われているため、それは功績に入れるべきではないかもしれないな」

「化物ですかあなたは⁉」

　持っていた分厚い本をバンッと床に叩きつけるように放り投げ、叫ぶ。

　一切の淀みなく、しかも調べている図鑑から視線を動かしもせずに答える海人に叫ばずにはいられなかった。

「いきなり失礼だな君は⁉」

「どこをどうすればこの短時間でこれだけの量の本の内容を覚えられるんですか！」

「いや、だから私独自の速読術で……そういえば気になってたんだが、この二つの図鑑を比べると、こんな具合でメルチリアとメルティオスの絵が入れ替わっているんだが、どちらが間違っているんだ？」

近くの本棚から二冊図鑑を取り出し、目当てのページを開いてシェリスに尋ねる。

まだ彼女は何か言いたそうではあったが、海人に言われるまま図鑑を見比べ、深く溜息をついた。

「……この図鑑が間違っています。最新の図鑑でこの間違いとは嘆かわしいですね。出版元に文句をつけなければ……」

正しい方の図鑑を棚に戻し、間違っている方の図鑑の該当ページを折り曲げ、すぐに分かるように近くの何も置かれていない机の上に置く。

「メルティオスと効果が同じ薬草ならばともかく、メルチリアは毒草らしいからなあ……」

「まったくです。死人が出ていなければ良いのですが……」

「それは祈るしかないな。さて、後は歴史・軍事関係か」

「ああ、歴史書であればこの《オズワルドの歴史編纂《へんさん》書》が一番充実してます。軍事関係はこの近隣諸国の情報であれば《ルクガイアの伝統的軍隊》《ガーナブレスト進軍録》《エルガルド軍事教典》《グランベルズ帝国軍録》を読めばほぼ理解できるかと。さらにこの《シュッツブルグ王国の危機》を読んでおくと今この国を取り巻く軍事情勢に関しては完璧でしょう」

言いながら全部で六冊の本を海人の前にズシンズシンと積み重ねていく。

たかが六冊というなかれ。その全てが大きな図鑑サイズなのだ。

嫌がらせにしか思えないボリュームである。

「そこはかとなく悪意を感じるんだが」

「気のせいです。あ、分からないところがあれば教えますよ」

ジト目で睨む海人に対し、シェリスは悪意の欠片も見当たらない笑みを浮かべて答えた。

あまりに不自然な彼女の笑顔に海人は軽く嘆息し、

「……まあかまわんがな」

目の前に積まれた書籍を手に取った。

重量感溢れる本を開き、先程よりもはるかに速い速度でめくっていく。

どうやらシェリスの地味な嫌がらせに少し意地になっているらしく、目を見開いている彼女の表情を横目に見て、唇が僅かに吊り上がっていた。

その驚異的な速度ゆえに、海人は全ての書籍をほどなくして読み終える。

それと同時に彼は呆気にとられているシェリスに対し笑みを向け、一つ提案をした。

「今読んだ本の内容以外にもいくつか質問をしていいか？　魔法学なども幾つか疑問点が残ったんでな」

「構いませんよ。そこそこ知識はありますので、多少ならお力になれると思います。分からない事があるならば、分かるまで丁寧に説明して差し上げましょう」

不敵に笑う海人に対して、シェリスは凄絶な笑顔と共に挑発を返した。

◇◇◇

一時間後、二人は隣接する席に座っていた。

二人の前には十枚を超える紙が散らばり、大きめの机を占領している。

海人はその中の一枚に羽根ペンでサラサラと魔法術式の文字を書きながら、シェリスに説明していた。

「と、まあこんな具合でこの配置法を用いた時はこれらの文字と図形が使えなくなるわけだ。理解できたか？」

「なるほど……ありがとうございます。よく理解できました。カイトさん、教え方がお上手ですね」

「お褒めに与《あずか》り光栄、と言いたいところだが、なぜ私が教える立場になってるんだ？」

「プライドに固執して使える者を使わないのは愚か者です。どういうわけか今日書籍に目を通しただけで私の知識の上をいかれているのですから、使わぬ手はありません」

シェリスは聞き様によっては情けなくも聞こえる言葉をあっさりと返した。

実際、先程のシェリスの海人に対する挑戦は彼女の完敗で幕を下ろしていた。

単純な暗記量もだが、記憶した内容に対する理解度は完全に次元が違っていた。

今まで勉学に自分が費やした時間を考え、身も蓋もなく号泣したくなったが、彼女もさるもの。すぐさま頭を切り替えて上手く話の流れを誘導し、海人に自分が理解しきれていない事を解説させていた。

「やれやれ、やり込めたと思ったらこれか。油断ならんな、君は」

海人は先程まで実に可愛らしく半泣きになっていたシェリスの顔を思い出し、嘆息した。

む～む～、と呻《うめ》く彼女にサド心を刺激されて楽しんでいたら、いつの間にか教師役として使われていた。

――調子に乗って本来の目的を忘れかけていたため、都合が良くもあったのだが。

「褒め言葉と受け取っておきます。で、次の質問なのですが……」

「まあ待て。その前に、一つ取引をしないか？」

「……構いませんよ。なるほど、それが本題だったんですか」

海人の言葉に、シェリスは笑みを消した。

先程自分の自負心を造作もなく叩き壊した男を、臆する事なく見つめ返す。

「理解が早くて助かる。私が求める物は私に関する秘匿。まあ、私が揉《も》め事に巻き込まれる要素を極力排除してくれという事だ」

「なるほど。それによって私が得られるメリットは？」

「それはな……」

ニヤリと笑った海人の口から、交渉材料が語られる。

その瞬間、シェリスは驚愕に目を見開いた。

◇◇◇

一時間後。ようやく起きたルミナスが大きな欠伸をしながら階段の方へと歩いていると、シェリスと海人の会話が階段の上の方から聞こえてきた。

「ふふ、実に有意義な時間でした。是非とも末永いお付き合いをお願いしたいものです」

「果物を卸す以上、どう足掻《あが》いても長い付き合いになると思うがな」

「あ、それで思い出しましたが、今日食べさせていただいた蜜芋というお芋。あれも明日、今日と同じサイズかそれより小さい物を一つ持ってきていただけますか？」

「構わんが……なぜだ？」

「いえ、あまりに美味しかったので全て食べてしまいましたが、スカーレットに味見させないことには値段が決められないので」

「そうか。いや、今日注文がなかったから、あまり好みではなかったのかと思ってたんだが」

「今日注文しなかったのは、食材としての応用範囲が広そうだったからですよ。スカーレットにあれを何個か渡してしまうと、最悪明日のメニューが決まらなくなってしまいますから」

その言葉と同時に、シェリスは階段の踊り場にいるルミナスを見つけた。

同時に海人も気付き、軽く手を上げながら声を掛ける。

「おはようルミナス。よく眠れたか？」

「ん、静かだからよく寝られたわ。今日はもういいの？」

「ああ。待たせてしまって悪かったな」

「気にしない気にしない。ところでさっきの芋の話聞こえてたんだけど……」

三人は他愛もない話をしながら揃って階段を下り始めた。

途中でシェリスが蜜芋の味の素晴らしさを殊更に強調してルミナスをからかったり、そのせいで海人が帰ったらすぐに蜜芋を作る事を約束させられたりと、静かではないが穏やかな雰囲気で、三人は会話を楽しんでいた。

◇◇◇

その後海人とルミナスはシェリスの屋敷を出てカナールの商店街に行き、彼女から支払われた金で海人の当面の着替えも買い終え、二人は並んでのんびりと歩いていた。

実を言えば着替えを買う必然性はなかったのだが、彼の住んでいた屋敷にあった服はほぼ全てかなりの高級品。

大都市を歩くのであればともかく、こんな雑然とした庶民的な街では異彩を放ってしまう。

そのため遠慮なく着倒せるような安めの服を何着か買う事にしたのである。

ちなみに当人たちは気が付いていないが、服を選ぶ際に世話好きなルミナスが積極的に見立てていたため、周囲からは完璧にカップルだと勘違いされていた。

「それで、この後はどうする？　昨日言っていた武器屋にでも寄るのか？」

「今日はあそこ定休日なのよ。つーことで、後は魚買ってとっとと帰りましょうか」

「そうだな。焼き魚にして美味い物がいいだろう」

そんな聞きようによっては同棲《どうせい》中の恋人か、新婚夫婦ともとれるような会話をしていると、

「お、お、お、お姉さまあああああああああああああっ⁉」

前方から大きな弓と矢筒を背負った金髪の少女が、両手に大きな袋をぶら下げて突進してきた。
十二、三歳程度のその小柄な体躯からはとても信じられない速度で、短いスカートが捲れるのも構わず、哀れな通行人たちを弾き飛ばしながら二人に突っ込んでくる。

「おわっ⁉　……なんだ、シリルか」

「なんだじゃありませんわ！　そ、その殿方はいったい⁉　私というものがありながら浮気なんて酷《ひど》いですわぁぁぁっ‼」

少女――シリルは長いブロンドの髪を頭ごと振り回し、ヒステリックに言い募る。

傍から見ればその小柄な体に見合わぬ大弓と、普通の何倍も大きな矢筒が彼女の体と一緒に動いている様子は、その幼げな顔立ちと相まってややコミカル、あるいは可愛らしく見えるだろう。

「ふむ、ルミナスはそっちの趣味だったのか。ああ、気にするな。性的嗜好《しこう》は人それぞれだからな、自分が対象でなければ同性愛など私はなんとも思わん」

「盛大な誤解してんじゃないっ！　つーか反論する暇もなく勝手に納得すんなぁっ‼」

反論する間もなく生暖かく優しい目で見つめられたルミナスが激昂《げっこう》した。

「なんだ違うのか？」

「違うわよ！　こいつと違って私はノーマル！」

「まあそれはひとまず置いておくとして……お嬢さん、そのとんでもない眼光を緩めてくれんかね。正直腰が抜けそうなんだ」

並の男ならそれだけで腰を抜かすほど強烈な眼光で睨みつけるシリルに、穏やかに言う。

弱気な言葉とは裏腹にその顔に怯えは全く見られない。

――周囲の野次馬はその余波だけで散っているというのに。

「とてもそうは見えませんが？」

己の睨みを受けて平然としている男を胡散臭《うさんくさ》そうに見やりつつも、やや視線を緩める。

しかし腰を軽く落としているあたり、その分警戒が強まっているようだ。

「表情が変わりにくいだけだよ。見ての通り私は体もろくに鍛えていない一般人だ。そんな弱者をいたぶるのが趣味なのかね？」

「……まあいいでしょう。で、あなたはどこのどちら様ですの？　お姉さまとの関係は？」

大仰に両手を広げ、敵意のないことをアピールする海人の鍛えられていない体つきを見て、ゆっくりと殺気を収めた。

ただし、腰はいつでも動けるように落としたまま。

「私は海人天地という。ルミナスとの関係は、彼女の厚意でしばらく居候させてもらっているだけだ」

「さらっと答えますわね……私はシリル・メルティと申します。傭兵団《エアウォリアーズ》第一部隊副隊長――お姉さまの部下ですわ」

淀むことなく落ち着いた口調で話す海人に毒気を抜かれたのか、シリルはゆっくり体勢を元に戻し、姿勢を正して丁寧に自己紹介をした。

「……なるほど、ルミナスは本当に幹部級だったんだな」

「カイト？　まさか……信じてなかったとか言わないでしょうね？」

かなり引きつった表情で海人の顔を覗き込むルミナス。

返答次第では、と言わんばかりに右腕がうっすらと魔力で輝いている。

「――まあそれは置いといて」

「こらあああっ！　放しなさいシリル！　この馬鹿男いっぺんぶん殴る‼」

「だ、だめですわお姉さま‼　お姉さまの力で殴ってはこの方即死ですわよ⁉　やるのならせめて人目のないところにしてくださいまし‼」

あからさまに視線を逸らす海人に殴りかかろうとするルミナスを、シリルが必死で止めた。

もっとも彼女の言葉からすると、案じているのは海人の命ではなくルミナスの外聞のようだが。

そんな騒がしいやりとりに周囲に再び野次馬が集まり始めていた。

「どうせこいつの魔力量じゃ簡単に死にゃしないわよ！　は・な・せ・えぇぇぇぇっ‼」

「シリル嬢。君は何か用があってここに来たのではないのか？」

ルミナスが今にもシリルの拘束を振りほどこうとしているにもかかわらず、海人は最初から全く変わらない冷静な声音で尋ねた。

「そんなこと言ってる場合ですの⁉　かかってるのはあなたの命ですのよ⁉」

「なに、まさか猪突猛進《ちょとつもうしん》の特攻馬鹿じゃあるまいし、仮にも傭兵団の一部隊を率いる人間がそこまで考えなしではなかろう？」

「うっ⁉」

痛いところを突かれ、やや勢いが弱まる。

同時に傭兵、という言葉に反応し周囲の野次馬の視線がルミナスに集まり始めた。

「まあ仮にそこまでの考えなしだったとしても、武人の誇りがあれば私のような圧倒的弱者相手ならギリギリで踏み止まるだろう」

「ううっ⁉」

暗に拳を振るえば弱い者いじめだと指摘され、さらに勢いが弱まった。

しかも間の悪い事に野次馬の中に、傭兵としては非常に有名な彼女とシリルの正体に気付いた者が現れ始める。

そしてそれに気が付いた海人が、周囲には悟られぬよう、かつルミナスには分かるよう唇の端を僅かに吊り上げて笑みを浮かべた。

「まして彼女はプライドが高そうだしな。怒ってはいても無抵抗な絶対的弱者に拳は振るわんさ」

「う……うがががが⁉　……ええい、分かったわよ！　この根性根腐り男‼」

ルミナスは両手を大仰に広げ、自分の無抵抗をアピールする海人に歯噛みしながらも、制裁を諦めた。

このすまし顔を拳でぶち抜いたらどれほどすっきりするだろうかとは思うが、もしやればこの根性悪が確実に大げさに吹き飛び、周囲の同情を集めて彼女への非難の視線に変える事は明白。

今彼女にできるのは早めに諦めて周囲の野次馬を散らし、怒りを抑えるために頭を切り替える事だけだった。

――無論、怒りを忘れたわけではないため、何か機会があれば今抑えた分まで一気に噴出する事は確実だったが。

「あ、呆れて物も言えませんわね……」

シリルはあっさりとルミナスを言葉で抑えてしまった海人に呆れ、同時に感心していた。

戦闘能力はともかく、胆力は相当な物のようだと。

「それはそれとして、どういう用件なんだ？　場合によっては私が今夜から宿なしになるかもしれん」

海人はとりあえず彼にとっての一番の心配事を尋ねた。

もし仕事関係で呼び出しに来たのであれば、その瞬間居候の話は消えてなくなる。

仮にルミナスが住んでいていいと言ったとしても、彼一人では買出しにすら行けないのだ。

「……いえ、今日はようやく動く気力が戻りましたので、お姉さまのところに遊びに来ただけです。団長たちもしばらくは仕事を受けないから、ゆっくり英気を養えとおっしゃってましたし」

「そんな事言ってたの？」

ルミナスは不思議そうにシリルに尋ねる。

前回の仕事が終わった直後、彼女は疲れきっていたため団長の話が全く耳に入っていなかった。

しかもその後に行われた宴会には団長も副団長も参加しなかったため、聞き直す機会もなかったのだ。

「はあ、やっぱり上の空でしたか。まあ単独でルクガイアの包囲網を突破した後でしたから無理もありませんけど……」

「思い出させないでよ。そんじゃもうしばらくはゆっくり休めるって事ね？」

「ええ、それで遊びに行く手土産代わりに食材を買っていこうとしたら……忌々しいほどに仲睦《むつ》まじく歩くお二人の姿が」

「気のせいだな」

海人は、禍々《まがまが》しい空気を漂わせ再び殺気を放つシリルを、気にする事もなく即座に断言した。

あまりの反応の速さとその落ち着きぶりに、シリルも思わず呆気に取られる。

「……いや、確かに気のせいだろうけど、即答されると微妙に腹立つんだけど？」

「即答できるほどに違うだろう」

「友人同士の仲睦まじさってのはあると思わない？」

「彼女が言ってる意味は違うだろう？」

微妙に複雑な気分のルミナスが海人ににじり寄るが、彼は特に気にする様子もない。

「ええい！　そこ、いちゃつくんじゃありません！　特にカイトさん！　気のない素振りを見せてお姉さまの気を引こうなど、この私が許しません‼」

が、それでも金髪少女のお気には召さなかったようだ。

ビシッ、と人差し指を突きつけてフーッ！　とまるで猫のような声で威嚇し始めた。

「そんな考えは徹頭徹尾全くないが」

「なっ⁉　そこまで断言するとは……！　はっ……⁉　ま、まさか……すでに気を引く必要もないほどの仲だと言うんですの⁉　すでにお姉さまとは男女の関係で……く、口に出すのもはばかられるような淫らな閨け……」

「落ち着きたまえ」

ズゴベシャッ！　と凄まじい轟音を立てて、海人の鉄拳制裁がシリルを襲った。

今朝のルミナスの時よりも威力が跳ね上がっているのか、彼女は地面に頭をめり込ませてしまっている。

ジタバタと外に出ている体が元気に動いているあたり、しっかりと防御していたようだが。

「あ……あんたってホントに女相手でも容赦ないわね」

ルミナスが畏怖を隠そうともせずに海人の顔を見る。

実年齢はともかく、シリルの外見は掛け値なしの可憐《かれん》な美少女である。

色々な意味で普通は殴るにしても手加減をしてしまうはずなのに、彼は迷う事なく鉄拳を叩き込んだのだ。

むしろ腰が引けない方がおかしい。

「……しまった、加減が上手くいかなかった。まさかこんな事になるとは……」

が、ルミナスがよく見ると海人は若干悔恨の表情を浮かべていた。

それを見て『一応手加減する気はあったんだ』と安心しかけたところで、

「これでは話が聞かせられん」

外道な台詞《せりふ》に思わずこけた。

何とか立ち上がって怒鳴りつけてやろうとした瞬間、

「な、なんてことするんですのぉぉぉぉぉっ⁉」

頭を地面から引き抜いたシリルの怒声にかき消された。

童顔ながらも整っている顔は土まみれになり、絹糸のような金髪も薄汚れ台無しになっている。

はっきり言って普通の人間ならばここまでやったら多少は罪悪感を持つだろう。

「暴走していたから落ち着かせようとしたんだが……逆効果だったか」

――この冷血男はそんな殊勝な物は抱かなかったようだが。

「あんな一撃普通は死にますわよ⁉　まさか永眠すれば永遠に落ち着くっていう意味ですの⁉」

「いや、そんなつもりはなかったぞ。今朝ルミナスは寝惚けた状態で無事だったからな。その第

一の部下なら、あれぐらい大したことはなかろうと思っていたんだが……」

「……ふっ！　その通りですわ。この私があの程度の一撃でダメージを負う事などありませんわ！」

　高笑いが聞こえてきそうなほど偉そうな態度で土にまみれた髪をかき上げ、その慎ましやかすぎる胸を張った。

　随分と単純な性格のようである。

「うむ、大したものだ。で、頭は冷えたかな？」

「……ええ、これ以上ないほどに。冷静に考えればやや純情にすぎるお姉さまが、この短期間に殿方と付き合って深い仲というのは考えられませんわね」

　シリルは軽く肩を竦めて断言した。

　馬鹿にしたようにも聞こえる部下の言葉に、ルミナスの頬が若干引きつった。

「な～んか言い方が引っかかるけど……まあいいわ、とっとと魚買いに行きましょ」

「その必要はありませんわ。この袋の中身は先程買ってきた大量の魚と良さそうな肉ですので。もっとも他の隊員がやってきた場合はさすがに足りないでしょうが」

「どうせ当分は来る元気なんかないでしょ」

「……そうですわね。それでは参りましょうか」

　シリルは上司の断言に、なにやら悟りきったような顔で頷き、一足先に飛翔する。

　そしてルミナスは海人に荷物を持たせ、すっかり慣れた様子で彼を背中から抱え上げた。

「お、お姉さま!?　何でそんな羨ましい事を……!!」

それを見たシリルが甲高い声を上げ、魔法を解いて二人の前に着地した。

そして敬愛する女性に半ば抱きつかれるような体勢になっている男を、憎々しげに睨みつけた。

「は？　……あ⁉　じ、実はこいつ飛翔魔法が使えないのよ。それでしょうがないから私が運んでやってるの」

ルミナスは初めはシリルが何を言っているのか分からなかったが、すぐに自身の失敗に気付いた。

慌てながらも、とりあえず最小限の事実だけを説明する。

「そ、そんな⁉　それならば私が運びますのでお姉さまは荷物を持ってくださいまし！」

シリルは海人を強引にぶん取り、その胴体に抱きつくような体勢になる。

まるで木にしがみついているコアラのようだったが、そのまま魔法で飛翔し始めると今度はUFOキャッチャーが大きなぬいぐるみを捕まえてるかのように見える。

いつ手が滑って落とされても不思議はなさそうな光景だ。

「念のために言っておくが、わざと落とさんでくれよ？」

海人は一応釘を刺しておくことにした。

出会ったときの印象からすれば、彼女ならそれぐらいは嬉々《きき》としてやりそうに見えた。

「御安心を。お姉さまの目の前で殺す事だけはありませんわ」

「ルミナス、頼むから彼女から目を離さんでくれ。さすがにこんなしょうもない事で死ぬのは嫌だ」

「……了解」

返答しつつ、海人の怯えを感じて意地悪げに笑っている部下に頭を抱える。

ルミナスからすればシリルのニタニタと笑っている表情で、彼女が本気でないのは丸分かりだ。

しかもシリルは単に海人を抱えるのではなく、念を入れて服を掴んでいる。

強烈な鉄拳で地面に叩き込まれた仕返しで意地悪くからかっているのだ、と容易に分かる。

殺意があるどころか、シリルにしてはかなり懐いている方だ。

自覚があるのかないのかは分からないが、それを海人には一切悟らせない捻《ひね》くれた部下に、ルミナスは溜息を堪えられなかった。

◇◇◇

家に戻った海人は台所で材料を袋から出して並べていた。

ルミナスのリクエストで、昨日のメニューに焼き魚を加えて完全版を作ってほしいと言われたので、本日も彼が料理を作る事になったのである。

シリル提供の魚をざっと見たところ、見た目の特徴で自分の知識の中にある物はアジ、サバ、スズキ。

残りは元の世界では見た事のない魚なので、今日はサバを塩焼きにする事にする。

それを決めると同時に、一緒に並んだ昨日買ってきた野菜を見て海人の頭にある考えが浮かんだ。

「ルミナス、今日のメニューは昨日と少し変えていいか？」

「具体的にはどう変わるの？」

「まず味噌汁の具を少し変える。焼きおにぎりはなし。その代わり昨日買ってきた野菜で他に何品か作る。全部食べ終えて足りなければおにぎりを焼く、という事でどうだ？」

「いいわよ。むしろ楽しみ」

「期待に沿えるよう頑張ろう」

ルミナスの言葉に海人は何を作るか考え始める。

漬物があり、味噌汁の具との兼ね合いもあるので数は多く作れない。

ならばきっちり吟味した上で選び抜いた皿でなければならないだろう、と熟考している。

考え込んでいる海人を横目に、ルミナスとシリルは椅子に座ってのんびりと会話していた。

「ところでお姉さま。おにぎり、味噌汁といえばヒノクニの基本料理ですが……よく材料が手に入りましたわね。この国で味噌や米を取り扱っているお店は聞きませんけど……」

「カイトの持ち込み。家賃代わりよ。そこの果物もね」

「あら、こんな果物初めて見ますわ。一ついただいてもよろしいですか？」

見覚えのない果物に興味を引かれ、シリルは一応尋ねつつ手を伸ばす。

いまだかつて彼女の敬愛する上司は金がないと愚痴りつつも、果物一つをケチるような事はなかったのだ。

――――そう、今までは。

「駄目」

「え？」

予想外の制止に、シリルの手どころか体全体が凍りついたかのように止まる。

それは何も意外だったというだけでなく、聞こえた声に含まれた強烈なプレッシャーによるところが大きかった。

「駄目。数が少ないのよ」

ルミナスは重ねてシリルに警告する。

普段ならば数多ある問題点を差っ引いてもまだ可愛い部下に、果物一つで目くじらは立てないが、今回は違った。

目の前の果物は彼女がこれまで食べた中でも最高級の極上品。

それだけならばともかく、少なくともこの近隣では手に入らない物で、海人が魔法で作る以外に新たに入手する方法は当面ない。

そしてシリルがやってきた以上、彼女は確実に次の召集まで滞在する。

慎重な性格の海人ならば創造魔法の秘密保持を考え、この家では果物を作らなくなる可能性が高い。

ならばシリルの滞在を断ればいい、というのは論外。

今までルミナスは部下の滞在は人数が増えすぎた時以外断った事はないため、確実に理由を聞かれる。

嘘をつく事が苦手な彼女では、意外に鋭いシリルをごまかしきれる可能性は極めて低い。

つまり、最悪の場合目の前の果物は今ある物がなくなればしばらく――下手をすれば永遠に――食べられない。

いかに可愛い部下といえども、譲る気にはなれなかった。

「お、お姉さまそんなに言われてしまうとなおさら食べてみたくなるのですが……」

「食ったら八つ裂きね♪」

ルミナスの笑顔の裏にある鬼神の殺気にシリルは、ひいっ⁉　と悲鳴を上げ、腰を抜かした。

「……まだ私の部屋にあるから構わんだろう？」

「あれ？　まだあったの？」

とりあえず考えをまとめて台所から出てきた海人に、いいの？　と目線で尋ねる。

「ああ、いくつか持ってくるから、早速皮を剥いてシリル嬢に食べさせてやれ。ついでだから、昼に君が食べそこねたあれも持ってこよう」

海人は言葉の裏でシリルの足止めをルミナスに頼み、その間に果物や護身具その他など、作れる限りの物を作るべく自分の部屋に向かった。

◇◇◇

海人が作った柿を持って戻ってくると、リビングでシリルが至福の表情を浮かべていた。

頬に軽く手を当て、口にフォークをくわえたまま感動に身を震わせている。

「お、美味しいですわ……‼　こ、この気品のある甘さ、しっかりと甘みはあるのに刺激が強すぎず弱すぎず……やや食感が硬いですが、それを補って余りあるほどに美しい味ですわ‼」

「満足してもらえたようで何よりだ。ほれ、ルミナス」

海人は小さな体全体で歓喜を表現しているシリルを横目に、ルミナスに芋を渡した。

渡された瞬間、彼女はぱくりとかぶりつき、驚きと歓喜に目を見開く。

「あっま〜〜〜い♪　うわ、これ絶対芋じゃないでしょ⁉　裏漉しして形を整えれば、そのまま高級デザートとして売れそうなぐらい甘いわよ⁉」

「お姉さま！　それも一口くださいまし！」

「うっ……しょうがないわね。一口だけだからね⁉」

目をキラキラと輝かせて懇願する部下に、ルミナスは渋々ながらも折れた。

なんだかんだ言っても、甘い性格らしい。

「承知しておりますわ」

手渡された芋を小さい口で齧り、もぐもぐと咀嚼する。

味わい始めてすぐに、彼女の表情がだらしなく緩み始めた。

そして嚥下《えんか》した瞬間、一転して表情が落胆で満たされる。

ルミナスにチラリとねだるような視線を向けるが、彼女は無情に手を突き出してきた。

そしてシリルは手元の芋に悲しげに視線を落とし、

「……ごめんなさいお姉んぎゃ⁉」

齧りつこうとした瞬間に、ルミナスのデコピンで頭を弾かれた。

デコピンのイメージからは程遠い威力によって、シリルの体が椅子から派手に転げ落ちる。

そして彼女が芋を取り落とした瞬間、ルミナスはそれをキャッチして口に運んだ。

「て、手加減なしですの……？」

「デコピンなんだから十分手加減してるでしょうが」

「ううっ……額に穴が開きそうな一撃は手加減とは言いませんわ……」

痛そうに額をさすりながら、シリルはルミナスの口に運ばれていく最後の一口を切なげに見送った。

そんな彼女を眺めながら、海人が口を開く。

「ところでシリル嬢、味の方はどうだった？」

「あ、はい。柿も芋も甲乙つけがたいほどに美味しいですわ。柿の上品な甘さも、芋の濃厚極まりない甘さも魅力的です。カイトさん、どちらでも良いので今度仕入れられた時は私にも売っていただけません？」

「やめときなさい。その柿って果物はシェリスが一個一五〇〇ルンの値をつけたやつよ。芋の方はまだ値段つけられてないけど」

「せ、一五〇〇ですの？　い、いえ確かにこの品質ならば惜しい金額ではありませんし、今回の報酬はほとんど使ってませんから余裕もあるのですが……こんな物食べたら並の甘い物が食べられなくなってしまいますわ！　年をとって傭兵をやめねばならなくなったら、私はどうすればいいんですの⁉」

「いや、そう言われてもな。いくらでもやりようは……」

「ま、まさか若い間はお金はいらないから体で……⁉」

外見的には将来有望ではあるが、今の彼女の体で普通の男を欲情させるためには色々と足りていないものがある。

彼女の体に欲情するのは節操がないか特殊な趣味の持ち主かなのだが、シリルは己の体を隠すように自らの両手で抱きしめる。

「上司と同じ妄想をするなあっ‼」

ドゴォッ！　とシリルに本日二度目の鉄拳が振り下ろされる。

さすがというべきか、今回は頭を押さえてうずくまっているだけである。

それでも声が出ない程に痛いようで、パクパクと金魚のごとく口を開け、色々台無しな表情で涙目になっているが。

「あのな、傭兵ができなくなったらなったで別の商売を始めるとかあるだろう。他にも傭兵やってる間に倒した敵の装備品をかっぱいで売り捌いて収入を増やすとか、現役のうちに名を揚げて武術の指導者として稼ぐとか……」

そんな彼女の様子を心配するでもなく説明を始める。

彼の姿だけを見ていると、出来の悪い生徒に根気強く教える教育者のように見える。

「あ～、そういやそういう手段もあるわよね。敵の装備品売っぱらうのは余裕があればいつもやってるけど……私は商売には向かないからやるなら指導者かしらね」

「お、お姉さま……可愛い部下が悶え苦しんでいるのに一切同情なしですの……？」

シリルは痛む頭を押さえながら上目遣いで尋ねる。

その姿は普通の男ならばコロッといってしまいそうに愛らしいのだが、

「そんな程度でどうにかなるんじゃ私の部下やってらんないでしょうが」

「後は物覚えが良い若い間に暇を見つけて知識を身につけ、医師・薬師・教師など体を使わん職業に転職するぐらいだな。人としてどうかとは思うが、子供を産み子供に金をせびるというのもありか。育て方によってはかなりのリスクが発生するだろうがな」

冷静な言葉を吐く非情な上司と、そもそも彼女の事を見てすらいなかった冷血男には何の効果もなかった。

あまりにも無体な二人の態度に、シリルは床に両手をついてガックリと項垂れた。

「うう……誰か私に同情してくださる優しい方はおられませんの……」

シクシクと涙を流す彼女に、ようやく海人が視線を向け――

「まあいずれにせよ、私がここに居候している間はルミナスからは金は取らん。そして、彼女が頼むのであれば君からも金を取ろうとは思わんぞ」

おそらく彼にしては慈悲溢れる事を言った。

実際海人はこれでシリルは安心するだろうと思っていた。

「えっ……？　お姉さま‼」

希望に目を輝かせてルミナスを振り返る。

「却下。さっき約束破ろうとした罰よ」

そして無情に突き落とされた。

「即答⁉　ああ、冷たい、冷たすぎますわお姉さま……」

「ええ、冷たいわよ。だからいい加減私の……」

「でもそんなところも素敵ですわぁ♪」

シリルは油断していたルミナスに両手を広げて飛び掛かった。

隙を突かれたせいで反応が遅れ、彼女の豊かな胸に小さな顔が埋《うず》められる。

ルミナスは『家帰ってすぐ鎧外すんじゃなかったぁっ！』と絶叫し後悔するが、後の祭り。

不埒な部下はそのままグリグリと堪能するように頬擦りを始めた。

「ふむ、幾度邪険にされても諦めぬ愛か。私には理解しがたいが、素晴らしいかもな」

「素晴らしくない！　ああ、この変態はもうっ……‼」

まるでスッポンのごとく張り付いて離れないシリルを必死で引き剥がそうとする。

が、がっちりと背中に回された両腕でロックされているために上手くいかない。

「うむ、仲良き事は美しきかな。さて、そろそろ食事を作らねばならんだろうが……まあ君らが楽しんでいる間にすませておこう」

どたばた騒いでいる二人を尻目に、海人は先程作っておいた着火装置を部屋に取りに行こうと考える。

魔法を使える二人の手が塞がってしまったので、自力で火をつけなければならないのだ。

幸い、二人は海人に注意を払う余裕はなさそうであり、台所は二人の位置からは死角になっているので特に問題はない。

戻る前に他に必要な物がないかもチェックするが、幸い米はまだたっぷり残っているし、水も昨日の残りがまだある。

炭も余っているため、わざわざ魚を焼くための七輪用に新しく作る必要はない。

着火装置だけあればいいと再確認し、米をとぎ、三人分の魚を捌いて軽く塩を振り、味噌汁の具を切り、一通りの準備を整えてから海人はスタスタと自分の部屋に戻っていく。

「こら！　見捨てるな‼　助けろぉ～～～～～‼」

悲痛な声で助けを求めるルミナスと、その胸に顔を埋めて悦に入っているシリルを視界に入れないようにしつつ。

◇◇◇

海人が今日の料理を作り終え、トレーに載せてテーブルに持ってくると、がっくりと項垂れたルミナスとやたらと元気になっているシリルの姿が視界に入った。

「食事が出来たが……大丈夫か？」

「ううっ……もうお嫁に行けない」

声をかける海人に返事もせず、シクシクと涙を流すルミナス。

少し乱れた服といい、胸元に見える唾液の跡といい、何があったのか容易に想像できてしまう姿だ。

「久しぶりにお姉さまエネルギーをたっぷり補充しましたわ～～♪　あら、いい匂いですわね」

「うむ、冷めないうちに食べてくれ……ほれ、ルミナスも」

「それだけ⁉　こんな無惨に辱められた私に対して同情とかなし⁉」

特に慰めもしない海人に八つ当たり気味に食って掛かる。

さらっと見捨てられた事を考えればあながち八つ当たりともいえないが。

「そんな事より食べ物は熱いうちに、というのは食事の鉄則だ」

「そんな事⁉」

暗に自分の貞操が一回の食事以下だと言われ、ガーンとショックを受ける。

が、そんな彼女にはお構いなしに二人は食事を始めた。

「美味しいですわ〜〜〜♪　カイトさん、この魚に掛けてある調味料はなんですの？」

「それは醤油といって大豆を発酵させて醸造して作る調味料だ」

「ああ、これが……ヒノクニの食材って侮れませんわね。これ、お肉に付けて焼いても美味しいのではありません？」

「うむ。隠し味に使ってもうまいぞ」

初対面時の険悪さが嘘のように明るく話しかけてくるシリルに、海人も穏やかに応じる。

やはり美味しい物の力は偉大という事なのか、二人共かなり仲が良い友人のように見える。

なんとなく取り残された気分になり、仕方ないのでルミナスも食べ始めた。

「確かに美味しいけど……」

クスン、と一度僅かにすすり泣き、食べ進める。

しばらく釈然としない表情で食べていたが、急に何かを思いついたような表情になり、それからは普通に食べ始めていた。

——不運な事に、海人もシリルも食事と互いの会話に夢中で彼女のその邪悪な表情を見る事はできなかった。

◇◇◇

「カイト、デザートはあのマンゴーって果物ちょうだい——意味は分かるわね？」

　全員が食べ終え、海人がデザートをどうするか考え始めた矢先に、ルミナスが含みのある言葉を放った。

　表面上は穏やかだが、彼女の笑顔には反論を許さぬ圧迫感がある。

「あ、ああ、取ってくるから少し待ってろ」

　彼女の言葉の真意を悟らざるをえなかった海人は慌てて自室に戻り、先程作っておいた何種類かの果物の内、マンゴーを二個だけ持って急いでリビングに戻る。

「昨日と同じように切ればいいか？」

「うん、お願いね？」

「甘い良い香りですわねぇ……あら？　あの、私の分は……？」

　甘い香りを漂わせながらマンゴーが皿に盛られたが、用意されていた皿は二つのみ。

　それらは海人とルミナスの前にフォークと一緒に置かれ、シリルの前には何も置かれなかった。

「ないわよ。そこで私たちが美味しそうに食べてるのを見てなさい」

「酷っ!?　仕返しとしては少々陰湿ではありませんの!?」

「あっはっはー、何と言われようと知ったこっちゃないわよー」

「ううっ……ふ、甘いですわねお姉さま。多少懐は痛みますが、カイトさんから買えば……」

「ちなみにこれ、シェリス曰く一個二万ルンは堅いそうよ」

無駄な足掻きをする不埒な部下の希望を叩き潰す。

シリルの財布に普段から入っている最高額も今日彼女が買って来た食材の値段もすでに予測済み。

偶然ではあるが、買い取るという選択肢は八割がたシリルには残されていないと判断できていた。

「んなあっ⁉　て、手持ちがもう一万五千ルンしかありませんのに⁉　しかもそれだけの値打ちがある味なんてますます食べてみたく……‼　はっ……⁉　な、なるほど嘘ですわね⁉　実はもっと安いのでしょう⁉」

「いや、昨日間違いなくシェリス嬢はそう言ってたぞ」

「そんなっ⁉　……あの、カイトさん物は相談なのですが、後ほどお支払いしますのでこの場はツケに」

「売ったらお仕置きバージョン2ね。ちなみに一昨日のは序の口よ」

この期に及んでまだ足掻き続ける愚か者を嘲笑《あざわら》うかのように海人に釘を刺す。

「すまん、シリル嬢。売るわけにはいかない」

「のおおおおっ⁉　ぐうっ……む、無念ですわ……」

「……しょうがないわね。カイト、一口だけあげて」

ルミナスは項垂れるシリルに仕方ないなあ、という表情で海人に指図する。

悪魔を見るかのような目を向けてくる彼に構う事なく、幸せそうにマンゴーを食べ進める。

「普通自分のじゃないのか？」

「嫌よ。もったいないもの」

嘆息しながらせめてもの抵抗を試みる海人を、ルミナスは無情に切り捨てた。

仕方なしに彼も諦めてフォークに一口分突き刺し、最後の抵抗としてシリルに尋ねた。

「シリル嬢、食べかけだが構わんか？」

「構いませんわ！　早く一口くださいまし！」

「……ああ、ほら」

「……お、お、お、美味しいですわぁ～～～～～～～～～～～～～～‼　こ、この濃厚かつ鮮烈な甘み！　滑らかな舌触りと噛むたびに溢れる果汁‼　ああ、あともう一口だけくださいまし‼」

目を剥いて感激した後、まるで砂漠で水を求める旅人のように海人に向かって手を伸ばす。

が、その手はルミナスに優しい手つきで無情に払い落とされた。

「ふっふっふ。駄・目・よ♪　一口だけ。分かってるわよねカイト？」

「……ああ、分かってる」

海人はルミナスの愉悦をたっぷり含ませた言葉に憂鬱そうに頷く。

そして分かりやすすぎる罠《わな》にあっさりと引っかかってしまったシリルを哀れむように見つめた。

「そ、そんなこれでは生殺し……⁉　あの、まさか……？」

「味見しなければもうちょっと楽だったかもしれないわねぇ？」

愕然《がくぜん》とするシリルをとても楽しそうに嘲笑う。

「お……お……鬼ですわお姉さま‼　ここまで残忍な所業、悪魔が乗り移ったとしか思えませんわよ!?」

「はっはっはー、ざまあみろってのよー」

どうやらセクハラかまされたのが余程腹に据えかねたようである。

ケタケタと愉《たの》しげに部下を嘲笑いながら、ルミナスは美味な果物に舌鼓を打っていた。

「くうう……はっ!?　そういえば、何も正攻法で手に入れる必要はありませんでしたわねぇ……」

追い詰められたかのように後退《あとずさ》った瞬間、シリルはほぼ確実に手に入れられる手段に気が付く。

拳に力を溜め、獲物を奪おうと振り返ると――

「どうかしたのか？」

海人がそ知らぬ顔をして空になった皿を見せた。

身に迫る危険を的確に察知していたようだ。

果汁まで全て飲み尽くされて綺麗になっている器を目にして、シリルはがっくりと膝をつき、悲痛に天を仰ぐ。

「ああ……か、神よ、何ゆえこのような残酷無比な試練を私にお与えになるのですか……？」

「家出の時にあんたがやった事考えるとしょうがないんじゃない？」

「ん？　シリル嬢は家出中なのか？」

「家出の過程で勘当されていますので、すでに家出ではありませんけれど。その際に色々あって死にかけていたところを、お姉さまに拾っていただいたんですの」

「そんで、私が鍛えて今の傭兵団に放り込んだってわけ。はあ……あんとき見捨てときゃ今の苦労はなかったかもしれないわねえ……」

嘆息し、ルミナスは肩を落とす。

元々シリルは命の恩人である彼女に懐いていたが、段々それがエスカレートしている。

同性愛的行為に走り始めたのはつい最近だが、このままいくと貞操を奪われるかも、と半分本気で心配していた。

「あら、お姉さまにそんな事ができたとは思えませんけれど？」

「そうだな。捨て猫を見たらその場は見捨てたとしても、毎日心配で見に行くタイプだ」

「分かってますわねカイトさん。実際以前ラミシーブという街で捨て猫を見つけてしまったときは……」

「うっさい黙れ」

ゴンッ、と鉄拳が振り下ろされる。

「あうう……今日はよく頭を殴られる日ですわ……馬鹿になったらどうするんですの？」

「多少馬鹿になった方がまともな方向に興味が向くかもしれないでしょ」

「私としては、より暴走して君の抵抗もむなしく最後までという方が面白……」

ドゴンッ、とかなりの破壊力の拳が振り下ろされる。

その勢いに逆らう事もなく、というかできずに海人は頭をテーブルの上に叩き落とされる。

「ありゃ、やりすぎたかな？」

その言葉を証明するかのように海人はピクリとも動かない。

頭から薄く煙を立ち上らせたままテーブルに静かに突っ伏している。

試しにツンツン、とシリルが指で強めに彼の頬をつついてみるが、反応はない。

心なしか彼女の指に触れた頬の温度は冷たかったような気もする。

し～ん、と痛すぎる沈黙が場を包んだ。

「えっと……お姉さま、カイトさん動きませんが」

「だ、大丈夫よ。こいつ私より魔力多いし」

「それは驚きですけれど、いくら魔力が多くても防御に回す時間がなければ意味が……」

「だ、大丈夫だって！　ほら、憎まれっ子世にはばかるって言うでしょ。こいつの性格からすれば、あちこちから恨みかってるだろうから簡単には死なないって！」

海人が聞いていないのをいい事に結構ひどいことを言う。

といっても元の世界では彼が無数に恨みを買っているのは事実なので、自業自得といえば自業自得ではある。

「たしかにその理屈から言えばなんとなく殺しても死にそうにない気もしますけれど……」

「……人が少し意識が飛んでる間に随分好き勝手言ってくれるな」

二人の騒いでる声に起こされた海人が恨めしげな声を向ける。

が、その体はいまだに動くことなくテーブルに突っ伏していた。

「ほら！　大丈夫だったじゃない！」

「カイトさん、なんで起き上がらないんですの？」

「頭がまだグラグラしてて世界が回ってるように感じるのでな。起き上がったら倒れそうなんだ」

「貧弱ですわねぇ。あれほどの一撃があの速度で放てるのになぜそんなに脆《もろ》いんですの？」

「あのな、最初に言った通り私は普通の一般人だぞ。自慢にならんが、今まで生きてきて防御が必要になった事など数えるほどしかないわい」

「……それでなんであの一瞬であんな威力出せますの？」

シリルは海人の返答に思わず訝しげな顔になる。

通常、肉体強化は強化の度合いに応じてそれなりの時間がかかる。

と言ってもそれは一般人からすればごく短い時間で、せいぜい長くて数秒の話。

が、ルミナスたちのような戦いを生業《なりわい》とする者たちにとってはこの数秒は致命的な時間になってしまう。

肉体強化にかかる数秒の時間は慣れによって限りなくゼロに近づける事が可能だが、そのためには長期にわたって日常的に肉体強化を使用した鍛錬を行う事が必須となる。

当然ながら海人はそんな鍛錬は行っていないし、シリルにとってもそれは体つきを見れば一目瞭然である。

彼女が首を傾げるのも無理はなかった。

「ん〜……多分こいつの魔力量が狂ってんじゃないかってほど異常に馬鹿高いからよ。だから意識してれば尋常じゃない魔力量で瞬間的な力任せの強化ができるけど、反射的には無理なんでしょ」

わけが分からない、という表情になっている部下を見かねたルミナスの言葉に、シリルが軽く目を見開く。

肉体強化にかかる時間を短くする方法は実際にはもう一つある。

無駄に大量の魔力を使って強引に強化する方法だ。

肉体強化はイメージが粗雑だったり、慣れていなかったりする者が強化を急ぐと、使う魔力量の全てを肉体強化に回せず、余った分はただ無駄に消費してしまう。その場合は強化の効果自体もかなり弱まる。

それを避けるために通常は多少時間を掛けるか、鍛錬によって反射的に肉体強化を行えるレベルまで慣れるかをするのである。

しかし、そもそも使う魔力量が莫大であればこの問題はなくなる。

限界を超えた肉体強化時に表れる体の防衛反応としての痛みを無視でもしない限りは、最悪でも数日間身動きの取れない地獄の筋肉痛ですむのでリスクも一応少ない。

が、こんな無駄な事を行う人間などそうはいない。

それこそ魔力が余って仕方がないと言わんばかりの桁外れの魔力量の持ち主でもない限り。

「お姉さまがそこまで言うほどの魔力量なんですの？」

ルミナスの魔力量を知っているシリルは首を傾げる。

自分の所属する傭兵団全体では第四位の魔力量ではあるが、ルミナスの魔力は傭兵業界屈指の値。

第四位という位置にしても、第一位と極端な大差があるというわけではない。

その彼女が狂ってるだの異常だの馬鹿高いだの言うような魔力量の値はなかなか想像しがたかった。

「数字聞けば馬鹿馬鹿しくなるぐらいにね。カイト、言っちゃってもいい？」

「構わんぞ。むやみやたらに口外しそうなタイプにも見えんしな」

「ありがと。いい、シリル。正気を保ちなさい……七七五万よ」

「は？　あの、お姉さま……聞き違いか言い間違いだと思うのですが……今まで聞いたことがない数値に聞こえましたが？」

「私の四倍以上よ」

「つ、つまり、私とお姉さまを合わせてもとても届かない化物ということですの？」

「そういうこと。考えなしに魔力砲ぶっ放しまくるだけでも、そこらの並の傭兵団なら蟻《あり》でも踏み潰すように壊滅させられるでしょーね」

「ん？　魔力砲とはなんだ？」

今日調べた文献には載っていなかった単語に海人は反射的に尋ねた。

名前の印象からして魔法具の一種かと感じたが、少なくとも今日彼が調べた中には載っていなかった。

「あ～……ぶっちゃけて言えば魔力をそのまま撃ち出す攻撃の事よ。例えばこんな感じで」

言葉が終わると同時に瞬時に彼女の手の前にバスケットボールほどの大きさの魔力の光球が作られ、シリルに向かって放たれた。

「何も私に放たなくても……」

彼女は慌てることなく、相当な速度で飛来する光の球を軽く右手を振ってかき消す。

どうやら速度や大きさに反して威力はほとんどなかったようだ。

「密度はほとんどなかったでしょ。で、こういう攻撃なんだけど、実は魔力消費の割りに威力がかなり低くてね。だから実用的な威力を出すためには一発あたり一万程度の魔力、上位魔法クラスの威力を出すためには七十万は必要なの。まあ魔法を使わない以上、増幅も何もしないんだから当たり前っちゃ当たり前なんだけど。ただ、術式を使わない分速射性が高いのよ。ま、上位魔法クラスの威力を出すとなれば、さすがに溜めで十秒ぐらいはかかるだろうけど」

「つまり……私は練習さえすれば、十一発までなら上位の攻撃魔法を十秒程度で放てるようなものだということか？」

「そういう事になりますわ。使い所さえ間違えなければ一撃で数十人葬れる攻撃を短時間で乱発できるなど、才能の残酷さとしか言いようがありませんわね。世の中不公平なものですわ」

暢気《のんき》な海人の言葉に、シリルは不貞腐れたような顔になった。

自分たちのような戦いを生業とする者より、目の前のろくに体も鍛えてない男の方が圧倒的に魔力が高いなど、世の不条理を痛感せずにはいられない。

筋違いとは分かっていても、海人に恨みがましい視線を向けてしまうのは仕方ないといえば仕方ない事だった。

「でもシリル、今度仕事があった時にこいつを無理矢理戦場に連れてって後衛に回せば……」

「それなら生存率が一気に上がりますわっ！　さすがはお姉さま！　素晴らしいアイデアです‼」

「私の意志は⁉」

「大丈夫よ。その時は目が覚めたら戦場だから」

「微塵も大丈夫ではなさそうだな⁉　というかどうやって連れて行くつもりだ⁉」

「それは乙女のヒ・ミ・ツ♪」

人差し指を優しく口元に当て、軽くウインク。

仕草自体は可愛らしいし、それをする人間の素材も良いのだが、いかんせん慣れていない仕草であるため違和感がかなり大きい。

「ここまで似合わん奴も珍し……ぎゃあああああああああっ⁉」

正直だが余計すぎる発言によって、海人の頭はルミナスの細指に鷲掴みにされた。

魔力で強化された指の力が、ミシミシと不吉な音を奏でている。

「命知らずですわねえ。お姉さま相手に躊躇なくそんな発言をなさるなんて」

「頭良さそうなのに人間関係では学習能力ないのかなぁ～♪　カナールの街でも随分と馬鹿にされたし、一度徹底的にお仕置きしてあげた方があんたのためかしらねぇ～？」

ルミナスは晴れやかな笑顔のまま、握っている右手により力を込めた。

さらにそのまま海人を片手で地面に引き倒し、ズルズルと引きずっていく。

「ひいいっ⁉　シ、シリル嬢！　助けてくれ‼」

「嫌ですわ。私まで巻き込まれてしまいます。まあ、観念してお姉さまの拷も……愛の鞭《むち》を受けることですわね」

自分に向かって哀れっぽく手を伸ばす海人を冷たく切り捨て、残っていた紅茶を優雅に一すすり。

海人を助ける気など全くないようだ。

「今拷問と言いかけたな⁉　私はいったい何をされるんだ⁉」

「それはこれから身を以《もっ》て知ることになるわよ～♪　さ、ちょ～っと別の部屋に行きましょうねぇ～～？」

「だ、誰か助けてくれえええぇぇぇーーーーっ‼」

因果応報、自業自得、そんな意味を込めた視線でシリルに見つめられた男の、来るはずもない助けを求める悲鳴が、空《むな》しく家中にこだました。

第7章

楽しき日常、されど忍び寄る不穏

明るい日差し、冷たくも爽やかな空気、そして固い床板の感触。

深夜までルミナスにいたぶられていた海人は、それらによってゆっくりと意識を覚醒させられた。

いまだ目覚めきらぬ虚《うつ》ろな意識の中で、彼は苦笑する。

（口は禍《わざわい》の門、か。久しぶりに実感させられたな……まだ温いが）

彼は優しくかけられていた毛布から這い出て重くなった体を起こすと、水を飲んで意識を完全に叩き起こそうとリビングに向かう。

痛む腕でドアを開けると可憐な先客が優雅にテーブルで紅茶をすすっていた。

「おはよう、シリル嬢」

ギシギシと痛む両腕を引きずりながら、声をかける。

ルミナスからのダメージは不思議なほどに残っていないのだが、昨日振るった鉄拳制裁の際の肉体強化のせいで、両腕を強烈な筋肉痛が蝕《むしば》んでいる。

やはり運動不足の貧弱君には分不相応な力だったということだろう。

平静を取り繕ってはいるものの、海人は内心では絶叫を上げてもがき苦しんでいた。

「あら、おはようございますカイトさん。昨日はよく眠れましたの？」

カイトの声に振り向き、一瞬残念そうな顔を見せた後、一転して笑顔になる。

「……もう少しで永眠するかと思ったがな」

笑顔になる前に聞こえた『ちっ、生きていましたか』という呟きにはとりあえず触れないことにしたようだ。

本当は抗議の一つもしたいところだったが、今は腕の痛みでそれどころではない。

「そのあたりは自業自得かと思いますわ。繊細で傷つきやすいお姉さま相手にあんな暴言を吐いたのですもの。あれでお姉さま結構気にしてますのよ？　私はそのあたりも魅力的だと思うのですけれど」

うっふっふ、と危ない表情でニタニタと笑う。

両手が微妙にわきわきと動いているあたりが変態チックな印象をさらに倍化させている。

美少女といって差し支えない外見が色々と台無しだった。

「欲望に正直なのはいいが、とりあえずあまり表に出さん方がいいな。せっかく見目が良いのに、その表情ではただの危ない変態だぞ？」

「む……大きなお世話ですわ」

見かねた海人の注意に、表情を素に戻して拗《す》ねたようにそっぽを向く。

先程とは違いその容姿に見合ったとても可愛らしい素振りだ。

「まあいいがな。ところでもう朝食は食べたのかね？」

「いいえ、まだですわ。これから朝の鍛錬がありますので、その後にするつもりです。よろしければカイトさんもいかがですか？　荒事が苦手といっても、仮にも殿方が肉体の虚弱を誇るのはいかがなものかと思いますの」

「……そうだな。どのみち今の状況では体を鍛えざるをえんしな。付き合わせていただこう」

筋肉痛はいまだにその存在を絶叫で主張し続けているが、シリルのなにやら裏に含んでいそうな笑顔を見る限り、断ったら外から手が滑ったなどの口実で矢が飛んできそうで恐ろしかった。

彼女を視界から外すよりは鍛錬とやらに付き合った方がマシ、そして腕以外の部分ならば動かしても痛くはないので鍛える理由はあると判断し、シリルの言葉に素直に頷く事にした。

「では、表に出ましょうか」

可愛らしい笑顔で玄関のドアを開け、シリルが先に外に出る。

背中に背負った矢筒と弓がどう鍛錬に使われるのかを考えると不安は消えなかったが、海人は素直についていった。

◇◇◇

外に出た瞬間、冷たい空気が肺の中に入ってくる。

ここの標高が高いからか、まだ朝早いからか凍えそうな寒さである。

「それでは軽く組手から参りましょうか？　御安心を、多少は手加減いたしますわ――不幸な事故は起こるかもしれませんが」

身を引き締めるような寒風の中、寒がりもせずにシリルが勝手に訓練メニューを決める。

「意図的に不幸な事故とやらを起こすのなら事故とは呼ばん気がするが？」

「問答無用ですわー♪」

楽しそうな声とは裏腹に凄まじい速度で瞬時に懐まで踏み込む。

そしてその一見華奢《きゃしゃ》な右手が霞《かす》んだ。

「ごふぅっ⁉」

回避どころか防御すら許されず、腹に拳をめり込められて吹き飛ぶ。

そのまま危うく崖から落ちそうになるが、かろうじて崖っぷちで踏み止まる。

一応助かったものの、拳の強烈な威力に海人は体を丸めて咳き込んでしまう。

ゲホゲホと咽る海人にシリルは躊躇う事なく追撃を仕掛ける。

「あら、気を抜くと危ないですわよ？」

彼女は背負った矢筒から二本の矢を取り出し、素早く弓に番えて二本同時に放った。

その矢は普通の矢よりも一回り大きい金属製の物。

一流の戦士相手でも有効射程内ならば、肉を貫き骨を砕く物騒な矢である。

一応手加減しているのか、狙われているのは右手と右足。

しかし、もし当たれば痛いではすまない事は疑う余地もない。

「ぬおっ⁉」

半ば反射的に体を動かして矢を回避する。

当然ながら体勢は崩れ、しかも場所は崖の縁なため今度こそ落ちそうになるが、

「落ちてたまるかぁっ‼」

海人はそれを強引に前に倒れこんでなんとかしのぐ。

無様ではあるが自分にできる最善の行動を取った彼に、シリルは感心したように小さく頷き、

「なかなかしぶといですわね。ですが、寝てる暇はありませんわよ♪」

倒れこんでいる海人に向かって、今度は矢を四本放った。

今度も手加減しているらしく、狙いやすい頭部や胴体ではなく、わざわざ致命傷にはなりにくい両腕を主に狙っている。

しかし、それとは別に彼の体全体を挟むように二本放ってるため、横に転がって避けようとすれば頭部を確実に直撃する。

「ぬおうっ⁉」

間抜けな悲鳴を上げながらも、海人は腕だけを動かしてなんとか矢の軌道から外した。

筋肉痛に苛《さいな》まれている両腕が激痛を訴えるが、それを無視して矢が地面に突き立った直後に即座に起き上がる。

時間にすれば短い防戦だがすでに息が荒い。

反応や筋力はともかく、緊張のせいもあってスタミナがついてきていないようだ。

「色々手加減しているとはいえ、大したものですわね。素人がそこまで避けきれるほど甘い攻撃ではありませんわよ？」

「たしかに荒事は苦手だが、逃げる事に関しては多少自信があって……な！」

話しながら何気なく正中線に放たれた四本の矢を思いっきり横に跳んで回避した。

そのまま崖の縁から移動して危険地帯から離脱するが、移動中にもシリルの矢は絶え間なく発射される。

放たれる矢は一本ずつ、狙いは足。これもお世辞にも見事とはいえない動きながらも回避する。

なんとか避けきりはしたものの、もはや完全に息があがっている。

「……ここまで回避されるとプライドが傷つきますわね。少し本気でいってもよろしいですか？　よろしいですわね？」

「全然よくないぞっ⁉」

「御覚悟を。秘技――《パッシングレイン》」

一度に五本の矢を番えて瞬時に空に向けて発射。それを手が霞むほどの速度で数回繰り返す。

最後の矢が発射された直後、海人の頭上に放たれた矢が降り注ぎ始める。

「うぎゃあああああああああっ⁉」

上空から飛来する矢の雨に悲鳴を上げながらも、頭上でピンと白衣を張りつつ、彼女の頭上には矢が降ってくる事はないだろうと予測して全速力でシリルに突っ込む。

「……本当に素人とは思えない判断力ですわね」

哀れなほど凄まじい形相で自分に向かって突っ込んでくる海人を見て、呆れながら溜息をつく。

素人でも平時ならば彼女の頭上には矢が降らないことは簡単に予測できるだろう。

だが実際に自分の頭上に矢が降り注いでいる状況で、矢が刺さる前に予測してシリルに突進できる者は滅多にいない。

ならば彼は素人ではないのか――これも否だと彼女は結論付けていた。

恥も外聞もない今の形相もそう判断する要因の一つだが、そもそも最初から今に至るまで矢を回避していた動きはあまりにも無駄が多すぎた。

現在も脇目もふらず一直線に突っ込んできているが、あれでは今矢を放てば確実に避けられない。

さらに見ている限りではおそらく一番重大な事に気が付いていない。

自分が本気で射殺す気であればこれまでに何回も殺せている――などとシリルが考えていると、海人にウエストを両手で押さえられた。

「ふえ?」

予想外の事態に呆気に取られていると、そのまま体を持ち上げられて海人の頭上に掲げられる。

当然ながら何が起きるわけでもないが、それでもその体勢から変わらない。

そして海人は矢の雨が過ぎ去った事を確認すると、

「ふう、やはり君の頭上は安全だったか」

と安心したように呟いた。

その言葉の意味をシリルは数瞬考え――彼の行動の意味を悟った瞬間に猛然と暴れ始めた。

「盾⁉ 私を盾にしたんですの⁉ それって人としてどうかと思いますわよ⁉」

「やかましい! 素人相手にあんな物騒な技使う奴が人としてなど言えた義理か‼ 大体もはや組手じゃなく、一方的に私が攻撃されてただけだろうが‼」

自分の頭上でジタバタ暴れながら、甲高い声で抗議するシリルに負けじと怒鳴り返す。

そして傍から見ているとまるで子供の喧嘩《けんか》のような低レベルな言い争いが行われ始めた。

そのうちに彼女が海人の髪の毛を引っ張り始めるが、彼は負けじとシリルのウエストの僅かな肉、というより皮膚を抓《つね》り上げて反撃。

彼女が頭に膝蹴りを入れれば、海人は彼女のウエストを抓るのではなく、指全体に力を込めて

握り、引きちぎらんばかりに強く横に引っ張る。

シリルはあまりの痛みに人様に見せられないような表情になりつつも、海人の頭を抱え込み、両足を使って絞め落とそうとする。

傍から見れば色々と問題のある体勢になっているのだが、両者共に気にしているほどの余裕はないらしい。

やがて、当然といえば当然すぎる結末として、海人の手の力が抜け始める。

そう、地力の差が大きすぎる上に、口も鼻も半ば塞がれたような状態で首を締め上げられている以上、彼の勝ちなどありえないのだ。

が、海人が意識を完全に手放す前に、

「はいはい。シリル、そこまでよ」

いつの間にかやってきていたルミナスがシリルを引っぺがした。

彼女は引っ掛けていた両足を外されて無造作に後方に投げられるが、空中で器用に一回転し、華麗に着地した。

海人はそれとは対照的にゲホゲホと咳き込みながら無様に四つん這いになっている。

「げほっ、げほっ……おはよう、ルミナス」

「おはよ。意識は大丈夫そうね」

「おかげさまでな」

「いや～、それにしても大したもんね。シリルの矢をあそこまで避けきるとは思わなかったわ」

「……どこから見ていたんだ？」

まるで一部始終を見ていたかのようなセリフに思わず半眼になる。

まさか部下の凶行を楽しんで観戦してたんじゃあるまいな、という問いを込めて睨む。

「あんたたちが外出たときから」

「止めてくれてもよかったんじゃないか⁉」

「特に致命傷負いそうなのがなかったからね。あの程度の威力の矢ならあんたが肉体強化してれば当たっても弾けるだろうし」

「さすがにその程度の配慮はいたしましたわ。弓を引ききっていれば避ける事もできなかったでしょうし」

シリルはいかにも心外そうな表情で軽く肩を竦める。

そう、海人は気が付いていなかったがシリルは弓を完全には引いていなかった。

命中しても致命傷にはならないようにあえて威力も速度も落としていたのだ。

「とても信じられんのだが……」

「では、今度は普通にあそこの矢を撃ち抜きますので、よく見ていてくださいませ」

言うが早いか、瞬時に地面に刺さっていた矢が砕け、代わりに新しい矢が地面に半分以上食い込んでいる。

どう見ても先程まで放たれていた矢とは威力も速度も明らかに違う。

もしこんな矢を放たれていれば、到底回避などできなかった事は間違いなかった。

「お分かりいただけました？」

実に素敵すぎるイイ笑顔で問いかける。

身の程を知れ雑魚が、という声が聞こえてきそうな妙に迫力のある微笑みである。

「……ああ、嫌というほどにな」

冷や汗を流しながら頷く。

「手加減してたっつっても、こいつの矢を見事に避けきったのは自慢していいわ。特に最後の《パッシングレイン》の時の判断力は相当なもんね。初見であれを避けきるのって傭兵でもそうそういないし」

「そもそも対多数用の技ですし、詰めも行っていませんから、一概にそうとは言えないと思いますわ」

「あのな……まあいい、早く朝食にしないか？」

海人はルミナスの意外な高評価を冷たく修正するシリルに文句の一つも言いたかったが、それよりも思い出したようにやってきた空腹感を満足させる事を優先した。

元々小腹が空いていたところに久方振りの激しい運動も加わり、彼の腹の虫が鳴っている。

「そうね。今日は何にしようかしらね」

「私は昨日の魚の残りを焼いて食べますわ。早く食べないともったいないですから。ご飯があるとなお良いのですけれど……」

「新しく炊くのには時間がかかるから、昨日の残りしかないぞ。まあ良い米だから冷や飯は冷や飯で別の美味さがあるがな」

「そうですの？　なら試しにいただきますわ。カイトさんの分もお魚焼きましょうか？」

「ああ、頼む」

先程まで喧嘩していたとは思えないようなあっさりとした態度で海人とシリルは言葉を交わす。

それをルミナスが、意外にこの二人の相性は良いのかもしれないな～、などと思いながら眺めている。

結局なんだかんだで三人は仲良く家に戻って行った。

◇◇◇

朝食を終え、三人は食後のティーを啜りつつ一息ついていた。

普段はストレートだが、今日は冷え込みの強さを考えてルミナスが摩り下ろした生姜《しょうが》が入っており、ジンジャーティーになっている。

程よく体が温まったところで海人がルミナスに話しかけた。

「さて、ルミナス。もう少ししたらシェリス嬢の屋敷への配達に行かせてもらえるか？」

「いいわよ。シリルは今日はどうする？」

「私も付いて行きますわ！　お姉さまとカイトさんを二人きりになどさせません！」

ルミナスの左腕に自分の腕を絡ませ、向かい側に座っている海人を威嚇する。

ただし昨日とは違い警戒感や殺気はなく、どことなく楽しんでいるようにも見えた。

「あんたね……まあいいけど、あんま騒ぐんじゃないわよ？」

「分かってますわ。それと後程カナールの武具屋に寄ってもよろしいですか？　そろそろ矢を補充しないといけませんので」

「それなら私も行こうと思ってたから構わないわよ。カイトもいい？」

「ああ。武具屋にも興味はあるからな」

「ん。そんじゃ、準備して行こっか。あんま時間かけると武具屋行く暇なくなるかもしれないし」

ルミナスの言葉に二人は頷き、準備を始める。

といっても二人はすでに武器も鎧も装備しているため、後は海人の部屋にある荷を纏めるのみ。

それほど時間を掛けずに準備を終え、三人はシェリスの屋敷に向かった。

◇◇◇

昨日と同じようにオレルスの案内で応接間にやってくると、部屋の中でシェリスとスカーレットが待っていた。

スカーレットは調理服ではなく丈が足首まである紺のエプロンドレスを着ており、昨日よりも控えめな印象になっている。

三人が部屋に入ると、オレルスはそのままドアを静かに閉めて去っていった。

シェリスに席をすすめられるが、海人たちは座る前に持ってきた食材を近くに用意してあった大きな台車の上に置く事にした。

ほどなくして置き終えるが、台車の上にずらりと並ぶ大きなメロンの入った木箱と、ラベルを剥がされた醤油の一升瓶は異様な存在感がある。隅にちょこんと置かれた寂しげな蜜芋がそれをより引き立てている。

が、すぐにスカーレットが味見用の物だけをテーブルに移し、台車を動かして目立ちにくい部屋の隅に運んでいったため気にはならなかった。

台車を移動させると、彼女は人数分の紅茶を淹れ始める。さすが料理人と言うべきか、実に淀みない見事な手並みだ。

スカーレットが紅茶を全員に出す時には、すでに彼女以外の全員が席についていた。

「今日はシリルさんもご一緒ですけど、もう完調なんですか？」

シェリスが三人にそう言って微笑みかける。

昨日も尾行させていたシャロンからの報告で、シリルが二人と接触した事は知っていたため、彼女は驚きはしなかった。

報告を聞かされた直後は海人の運のなさに同情しつつ、頭を抱えたが。

「いいえ、先日ようやく動く気力が戻ったところですわ」

「やはりしばらくはルミナスさんの家に？」

何気なく探りを入れる。

シリルに限らず、休暇中のルミナスの部下が彼女の家に向かった場合、最低一週間は泊まり込む事が多い。

当然、魔法をばらしたくない海人が魔法を使える機会は激減する。

しかも使えたとしても下手に物を増やせば、ほぼ確実にどこに置いてあるのかという疑問に発展する。

どう足掻いても果物を定期的に卸す事は難しくなる。

シェリスは様々な小細工を一晩中考えたが、どれもこれも早い段階で破綻する可能性が高い。

当面は手詰まりの状態、と彼女は結論を出していた。

最後の極めて薄い可能性に賭け、自分の言葉の否定を願いながらシリルの様子を窺う。

が、そんな彼女の思いを知る由もないシリルは、シェリスの望みを無自覚に叩き潰す。

「もちろんですわ。どうせ次の仕事が来るまでは暇ですし、それまでお姉さまの側《そば》にいたいですもの」

「相変わらずですね」

なんとか平静を取り繕ってはいるものの、シェリスは思わず肩を落としそうになるのを抑えるのに必死だった。

が、今考えても仕方ない、と迅速に頭を切り替えて話を変える。

「さて、早速だけどスカーレット、その網目模様の果物の半分を人数分に切り分けて。昨日と同じようにあなたも試食して値段を出してね」

「あいよ。これ、中の種とひだみたいなのはどうすんだい？」

「ひだは食えなくもないが、種がへばりついているから食べにくい。普通はひだごと種を除いて食べる」

「了解了解っと。……ほい、お待たせ」

指示されるなりあっという間に切り分け、食べやすいように皮と果肉の隙間に包丁をいれた上で果肉を皮の上に載せたまま五つに切る。

全て切り終えたところで皿に載せ、一人一人に丁寧にフォークを添えて配った。

言葉遣いは相変わらず客に対するものではないが、この時の動作はしっかりと配膳の作法を弁《わきま》えたものである。

その気になればいつでも完璧な接客ができる事がありありと分かる動きだ。

「お、美味しいですわぁ～～♪　昨日のマンゴーというのも至福の味でしたけれど、これもこれで素晴らしいですわぁ……」

目の前に出されたメロンを頬張り、シリルの表情がとろけた。

一口一口味わうようにゆっくりと咀嚼し、一口食べるたびに、食べ終えるのが勿体ないと言わんばかりに食べる時間が長くなっていた。

「……昨日の柿も凄かったけど、これも凄いね。それに味の傾向が全く違う。昨日のはどちらかといえば毎日でも食べられる味。これは何かめでたい事があった時のお祝い用の豪勢な味ってとこか。ちと悩むとこだけど一玉二万五千。この味と量を考えりゃそれぐらい出してても買いたいよ」

「分かったわ。で、次のあんぽ柿の方は？」

「ちょっと待って。水で口の味を流してから」

スカーレットは水を飲み、口の中を軽く洗い流す。

メロンの刺激の強い味の余韻が抜けた時を見計らい、あんぽ柿を手にとって豪快にかぶりついた。

「……ん～、面白いし魅力的な食感だね。この口の中でつるっと滑らかに滑る感触がなんとも

「……これは、大きさ考えて千ってとこかな？」

「なるほど、それでは次はこれね」

スカーレットが食べ終えたのを見計らい、シェリスが蜜芋を手渡す。

「ああ、昨日の芋だね」

スカーレットは再び水を飲んだ後、芋にかぶりついた。

じっくりと味わい、味と舌触りをじっくりと確認し、口を開く。

「シェリス様、残り使って今からちょっと試して……」

「却下。値段は？」

言葉の途中で踵《きびす》を返そうとしたスカーレットの言葉をピシャリと遮った。

逃げられないようにさり気なく服も掴んでいる。

「くっ……この大きさで千。料理の素材としてはメロンより使いやすそうだよ」

「よろしい。では次はお醤油よ。それとお芋は没収ね」

掴まれているスカートを引き裂いてでも、そのまま調理場に向かいかねない料理長の手から芋を奪い取る。

そして先程から物欲しそうな表情をしていたシリルに手渡した。

「どうぞ、シリルさん。残しておくと面倒なので」

「ありがたくいただきますわ」

シリルは受け取るなり昨日一口だけしか食べられなかった芋を至福の表情で頬張り始めた。

先程とは異なり、口の小ささを補うかのような速度でパクパクと食べ進めていく。

結局、あっという間に元々少量だった芋は彼女の口に全て飲み込まれてしまった。

「ううっ……色々試したくなる素材だったのに……」

スカーレットはガックリと肩を落としながらも、一升瓶に入った醤油の栓を抜き、手の平に垂らして舐めた。

食欲をそそる香りが鼻に抜け、強い塩気が気にならないほど円《まろ》やかな味が舌全体に広がる。

以前彼女が行商人から買った物と同等かそれ以上の、極上の調味料だ。

「……うん、以前買った物とそれほど差はない。あん時は確か一本三万で買ったんだったね」

「となると全部で……三四万ルンね。その額でよろしいですか？」

尋ねるシェリスに対し、海人は先程から羨ましそうな目で見ているルミナスと、目を見張っているシリルを見て、苦笑しながら答える。

「文句があるはずもないな」

「あの～、自分で言っといてなんだけど、シェリス様ホントに良いのかい？　いくらあんたでも安い金額じゃあ……」

「いかなる金額であっても、それ以上の見返りがあれば問題ないわ。金額の心配をするよりも先に、これらの素材に見合う極上の調理法を見つけられるかを心配なさい」

シェリスは恐々とした様子で尋ねる料理長に、淡々と答えた。

冷たくも聞こえる言い方だが、その目には昨日となんら変わらぬ絶対的な信頼が宿っている。

「うっ……分かりました。とっとと仕事戻って考えます」

ガラガラと食材を載せた台車を押して退室していく。

色々とプレッシャーがかかっているようではあるが、深く考え込みながらもその目の貪欲な輝きは全く損なわれていなかった。

期待できそうだ、とスカーレットの背中を見送り終えたところで、シェリスは気になっていた事を海人に尋ねる。

「ところでカイトさん、今残っている果物の内訳を教えていただけますか？」

「ああ、まずマンゴー二十、柿が十、不知火《しらぬい》が十、キウイ二十……」

シェリスが紙とペンを握ったのを確認すると、つらつらと昨日作っておいた果物の数と種類を述べていく。

昨日は結局部屋の半分以上を埋め尽くすほどの量を作ったため、自然、言葉も長くなる。

海人はしばし言葉を羅列していき、

「最後にさくらんぼ二十箱。以上だ」

ルミナスとシリルが呆気に取られている事も意に介さずに、淡々と言葉を切った。

そしてそのまま顎に軽く手の甲を当てながら思案しているシェリスの言葉を待つ。

「ふむ、今おっしゃった物、全種類その八割を明日買いましょう。もし腐ってしまったらあまりにも勿体ないですから。ただし、さすがに当家では食べ切れませんので、転売もさせていただきますが構いませんか？」

「ああ、好きにしてくれ。……どうした二人共？」

海人はようやく二人の唖然とした表情に気が付いた。

心底不思議そうな顔で尋ねる彼に対し、二人はなんでもない、と軽く首を横に振った。

それを見て少し困惑した様子の海人に苦笑しながら、シェリスが声をかけた。

「ところでカイトさん、以後の入荷予定はどうなっていますか？」

「今抱えてる問題がなければいつでも御希望に添えるがな。その問題を何とかする方法はまだ思いつかん」

「そうですか。では、こちらの方でもその問題への対策は考えておきますので」

シリルには悟られぬように言葉を省き、二人は言葉を交わす。

両者共に似たような状況に慣れているためか、発した言葉にはなんの淀みも不自然さもない。

「……？　なにかトラブルでもあるんですの？」

「ああ、気にしなくていい。大した事ではないし、個人的な話だ」

よもや自分が二人の言う『問題』だとは夢にも思っていないシリルに、海人は簡潔に答えた。

取り付く島もないその態度に彼女は少しムッとした表情になる。

「……お姉さま、よろしいんですの？　カイトさんの事はそれなりに気に入っておられるのでは？」

「いや、私は事情知ってるし。本当に大した事じゃないしね。それに、これに関しちゃ私にできるのはせいぜい頑張ってね～って無責任に応援する事だけよ♪」

ふてくされた顔で自分に話を向けるシリルに、楽しそうな声で答える。

事実ルミナスにできる事はほとんどないのだが、こうも見事に傍観者面されてしまうと、真剣に考えている二人にとっては面白いはずもなく、

「確かにいっそ哀れみたくなるほどその通りだが、微妙に腹が立つな」

「まったくです。確かにルミナスさんが頭脳労働に向いてないのは分かりきってますが、人としてもう少し協力しようとする姿勢を見せてもいい気がします。塵芥《ちりあくた》ほどの役にすら立たなくとも」

本当に会って数日かと言いたくなるほど見事な呼吸で思いっきりこき下ろされた。

しかも計ったかのようなタイミングで同時に肩を竦め、やれやれと首を横に振っている。

「あんたらの方が酷い事言ってない⁉ ってか私どこまで馬鹿だと思われてんの⁉」

「そうですわ！ なんて酷い事をおっしゃるんですのっ‼ お姉さまは断じて頭が悪いわけではありませんわ‼」

「ああ……シリル、やっぱあんたは良い子……」

ルミナスは感動の涙を流しながら、自分のために激昂してくれる可愛い部下の頭を撫で――

「お姉さまは馬鹿なのではなく頭を働かせる気がないだけですわ！」

――ようとして、予想もしない暴言に派手にずっこけた。

悪意のない罵倒にもはや体を起こす気力すら失い、テーブルに突っ伏してしまう。

「素晴らしい、見事なトドメだ」

「え？ え？ なにがですの？」

白々しくシリルに拍手を送る海人に、何が起こったのか今ひとつ分かっていない彼女は軽く混乱する。

その何が悪かったのか分かっていないという態度が、どれほど彼女の敬愛する上司にダメージを与えるかということに気付かず。

「その態度はこれ以上ないほどの仕上げですね」

「あんたらみんな悪魔よ……」

やはり白々しくシリルに賞賛を送るシェリスの声を聞きながら、シクシクと涙をこぼして三人を恨みがましい目で見る。

海人とシェリスの性格の悪さもシリルの無自覚な暴言も彼女の繊細なハートをズッタズタにして余りあるのであった。

◇◇◇

それから一時間後。三人はシェリスの屋敷を出てカナールの街へやってきていた。

賑やかな通りから少し外れ、古びた看板が掛けられている武具屋に入る。

中に入ると店のあちこちに様々な武具が無造作に置かれており、雑然とした印象を受ける。

例外は他の物より明らかに高価な武具で、こちらはきちんと決まった一区画に並べられていた。

「おう、いらっしゃい。なんだ、ルミナスとシリルか……そっちの男は？」

「うちの居候。なんか良いの入った？」

「さっぱりだ。よく分からんが、最近この地域の近辺で極上物が出るとすぐ買ってる連中がいる。他の武具屋じゃ、普段は滅多に売れない極上物が捌けたって喜んでる奴が多いみてえだが……」

「……まさか、国？」

店主の言葉にルミナスの目が鋭く細められる。

数は少ないといっても、この男が言う極上物というのは魔法増幅用の宝石が仕込まれているため、原価だけでも相当な額になる。

そしてそれだけの原価をかけて作る物であるが故に、その武具本体を作る人間はその道の一流の職人である事が多く、最終的な額は普通の武具の百倍以上の値段になる事も珍しくはない。

大物貴族でも気軽に購入できる物ではなく、まして大量に購入するとなると考えたくもない莫大な額になる。

どこかの国が何らかの思惑で購入している可能性は十分考えられた。

「ひょっとしたら、な。が、国だとすりゃあ多分ルクガイアかエルガルドだろう。ガーナブレストは買占めなんぞやる意味がねぇし、グランベルズが極上品を買い占めるはずがねぇ」

ルミナスの問いに肩を軽く竦めて答えた。

まず、この国に隣接している国以外が買占めを行っている可能性は除外できる。

輸送の手間、リスクを考えればこの国以外で調達する方がはるかに合理的だからだ。

では隣接している国の軍事情勢を分析していくとどうなるか。

南のガーナブレスト王国は強大な軍事力を保持している。

それを支えているのは極めて優れた少数精鋭の軍隊。そして支給される武具の質だ。

しかし、かの国は数多くの腕の良い武具職人を擁している。

わざわざ他国で買占めをやらずとも、自国の職人に命じた方が安上がりだ。

この点でガーナブレストの買占めの可能性は極めて薄くなる。

グランベルズ帝国も強大な軍事力を持つが、ガーナブレストとは正反対にその傾向は質より量。

この国の軍には突出して有能な人間は少ないが、それをカバーして有り余る、他国の十数倍の兵士が存在する。

が、そのせいで一軍の将軍クラスには最高級の武具を支給されるが、それ以外の者に支給されるのは平均かそれ以下の武具。

もしも買い占めるのであれば、せいぜいが並の武具であり、極上品を買い占める可能性は極めて少ない。

ルクガイアとエルガルドはどちらも少し前の戦争で相当な被害を受け、生き残った強力な貴族たちも愛用の武具を破壊された者が多い。

この二国は非常に貴族主義的な傾向が強い国で、実力者の全てが貴族と言っても過言ではない国なため、一般兵への並の武具の再支給よりも貴族たちへの最高級の武具の支給を急いでいる可能性は十分ある。

国が絡んでいるのであればこのどちらかだろうと、彼は睨んでいた。

「一波乱あるかしらね？」

「かもな。で、どうすんだ？　スローイングダガーぐらいならマシなのもあるぜ？」

「そんじゃそれを見せてちょうだい。シリルは？」

「いつもの矢を千ほどお願いしますわ。できる限り早めにお願いします」

「あいよ、来週の頭までには何とか揃える。兄ちゃん、あんたはどうすんだ？」

「私はただの付き添いだよ。武器などろくに扱えんから、特に必要な物はない。しかし見事だな。これだけ雑然と並べてあるのに、うっすらと埃を被《かぶ》っている物すら一つもない」

海人は感心したように店内をぐるりと見渡す。

この店は商品の置き方こそ雑ではあるが、店内の清掃は見事に行き届いているため、不衛生な印象はあまり受けない。

店主がひねくれているのか、あるいは何か理由があるのか、不自然さを感じるほど手を入れられている。

「……ここんとこ暇で他にやる事がなかったんだよ」

「いやいや、見る限りではこの一山いくらの剣でさえ丁寧に磨きこまれている。暇つぶしの一環には見えんよ」

「へっ、武器がろくに使えねえってわりにゃよく分かってんじゃねえか。最近は本職でもそういう事も分からねえ三流が増え……」

「よう、おっさん元気か？」

店主の言葉を遮るようにして二m近い大男を先頭に冒険者の三人組が入ってきた。

男たちは全員同じような格好をしており、重量感あふれる鋼の鎧を纏い、背中に異様に大きな剣を背負っている。

見覚えのある男たちの姿を見て、ルミナスと海人は何気なく彼らの死角に移動した。

「……てめえらか。今度は何が欲しいんだ？」

あからさまにうんざり、といった顔で応対する。

前に三人がこの店にやってきたとき、彼は親切心で普通のサイズのそこそこ良質な剣をすすめたのだが、彼らはそんなしみったれた得物が使えるか、と言って対大型モンスター用の馬鹿でかい剣を買っていったのである。

買っていった武器も悪い物ではない。むしろ、世間一般で言えば良質な部類に入る。

だが、見るからに身のこなしが素人かそれに毛の生えた程度の者では持つ意味はほとんどない。

この武器が想定している相手は、最低でもフレイムリザード級――人間の数十倍のサイズの魔物だ。

それ以上の大型でなければ、普通のサイズの武器の方が小回りが利く分はるかに使いやすい。

が、フレイムリザードと同等以上の巨躯の魔物となると、冒険者ギルドで全て危険度Ａ以上に認定されている。

この危険度Ａというのは、一流と呼ばれる冒険者でも狩ろうとして返り討ちにあう事が珍しくないレベル。

どう足掻いても目の前の男たちでは、武器で攻撃しようと近づいた瞬間に瞬殺されてしまう。

それを説明しようとしたのだが、聞こうともせずに代金だけ置いてとっとと帰ってしまったのだ。

儲かるには儲かったが、自分の売った武器のせいで死なれるなど後味悪い事極まりないので、できれば二度と来ないでほしい類の客だった。

「もうちっと小振りの武器が欲しい。こないだ街で喧嘩した時に武器の大きさのせいでちっとやられたんでな」

「ふむ。あれをちっとと言えるあたり、意外に大物なのかもしれんな。それなりの根性だ」

「いや、見栄張ってるだけのただの馬鹿でしょ」

海人の感心したような言葉をルミナスがバッサリと切り捨てる。

その声に、男たちが睨みつけてやろうと振り向いた。

「んだとコラ……って……てめえらは！　ちょうど良い、こないだの借り今この場で晴らぎゃあああああああああああっ⁉」

「「なっ、兄ぎゃああああああああっ⁉」」

ようやく二人に気が付き拳を構えようとした男たちの顔に、海人の催涙スプレーの煙が直撃する。

背中の武器をわざわざ使う必要はないと学習したようだが、口上を述べる前に攻撃するという事は学習しなかったようだ。

結果、この間とほとんど変わらぬ手法によって不意を打たれた三人組は、両手で顔を押さえてなお溢れ出る大量の涙と鼻水を垂れ流し、床の上で身も蓋もなく悲鳴を上げ続ける羽目になっていた。

「店の中で騒ぐ馬鹿がどこにいる。すまんな、少々これらに礼儀作法を教育してくる。それほど時間を掛けずに戻るので待っていてくれ」

言うが早いか、海人は床で悶え苦しんでいる三人を容赦なく店の外まで蹴って転がしていく。

蹴って運んでいる理由は単に三人だと抱えるにも引きずるにも面倒だからだが、ただでさえ苦悶の声を上げている人間を躊躇なしに物のように蹴り運ぶこの男の神経は悪魔としか形容のしようがない。

そんな男をルミナスとシリルが呆然と見つめていた。

「……カイトさん今何を使ったんでしょう？」

「分かんないわよ。毒に近い物だとは思うけど……」

海人が使った物の正体が分からず、二人で首を傾げる。

流れるような動作ではあったが、この二人からは何が起きたのか鮮明に見えていた。

が、彼女たちの知識の中には、少し吹きかけただけで相手があれほどまでに身も蓋もなく悶え苦しむような液体は存在しない。

せいぜい目に沁《し》みて一時的に視界を奪うのが関の山である。

考えても分かりそうになかったのでひとまず置いておく事にし、気を取り直して店主も交えて三人で世間話をしていると、海人が三人を引き連れて戻ってきた。

「待たせたな。この三人も反省したようだ」

「「「店の中で騒いで申し訳ありませんでした‼」」」

顔が真紅に染まり、目元から涙腺が決壊したかのように涙が流れ続け、鼻水も止まらず、喉も痛めているのか、ただでさえ低かった声が一段と低くなっている男たちは、勢いよくその体を直角に曲げて謝罪した。

「い、いや、それは別にいいけどよ」

「「「よくありません！　お詫びに一度タダ働きをさせていただきます‼　ドラゴン退治でもなんでもお好きなようにご命令ください‼」」」

店主の声に三人は顔を上げ、ビシッと背筋を伸ばして敬礼をする。

その動きの見事さたるや、まるで徹底的に訓練された軍人のようだ。

明らかに先程までとは別人である。海人以外の人間は開いた口が塞がっていない。

一番早く立ち直った店主が三人に道具を渡して恐る恐る掃除を頼むと、三人は元気よく返事をし、キビキビと丁寧な清掃を始める。

しばらく呆然とその様子を眺めていたルミナスは、正気に返るとすぐに海人の胸倉を掴んで詰め寄った。

「あんた何したの⁉　さっきとは完っっ璧に別人じゃない⁉」

「なに、ちょっと闘争本能を弱体化させるツボを押しつつ、催眠術も併用してじっくりと洗脳しただけだ。予想より早く洗脳が完了したぞ」

胸倉を掴まれて揺さぶられながらも、海人は冷静に自分のやった事を解説する。

洗脳という言葉が平然と出てくるあたり、この男の今までの所業が窺える。

「悪魔ですのあなた⁉　こんな短時間でここまで人格を破壊するなんて‼」

「心配するな。さすがにここまでの変質は一時的なものだ。明日になれば洗脳の効果は今の半分程度まで劣化する。一週間もすればこの店の中で騒がない、という事以外は元通りになっているだろう」

「十分怖いわよ！　あんた実は私のことも知らない間に洗脳してたりしないでしょうね⁉」

「失敬な。そもそもこの洗脳方法は相手に洗脳される時の記憶が残る。今から実証してやろう」

ルミナスの剣幕に気を悪くしたような表情になり、男の一人にボソッと何事か耳打ちする。

途端に男はビクッと震え、店の床に頭を叩きつけながらひたすら土下座を繰り返し始めた。

他の二人が途中でそれを止め、その後黙々と床に付着した血を丁寧に拭っていく。

それら全ての動きがどこか機械的で虚ろな無機質さを感じさせる。

「このように洗脳時の事を思い出させ……ルミ……シリ……ぐるじ……」

海人は解説の途中で義憤と恐怖に駆られた二人に絞め落とされた。

ルミナスは力なく崩れ落ちた彼の体を抱きとめてシリルに渡し、そのまま店主が出した投擲《とうてき》用のナイフの品定めに移る。

どちらも溜息をつきながらも床に落とそうとはしないあたり、なんだかんだでお人好しらしい。

シリルとの身長差のために足だけは床に投げ出されているが、その程度はご愛嬌だろう。

しばらくしてルミナスは見せられたスローイングダガーの中から五本だけ選び、店主の前に出す。

「そんじゃ、これだけもらってくわ。全部でいくら？」

「ちっ、良い物だけ選びやがって。全部で八万ルンだ」

「そっちも良い根性してんじゃない。そこの値札の額から計算すれば全部で五万になるはずよ」

「本来セットの物を一番良い物だけ選んで買うんだから、多少は上乗せさせろ。……七万五千」

「十本セットの価格で十万。多少ってレベルじゃないでしょ。五万二千」

「他のとその五本じゃ質の差が大きいだろうが。七万」

交渉する二人は共に表情は笑っているが、目が笑っていない。

しかも、お互いが腕を置いている会計台からはミシミシと木が軋む音が聞こえている。

平静な口調とは裏腹に二人共本気で交渉しているようだ。

海人に悪質な洗脳をかまされた三人組は、それには目もくれずに言われた通り店内の清掃を行っている。

しかも床や壁の掃除が終わると、天井まで拭き掃除を行い始めた。

最初に店に入ってきたときの印象とは大違いである。

そんな様子を横目に見ながら、シリルはその小さな腕に抱えている男の顔を眺めて嘆息した。

(純粋な運動能力以外は本気で化物ですわね、この方)

一応、彼女は海人に感心していた。

海人の肉体強化の限度は最初に会った時におおよそ見極めていた。

服で大部分が隠されてはいるが、皺の入り方などである程度どんな肉体なのか判断はできる。

総合的に判断して、海人の運動能力は全て一般人かそれ以下と彼女は結論を出している。

そんな脆弱《ぜいじゃく》な肉体で自分やルミナスにダメージを与えるほどの攻撃を放ったのだから、今日凄まじい筋肉痛に襲われているということは容易に想像できる。

だが、今朝会った時はそんな物を全く感じさせず平然と誘いに乗ってきた。

あまりにも自然な振る舞いに、一時は見誤ったかと考えてしまったほどに。

無論矢で射かけてる最中に、時折顔を顰めているのを見逃すほど甘くはないため、すぐにやせ我慢だと気が付いたが。

それでもそんな状態で矢を避け、的確な判断をしていたのは十二分に感心できる話だった。

それに加え、目の前の男たちへの洗脳。

そもそも洗脳自体が一時的な物だろうがなんだろうが、簡単にできる事ではない。

まず闘争本能を弱体化させるというツボを押したという話だが、正確な知識がなければ狙った効果を出す事などできない。

個人個人で体の大きさも違うし、ツボの位置も微妙にずれるのだ。

これほどの短時間で施した事も考えれば、催眠術以外にも人間の精神を最大効率で追い詰めるための知識を持っているはずだ。

おそらく尋問をさせれば、いかなる人間からであっても情報を搾り出せるだろう。

そして一時的にしてもここまで元の人格を躊躇いもせずに粉砕する容赦のなさ。

この男の膨大な魔力と合わせて考えれば、本気で敵に回したが最後、ほとんどの人間は有無を言わさず消滅させられるだろう。

（……運動能力の不足が問題にならないほどの凶悪さですわね。まったく、厄介な）

間抜け面で気を失っている男の顔を見下ろし、溜息をついた。

実のところ、シリルは海人の事をかなり気に入っている。

初対面時に眼光ついででぶつけた殺気は、常人ならば確実に失神するほど強烈なもの。

いくら嫉妬に駆られていたとはいえ、明らかに度を越したそれを海人は軽く受け流した。

これだけならば警戒の対象にしかならなかっただろうが、よくよく観察していると海人の様子にはまるで身構えた様子がなかった。

むしろ、子供じみた嫉妬心から生じたシリルの行きすぎた行動を微笑ましく思ってさえいるようだった。

少し腹立たしくもあったが、その寛容さはシリルにとって打算を抜きにしても好ましかった。

今朝の組手にしても首を絞められていながら、彼女を地面に叩きつけようとはしなかった。

腹の皮膚を握っていた力と彼の判断力からすれば、造作もなかったはずだというのに。

控えめに言っても性悪なくせに、変なところで甘い海人にシリルはかなりの好感を抱いていた。

が、それと危険性は別の話だ。

もしも敵対する羽目になった場合、海人はあまりに危険すぎる。

しかも傭兵という職業上、いずれ敵対する可能性は否定できない。

彼女もルミナスもこの国を侵略したがっている隣国群全てに、一度は雇われた事がある。

次に雇われた時の敵がこの国でない保証などどこにもない。

自分たちの傭兵団にどうにか引き込むのが最善だが、とても一筋縄でいきそうな相手ではない。

そもそも彼に関して知らない情報が多すぎる、などと思考を巡らせていると、

「そんじゃ、六万ルンで商談成立ね」

「くっそ、分かったよ持ってけドロボー‼」

ルミナスと店主の白熱した交渉が終わった。

六枚の紙幣を悠々と会計台に置き、満足そうな顔でダガーを持って戻ってきた。

「お待たせ。どしたのシリル、なんかあった？」

「いえ、何でもありませんわ。では、帰りますか？」

「あ、ちょっと待ってシリル。私が先に出るわ」

ルミナスは先にドアへ向かおうとしていたシリルを言葉で制した。

声に含まれた真剣な響きに、シリルは無言で道を譲る。

そしてルミナスがドアを開けた瞬間――同時に入ってきた大柄な男とぶつかった。

反射的にその人物の顔を見上げると、

「っと、わりいな。う～っす、おやっさん元気か～」

悪びれた様子もなく、ぶつかった男――ゲイツは彼女を避けて店に入ってきた。

なんとなくこのまま無視して帰る気にもなれなかったので、後ろ手にドアを閉めて彼に声をかける。

「ゲイツ、あんたも買い物？」

「この間のフレイムリザード狩りの時に使ってた盾が溶かされちまったんで、新しいのを買いにな。ん？　おい、そこの連中ってたしか……人違いか？」

ゲイツは見覚えのある姿を見かけて首を傾げるが、あまりの変貌振りに自分の記憶を疑ってしまう。

先日の誘拐犯まがいのナンパをやっていた姿と今の額に汗して真面目に清掃をしている姿が結びつかないようだ。

「……人違いじゃないけど、詳しくは聞かないで。この間のこいつの非道っぷりから察してちょうだい」

「わ、分かった。……ん？　そうか、お前らがここにいるって事は……おい、今誰かに狙われてる心当たりあるか？」

「ありすぎて分かんないわよ。……やっぱこの店監視してる奴がいるの？」

ゲイツの潜めるかのような声に、ルミナスも小声で答える。

彼女は先程店主と値段交渉をしている途中から、観察されているような気配を感じていた。

店のドアは完全に閉まっているため、人の視線が届くはずがないのだが、それでもそんな気がしていた。

明確な根拠のある物ではないが、こういう時の直感が外れた事はないため、先程から警戒を解いていない。

海人を抱えているシリルを先に出さず、自分が先に出ようとしたのも、店から出た瞬間に襲われる可能性を考えたためだ。

「ああ、外に数人な。どうも動きを見てるとどっかの正規兵っぽいんだが……それでも絞れないか？」

「軍の正規兵でしたら尚更分かりませんわ。傭兵には基本的に戦争中の怨恨は持ち越さないという暗黙のルールがありますけれど、正規軍は違いますもの。今まで何度戦争後の敵討ちに街中で狙われたか」

「愚痴ってもしょうがないわよ。ただ、監視してる連中の事は気になるわね」

「どうなさいます？」

「ま、今は放《ほ》っときましょ。例の上物の武具買い漁ってる連中が仕入れる可能性があるとこ見張ってるだけかもしれないし。私たちが狙いだとしたら、人気《ひとけ》がなくなったところを見計らって襲い掛かってくるだろうから、その時一人とっつかまえればいいわ」

「カイトさんを起こした方がよろしいのでは？」

「何かあったら、下手に動かれるより気絶しててもらった方が楽でしょ。念のため、私が運ぶわ」

「……はあ、分かりました」

溜息をつき、海人を手渡す。

もし襲われた場合、シリルが持っていてはルミナスが制約なく動ける代わりに、彼女が弓を使えなくなってしまう。

ルミナスが抱えていれば、彼女の動きは鈍くなるものの、シリルの矢の援護が行える。

どちらかといえば、多少制約はあっても二人共得意武器で戦えるようにルミナスが抱えていた方が良いのだ。

シリルとしては、ルミナスに優しく抱かれている海人に嫉妬を覚えずにはいられないが。

しかし結局この心配は杞憂に過ぎず、この日三人は何事もなく無事に家に帰りついた。

二人は家での襲撃も警戒していたが、辺りにはいつも通り人の気配はなく、どこかから監視されているような気配も感じなかった。

結局海人が起きるなり、シリルに妬みのこもった強烈な八つ当たりを受けた事以外は彼女たちにとっては平穏な一日だった。

――――が、

「シェ、シェリス様……失礼します」

「あら、ハンナ。シャロンはどうしたの？　今日の報告書がまだなんだけど」

「それが……帰ってくるなり青褪《あおざ》めた顔のまま倒れてしまいまして……起きたら起きたで壁に頭

を打ちつけ始め……」

「は？」

腐れ外道の悪魔の如き所業を目撃してしまった哀れなメイド一名にとっては、悪夢の一日となっていた。

◇◇◇

同日の夜。

カナールの街からかなり離れた森の中、特に木々がうっそうと茂っている地帯。

その中心部で数十人の屈強な戦士たちが、人知れず野営をしていた。

一部に宝石を埋め込まれた武具の手入れをしながら、火を焚《た》く事もなく黙々と手を動かしている。

その集団から少し離れたところで、二人の男女が会話をしていた。

「武具の調達は完了し、後は購入した武具の宝石に魔力を込めるだけです」

「御苦労。だが、最後まで気を抜くなよ。実行までは秘密裏に事を進めねばならん。誰にも悟られる事なく万全の準備を整え、静かに機を待ち、迅速に決行するのだ」

「確かにそれが最善ですが、よろしいのですか隊長？　《黒翼の魔女》に対する報復は……」

引き締まった肉体をした浅黒い肌の女が気遣わしげに尋ねる。

その視線は目の前の男の茶色の眼帯となくなった左腕の間をゆっくりと揺れ動いていた。

「……私情よりも任務が優先だ。それに、私のビッグイーグルをあっさりと仕留めた事からもあの女の化物ぶりは分かるだろう？　我らの前に立ち塞がらん限りは、関わるべきではない」

隊長と呼ばれた男は、自分が本国から連れてきていた魔物の末路を思い出し、苦々しげに語る。

数年かけて屈服させる事で飼う事に成功し、今回の任務に使おうと高空からこの国に侵入させるという面倒な手段を使ったにもかかわらず、たまたま近くを通りがかっただけの、足手纏いを抱えた傭兵にあっさりと殺されてしまった。

それまでにかかった時間・労力・費用、そして今回の任務の戦力の一つがただの偶然の遭遇で一瞬にして水泡に帰してしまったのだ。

任務を成功させる事を第一に考えなければならない以上、余計な手出しでこれ以上状況を悪くする可能性は避けなければならなかった。

「ですが、隊長お耳を……」

「……なに？　それはまだ報告を受けてないが、事実か？」

耳に口を寄せ小声で話しかけてくる部下の言葉に、顔を顰めて確認する。

今聞かされた内容が正しいのならば、関わらせるというリスクを冒してでも試す価値はある。

成功すれば今現在一番厄介な人間とその副官の動きを封じられる可能性が高いのだ。

が、もし見当違いな話であれば、それは余計なリスクを招いただけで終わってしまう。

確認を取らないわけにはいかなかった。

「申し訳ありません。まだ情報の収集が完璧ではなく、裏付けもありませんでしたので、報告はいたしませんでした。ですが、これまで集めた情報からすればほぼ間違いないかと」

「そうか……ならばもう少し調べておけ。そして、本当に使えそうであれば機を見て実行しろ」

「はっ！」

命じられた女は手早く身に着けていた鎧を外してラフな格好に着替えると、これといった特徴のない剣一本を携えカナールの街に向かう。

森の中に消えていく部下の後姿を見送りながら、男は自分に言い聞かせるように呟いた。

「そう、任務が優先だ……奪われた右目と左腕の借りを返すのは私情。抑えねばならん」

近くの人間を怯えさせるほどの殺気を放ちながら、こみ上げてくる怒りを抑えるように目を固く閉じ、拳を強く握り締める。

失った体の一部が発する幻肢痛に苛まれながらも私怨を押し殺そうとする戦士を、周囲の部下は遠巻きに見つめていた。

あとがき

この本を手に取っていただき、ありがとうございます。作者の九重十造と申します。

長年ネットの片隅で細々と書いていた作品が、まさかの書籍化。

正直、いまだに現実感がございません。毎朝今日も夢が覚めないな、と首を傾げる日々です。

大袈裟？　いえいえ、ちょっと考えてみてください。

これまで長々と書き続けてますが、書籍化の話など気配すらありませんでした。

そりゃそうです。出版社も商売ですから、書籍化するならローリスクな大手投稿サイトの人気作でしょう。小さな個人サイトの作品なんてハイリスクすぎます。

書籍化は夢ですが、所詮夢は夢。ごく自然にそう割り切っていました。

そんな時、突然やってきた書籍化の話。あなたなら、どう思われますか？


タチの悪い悪戯だな、そう思うのはきっと私だけではないでしょう。

そんなうまい話がそうそう転がってるわきゃないのです。

とはいえ、話のネタになるかな、という思い九割、そして一割の期待から行動してみました。

まず、連絡をくださった編集者さんが実際に在籍しているか双葉社様に確認です。

当然ですね。悪戯ならメールに記された連絡先に連絡しては相手の思うツボですから。

が、困った事にここで予想外の出来事。

なんと、記されていた部署にその名前の編集者さんが在籍していたのです。

ここで私、思わず笑いました――名前を騙った悪戯とは手が込んでいるな、と。

身近な人から嫌がらせなんて気の毒に、と思いながら電話を替わっていただきます。

ここで再び予想外。確かに本人が連絡をくださったとのこと。そして、一度会ってお話をとのことでした。

夢うつつで浮かれたまま日程を決めてしまいましたが、猜疑心が旺盛な私はまだ疑います。

電話が終わって即、自分の頭を近くの壁にぶつけました。ええ、現実であるかを疑ったんです。

ですが、目は覚めません。むしろ、頭と周囲の視線の痛みが現実っぽさを伝えてきました。

そして、トントン拍子で美しい絵を描かれるイラストレーターさんが決まり、想像していた編集者さんとの激しい論戦もないどころか、むしろこちらの手落ちをフォローしていただき、校正さんによる赤字乱舞によって自分のアホさ加減を思い知らされはしたものの、気が付けば発売。

これ現実じゃねえな、と思っても仕方ないと思いませんか？


ともあれ、この本がこうして形になったのは多くの方々のおかげです。

特に声をかけてくださった編集者のA氏、私の一方的なミスや注文にすら迅速に対応してくださったてんまそ先生、そして作者のサイトに足を運んでくださっている読者の方々には感謝してもしきれません。この場をお借りして、厚く御礼申し上げます。


最後に、この本を手にとって読んでくださった皆様に心よりの感謝を！

本書に対するご意見、ご感想をお寄せください。

あて先

〒162-8540 東京都新宿区東五軒町3-28
双葉社　モンスター文庫編集部
「九重十造先生」係／「てんまそ先生」係
もしくは monster@futabasha.co.jp まで

ノベルス

白衣《はくい》の英雄《えいゆう》

2020年7月1日　第1刷発行

著　者　九重十造《ここのえじゅうぞう》

発行者　島野浩二

発行所　株式会社双葉社

〒162-8540　東京都新宿区東五軒町3番28号
［電話］03-5261-4818（営業）　03-5261-4851（編集）
http://www.futabasha.co.jp/（双葉社の書籍・コミック・ムックが買えます）

印刷・製本所　三晃印刷株式会社

落丁、乱丁の場合は送料双葉社負担でお取替えいたします。「製作部」あてにお送りください。ただし、古書店で購入したものについてはお取り替えできません。定価はカバーに表示してあります。本書のコピー、スキャン、デジタル化等の無断複製・転載は著作権法上での例外を除き禁じられています。本書を代行業者等の第三者に依頼してスキャンやデジタル化することは、たとえ個人や家庭内での利用でも著作権法違反です。

［電話］03-5261-4822（製作部）
ISBN 978-4-575-24292-8 C0093　©Jyuzo Kokonoe 2020

Mノベルス

転生先が残念王子だった件
Tenseisaki ga Zannen Ouji datta ken
～今は腹筋1回もできないけど痩せて異世界救います～
著 回復師
イラスト／蓮禾
海外出張の帰りに飛行機事故に遭った青年は女神に邪神の討伐を依頼され異世界に転生することになった。しかし、邪神討伐のため、お約束的な『鑑定』『探索』『倉庫』のチート3点セットと、チュートリアル的なAIさんをもらえたのは良かったものの、転生した先は貴族界でも有名な醜く太った『豚王子（オークプリンス）』とあだ名をつけられている大国のバカ王子ルークで……。『腹筋1回もできないとか、女神様マジ勘弁してよ！ 邪神相手にこの体でどうしろと？ クソッ！ 痩せてやる！』豚王子のダイエット奮闘記、ここに開幕！

発行・株式会社　双葉社

Mノベルス
異世界で上前はねて生きていく
～再生魔法使いのゆるふわ人材派遣生活～
Author
岸若まみず
Illustrator
三弥カズトモ
社畜として過労死した男が、異世界の商家の三男・サワディとして転生した。得意としているのは再生魔法と支援魔法。彼はそのチートな性能の魔法を使った新たな商売の種を思いつく。再生魔法で安い奴隷たちを治療して、お金を稼いでもらうことにしたのだ。順調に稼ぎは増えていくが、自業自得で自分の仕事も増えていってしまい……。果たして、サワディは働かずに、のんびり暮らすことができるようになるのか？　ゆるふわファンタジー、ここに開幕！

発行・株式会社　双葉社

Mノベルス

ソリオンのハガネ
～最強の帰還者は二度目の異世界を謳歌する～
NOVEL 伊那遊
ILLUSTRATION 弥南せいら
異世界の魔術の進歩により、日本と異世界ソリオンが繋がった。神谷鋼は、かつて異世界ソリオンで共に過ごした仲間と再会するために異世界のセイラン王国にある騎士学校に入学を果たす。無事に仲間と再会し、楽しい学園生活を送っていたが、鋼は様々な騒動に巻き込まれていくことになり……。二度目の異世界を謳歌する学園ファンタジー、ここに開幕！
HAGANE IN SOLION
THE STRONGEST RETURNER ENJOYS HIS LIFE IN THE SECOND ANOTHER WORLD.

発行・株式会社　双葉社